# DEMÔNIO OU ANJO

2017, Editora Fundamento Educacional Ltda.

Editor e edição de texto: Editora Fundamento
Editoração eletrônica: Lorena do R Mariotto Edição de Livros ME
CTP e impressão: SVP – Gráfica Pallotti
Tradução: Robson Falcheti Peixoto - ME
Arte da capa: Zuleika Iamashita

Copyright de texto © Anne Holt 1995
Publicado de acordo com o contrato com a Salomonsson Agency, Estocolmo, Suécia.
Traduzido a partir da versão em inglês Death of the demon © 2013 Anne Bruce, publicada por Scribner, um selo da Simon & Shuster, Inc.

Todos os direitos reservados. Nenhuma parte deste livro pode ser arquivada, reproduzida ou transmitida em qualquer forma ou por qualquer meio, seja eletrônico ou mecânico, incluindo fotocópia e gravação de backup, sem permissão escrita do proprietário dos direitos.

**Dados Internacionais de Catalogação na Publicação (CIP)**
(Maria Isabel Schiavon Kinasz)

| | |
|---|---|
| H758 | Holt, Anne<br>Demônio ou anjo / Anne Holt; [versão brasileira da editora] – 1. ed. – São Paulo, SP : Editora Fundamento Educacional Ltda., 2017.<br><br>Título original: Death of the Demon (Demonens død)<br><br>1. Romance norueguês. I Título<br><br>CDD 839.823<br>CDU 087.5 |

**Índice para catálogo sistemático**
1. Romances: Literatura norueguesa 839.823

Fundação Biblioteca Nacional

Depósito legal na Biblioteca Nacional, conforme Decreto nº 1.825, de dezembro de 1907.
Todos os direitos reservados no Brasil por Editora Fundamento Educacional Ltda.

Impresso no Brasil

Telefone: (41) 3015 9700
E-mail: info@editorafundamento.com.br
Site: www.editorafundamento.com.br

Este livro foi impresso em papel Lux Cream 70 g/m² e a capa em papel-cartão 250 g/m².

# DEMÔNIO OU ANJO

## ANNE HOLT

EDITORA
FUNDAMENTO

# 1

– Eu sou o novato!

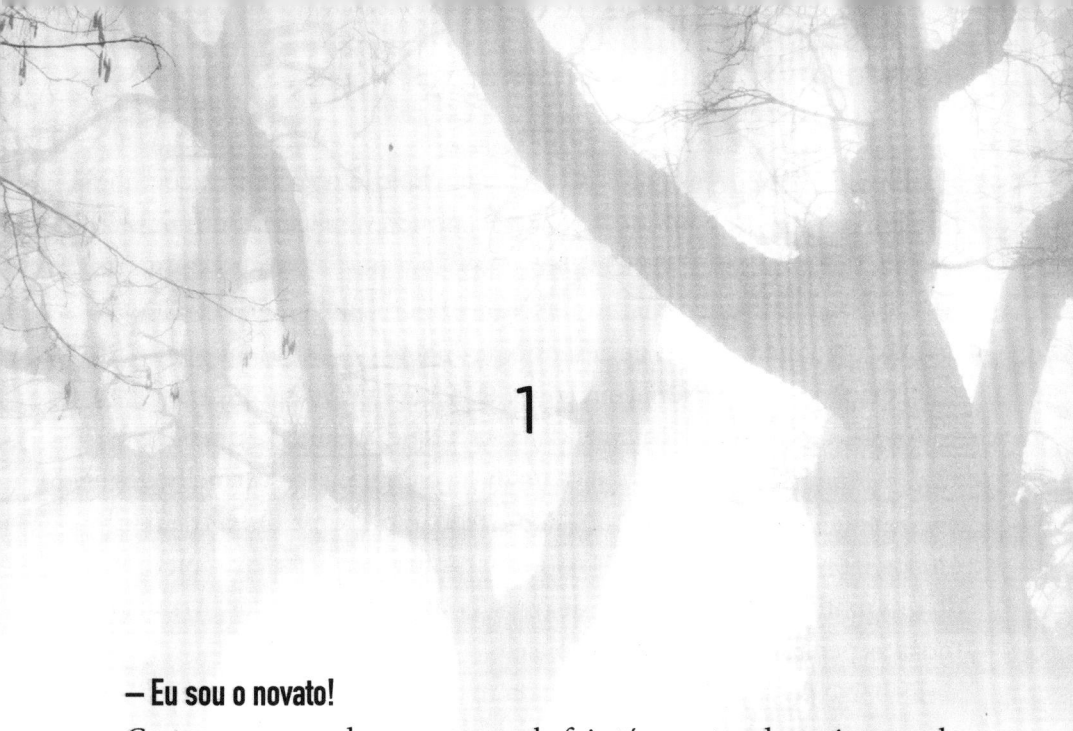

Com passos pesados e seguros, ele foi até o centro do recinto, onde ficou parado enquanto a neve dos tênis enormes formava pequenas poças em volta dos pés. Com a postura ampla, como a disfarçar os joelhos muito juntos que lhe deformavam as pernas, ele abriu os braços e repetiu:

– Eu sou o novato!

A cabeça era raspada de um lado. Logo acima da orelha direita, via-se o cabelo espetado, preto e brilhante, penteado em linha curva pelo topo da cabeça, escovado sobre o crânio redondo e acabando em um corte reto alguns milímetros acima do ombro esquerdo. Havia um único cacho grosso jogado sobre o olho, emaranhado como uma tira de couro. A boca tomava uma forma entediada enquanto ele tentava soprar os fios no lugar, repetidas vezes. A parca acolchoada, grande demais para ele, caía-lhe folgada na cintura, meio metro mais comprida do que deveria ser e com trinta centímetros inúteis de manga puxados para cima e enrolados em punhos gigantescos. As calças faziam dobras nas pernas. Todavia, quando ele conseguiu abrir o casaco, não sem considerável dificuldade, viu-se claramente que elas estavam apertadas como pele de salsicha a partir das coxas.

O recinto era espaçoso. O garoto achou que poderia não ser uma sala de estar, pois não era mobiliada como se esperaria de uma e não havia

TV. Em uma parede, estendia-se um longo balcão de cozinha, com pia e fogão. Não havia, contudo, cheiro de comida. Ele levantou o nariz e farejou algumas vezes, concluindo que devia haver outra cozinha na casa. Uma cozinha decente. Aquela sala era uma área de recreação. As paredes estavam forradas de desenhos e, do teto descomunalmente alto, desciam pequenos personagens feitos de lã, provavelmente produzidos a mão pelas crianças. Logo acima da cabeça dele, tremulava uma gaivota cinza e branca feita de cartolina e fio de lã, com um bico vermelho fogo meio caído, pendente como um dente frouxo por uma linha frágil. Ele esticou o braço para a ave, mas não conseguiu alcançá-la. Acabou tirando um pintinho feito de caixa de ovos, com penas amarelas. Arrancou todas as penas e jogou a caixa no chão.

Debaixo de duas grandes janelas com divisões horizontais, havia um enorme balcão. Quatro crianças sentadas ali tinham parado o que estavam fazendo e fitavam o recém-chegado. A mais velha, uma garota de 11 anos, olhou-o cética de cima a baixo, da cabeça aos pés. Dois garotos que talvez fossem gêmeos, com os cabelos brancos de giz e vestidos com agasalhos idênticos, abafaram o riso e cochicharam alguma coisa, cutucando-se. Uma ruivinha de 4 ou 5 anos mostrou-se apavorada por alguns segundos antes de deslizar da cadeira e correr até o único adulto na sala, uma mulher rechonchuda que logo ergueu a pequena, acariciando-lhe os cachos para tranquilizá-la.

– Este é o novato – explicou ela. – O nome dele é Olav.

– Foi isso mesmo que eu disse – retrucou irritado o garoto. – Eu sou o novato. Você é casada?

– Sou, sim – respondeu a mulher.

– Estas são as únicas crianças que moram aqui?

Era visível o desapontamento dele.

– Não, e você sabe muito bem disso – falou a mulher, sorrindo. – Há sete crianças morando aqui. As três ali na frente...

Ela acenou com a cabeça na direção da mesa, dirigindo-lhes ao mesmo tempo um olhar severo. Se as crianças perceberam, não deixaram transparecer.

– E essa aí, não?

– Não, ela é minha filha. Só veio passar o dia.

A mulher sorriu, enquanto a criança enterrava o rosto no pescoço da mãe e se agarrava mais fortemente a ela.

– Ah, entendo. Você tem muitos filhos?

– Três. Esta é a caçula. Chama-se Amanda.

– Isso é nome de criança exibida. Mas achei mesmo que ela fosse a mais nova. Você é velha demais para ter filhos.

A mulher riu.

– Você tem toda a razão. Estou velha demais. Meus outros dois filhos já são quase adultos. Mas você não vai cumprimentar a Jeanette? Ela tem quase a sua idade. E Roy-Morgan? Ele tem 8 anos.

Roy-Morgan não estava nem um pouco interessado em cumprimentar o novato. Ele se contorceu na cadeira e, com ar de desprezo, fez um gesto ríspido de cabeça na direção do colega.

Fechando a cara, Jeanette recuou na cadeira quando Olav se aproximou com a mão estendida, pingando neve suja e derretida. Muito antes de ela ter feito qualquer sinal de que pegaria naqueles dedos, ele começou a fazer uma profunda reverência e declarou em tom solene:

– Olav Håkonsen. Prazer em conhecê-la!

Jeanette se apertou no encosto e se agarrou à cadeira com as duas mãos, levando os joelhos até o queixo. O novato tentou passar as mãos pelo lado, mas a forma do corpo e a roupa fizeram com que seus braços ficassem imobilizados na diagonal, como um boneco da Michelin. Foi-se a postura ofensiva, e ele se esqueceu de abrir as pernas. Agora as rótulas se tocavam abaixo das coxas troncudas, e os dedões apontavam um para o outro dentro dos calçados gigantes.

Os garotinhos ficaram em silêncio.

– Eu sei por que você não quer me cumprimentar – disse Olav.

A mulher tinha conseguido levar a criança menor para outra sala. Ao retornar, avistou a mãe de Olav no corredor. Mãe e filho eram visivelmente parecidos: os mesmos cabelos pretos, a mesma boca grande e lábio inferior saliente, de uma maciez aparentemente extraordinária e de um vermelho escuro úmido, e não seco e rachado como se esperaria naquela época do ano. Ao garoto conferia um ar infantil. Na mulher adulta, mostrava-se repulsivo, especialmente porque ela ficava projetando a língua de um vermelho igualmente vivo para umedecer os lábios. Além da boca, eram os ombros que tornavam sua figura ainda mais esquisita. Ela não tinha ombros. Uma curva suave descia-lhe da cabeça, como um pino de boliche ou uma pera, uma linha curva que culminava em quadris incrivelmente largos, com coxas grandes e pernas magras para manter tudo de pé. A forma corporal era mais pronunciada que no garoto, provavelmente porque o casaco lhe servia bem. A outra mulher tentou fazer contato visual com ela, mas sem sucesso.

– Eu sei muito bem por que você não quer me cumprimentar – repetiu Olav. – Eu sou grande e gordo.

Ele afirmou aquilo sem resquício de amargura, com um leve sorriso de satisfação, quase como se fosse um fato que tivesse lhe acabado de ocorrer, a solução de um problema complicado que ele passara os últimos doze anos resolvendo. Virou-se e, sem dirigir os olhos para a diretora do orfanato em que teria que morar a partir de então, perguntou onde ele iria dormir.

– Será que você poderia mostrar o meu quarto, por favor?

A mulher estendeu a mão para apertar a dele, mas não foi correspondida; ele preferiu fazer um movimento circular e galante com o braço, realizando uma pequena mesura.

– As damas primeiro!

Então, andando atrás dela feito um pato, ele subiu até o andar seguinte.

*Ele era muito grande. E eu sabia que havia algo errado. Eles o colocaram nos meus braços, e eu não senti alegria nem tristeza. Apenas impotência. Uma enorme e pesada impotência, como se houvesse algo imposto a mim que todo mundo sabia que eu jamais dominaria. Eles me consolaram.*

*Tudo estava perfeitamente normal. Ele só era muito grande.*

*Normal? Algum deles já tinha tentado expelir um caroço de cinco quilos e meio? Haviam se passado três semanas da data prevista, eu sabia disso, mas a médica insistiu que estava errado. Como se ela pudesse saber. Eu sabia exatamente quando ele tinha começado a existir. Uma terça-feira à noite. Uma daquelas noites em que eu cedia para evitar confusão, quando eu temia tanto os ataques dele que não tinha forças para resistir. Não naquele momento. Não com tanto álcool na casa. Ele morreu em um acidente de trânsito no dia seguinte. Uma quarta-feira. Desde então, homem nenhum havia chegado perto de mim antes que aquele balde de banha entrasse sorrindo no mundo. É verdade! Ele sorriu! A médica disse que era apenas uma careta, mas eu sei que era um sorriso. Ele ainda tinha o mesmo sorriso, sempre o teve. Sua melhor arma. Ele não chorou uma única vez desde que tinha 18 meses.*

*Colocaram-no na minha barriga. Uma massa inacreditável de carne humana fresca que já ali abriu os olhos e com a boca grande tateou minha pele em busca do peito. O pessoal de jaleco branco riu e deu mais um tapinha no traseiro dele. Que rapazinho!*

*Eu sabia que havia algo errado. Eles disseram que estava tudo normal.*

Oito crianças e dois adultos estavam sentados ao redor de uma mesa de jantar ovalada. Sete das crianças recitaram uma prece acompanhadas dos adultos. O novato estava certo. Não era uma cozinha o cômodo em que ele entrara anteriormente.

Estavam agora em uma sala mais ao fundo do amplo e reformado casarão da virada do século. O lugar provavelmente servira de despensa na época da construção da casa. Era aconchegante e confortável, com armários azuis e tapetes de pano. O único aspecto que a diferenciava de uma casa particular, fora o mundaréu de crianças, eram as listas de nomes de funcionários com as respectivas escalas de trabalho afixadas em um enorme quadro de avisos ao lado da porta que dava para uma das salas de estar: a sala de recreação, como antecipara o novato. Além dos nomes, exibiam-se pequenas fotografias do quadro de pessoal, pois nem todas as crianças sabiam ler, descobrira o garoto.

– Ah, eles não sabem ler – murmurou ele com desdém. – Não tem ninguém aqui com menos de 7 anos!

Ele não tinha recebido nenhuma resposta a não ser um sorriso amigável de uma senhora rechonchuda, que agora ele sabia se tratar da diretora.

– Mas pode me chamar de Agnes. É o meu nome.

Agnes não estava presente no momento. Os adultos à mesa de jantar eram bem mais jovens. O homem até tinha acne severa. A mulher era bonita, com cabelos loiros compridos trançados de um jeito estranho e gracioso, começando bem na frente da cabeça e acabando em um laço de seda vermelho. O homem se chamava Christian e o nome dela era Maren. Todos eles, de mãos dadas, cantaram uma musiquinha breve. Olav não quis participar.

– Não precisa participar se não quiser – comentou Maren com real gentileza.

Todos começaram a comer em seguida.

Jeanette, que tinha se recusado a cumprimentar Olav naquela manhã, estava sentada ao lado dele. Ela também estava um pouco acima do peso, com os cabelos rebeldes e castanhos presos por um elástico que ficava caindo. Havia reclamado de ter que se sentar ao lado dele, mas Maren tinha abafado toda a discussão com pulso firme. Agora ela estava sentada o mais longe possível na cadeira, por isso Roy-Morgan batia o cotovelo nela a todo momento, gritando que ela tinha piolhos. Sentado do outro lado de Olav, estava um menino de 7 anos, Kenneth, o mais novo da casa. Pelejando com a manteiga, ele estragou um sanduíche.

– Sabe, você é ainda mais desajeitado do que eu – comentou Olav com ar satisfeito, pegando outra fatia e espalhando com capricho uma generosa porção de manteiga antes de colocá-la no prato de Kenneth.

– O que você quer em cima?

– Geleia – sussurrou Kenneth, metendo as mãos debaixo das coxas.

– Geleia, seu imbecil? Então não precisa de manteiga!

Mesmo assim, Olav pegou outra fatia, atirando com força uma colher exagerada de geleia de blueberry no centro e usando o talher para espalhá-la com movimentos estranhos.

– Aqui está!

Batendo forte a colher no prato, ele pegou a fatia com manteiga e percorreu o recinto com os olhos.

– Cadê o açúcar?

– Não precisamos de açúcar – sentenciou Maren.

– Eu quero açúcar no pão!

– Não é saudável. Não fazemos isso aqui.

– Você faz ideia da quantidade de açúcar que tem na geleia que esse idiota está devorando?

As outras crianças pararam de tagarelar e ficaram escutando atentamente. Kenneth, ruborizado e com a boca cheia de geleia e pão, parou de mastigar. Maren se levantou. Christian estava prestes a dizer alguma coisa, mas Maren deu a volta na mesa e curvou-se na direção de Olav.

– Você pode comer um pouco de geleia também, naturalmente – disse ela com voz amigável. – Por falar nisso, a geleia tem baixo teor de açúcar, veja!

Ela estendeu a mão para pegar o pote, mas o garoto chegou primeiro com um movimento-relâmpago que ninguém teria achado possível para ele. Tombando a cadeira com a rapidez da ação, ele atirou o pote ao outro lado da sala, acertando em cheio a porta da geladeira. O impacto fez um amassado grande, mas espantosamente o pote ainda estava intacto. Antes que alguém tivesse a chance de impedir Olav, ele estava em cima do alto armário da cozinha na outra ponta, pegando um enorme açucareiro.

– Aqui está o açúcar – gritou ele. – *Aqui está a porra do açúcar!*

Arrancando a tampa do açucareiro e jogando-a no chão, o garoto correu por toda parte espalhando uma nuvem de açúcar granulado. Jeanette começou a rir. Kenneth desatou a chorar. Glenn, que tinha 14 anos e já deixava crescer pelos escuros acima do lábio superior, murmurou que Olav era um idiota. Raymond tinha 17 e era uma raposa velha. Aceitando tudo com impassível calma, ergueu o prato e desapareceu. Anita, de 16, foi depois dele. O gêmeo de Roy-Morgan, Kim-André, agarrou na mão do irmão, agitado e eufórico. Ele olhou para Jeanette e começou a rir meio em dúvida.

O açucareiro estava vazio. Olav fez menção de jogá-lo no chão, mas foi impedido no último instante por Christian, que pegou seu braço e segurou firme, como um torniquete. Olav uivou e tentou se desvencilhar, mas nesse meio-tempo Maren avançou e cingiu o corpo dele com os braços. Ele tinha uma força incrível para um garoto de 12 anos, mas após alguns minutos ela sentiu que ele estava começando a se acalmar.

Ela falava com ele o tempo todo, baixinho no ouvido.

– Pronto, pronto. Agora se acalme. Está tudo bem.

Ao concluir que Maren tinha controle do garoto, Christian levou as outras crianças com ele para a sala de recreação. Kenneth tinha vomitado. Um montinho nada apetitoso de pão mastigado, leite e blueberries repousava no prato que ele segurava hesitantemente enquanto se dirigia para a outra sala, como todos os demais.

– Deixe isso aí – Christian falou para ele. – Você pode comer uma das minhas fatias!

Assim que as outras crianças saíram, Olav se acalmou por completo. Maren o soltou, e ele caiu no chão como um saco de feijão.

– Eu só como pão com açúcar – murmurou ele. – Minha mãe disse que tudo bem.

– Então sugiro uma coisa a você – começou Maren, sentando-se ao lado dele, com as costas na geladeira amassada. – Quando você estiver com a sua mãe, você come açúcar do jeito que está acostumado a comer, mas aqui você come o que a gente comer. Não é um acordo justo?

– Não.

– Você pode pensar assim, mas infelizmente não é como deve ser.

Aqui há uma série de regras, e todos nós temos que segui-las. Caso contrário, seria bem injusto, não concorda?

O garoto não respondeu. Parecia totalmente perdido. Com cuidado, ela colocou uma mão na coxa grossa dele. A reação foi instantânea. Ele deu um murro no braço dela.

– *Não toque em mim, pelo amor de Deus!*

Ela se levantou calmamente e ficou lá parada olhando para ele.

– Você quer comer algo antes que eu limpe tudo?

– Sim. Seis fatias de pão com manteiga e açúcar.

Com um sorriso hesitante, Maren deu de ombros e começou a cobrir as comidas com plástico filme.

– Tenho que ir dormir morrendo de fome neste lixão da porra, ou o quê?

Pela primeira vez, ele a olhava de frente. Os olhos do garoto eram completamente negros, dois abismos no rosto gorducho. Passou pela cabeça dela que ele poderia ser muito bonito, não fosse pelo tamanho.

– Não, Olav, você não tem que ir dormir morrendo de fome. Você mesmo escolheu isso. Você não vai comer pão com açúcar, nem agora, nem amanhã. Jamais. Você vai morrer de fome se esperar que a gente ceda. Entendeu?

Ele não compreendia como ela conseguia se manter tão calma. Era desconcertante o fato de ela não ter cedido. E o mais surpreendente era que ele não via razão para ter que ir dormir morrendo de fome. Por um momento, ocorreu-lhe que salame era muito gostoso. Igualmente depressa pôs a ideia de lado. Levantou-se a duras penas, bufando por causa do esforço.

– Sou tão gordo que nem consigo me levantar – murmurou para si mesmo enquanto seguia para a sala de estar.

– Ei, Olav!

Parada de costas, Maren examinava o amassado na geladeira. Ele parou sem se virar para olhá-la.

– Foi bem bacana de sua parte ajudar o Kenneth com o pão. Ele é um menininho indefeso.

Por um segundo, o novato de 12 anos ficou parado, hesitante, antes de se virar lentamente.
– Quantos anos você tem?
– 26.
– Ah, sim.
Olav foi dormir morrendo de fome.

* * *

Raymond roncava. Roncava mesmo, como um adulto. O aposento era grande e, à luz tênue que chegava pela janela escurecida, Olav podia ver um enorme pôster do Rednex acima da cama do colega de quarto. Em um canto, havia uma bicicleta off-road desmanchada, e a mesa de trabalho de Raymond era um amontoado caótico de livros escolares, embalagens de comida, revistas em quadrinhos e ferramentas. No entanto, a mesa de trabalho de Olav estava totalmente vazia.

As roupas de cama eram limpas e engomadas. Tinham um cheiro estranho, mas agradável. De flores ou algo assim. Eram bem mais cheirosas que as que ele tinha em casa; eram enfeitadas com carros de Fórmula 1 e muitas cores vibrantes. A fronha e a colcha combinavam, e o lençol de baixo era inteiramente azul, da mesma cor de alguns dos carros. Em casa ele nunca teve roupas de cama que combinassem.

As cortinas se agitavam ao vento que vinha da janela entreaberta. Foi Raymond que a deixara assim. Olav estava acostumado com um quarto quente, por isso, embora estivesse com um pijama novo, sob uma colcha aconchegante, ele tremia de frio. E estava faminto.

– Olav!

Era a diretora, ou Agnes, como ela gostava de ser chamada, sussurrando para ele da entrada do quarto.

– Está dormindo?

Ele virou o rosto para a parede e não respondeu.

"Vá embora, vá embora", dizia a voz na cabeça dele, mas de nada adiantou. Agora ela estava sentada na beirada da cama.

– Não toque em mim.

– Não vou tocar em você, Olav. Só quero ter uma conversinha. Fiquei sabendo que você ficou furioso durante o jantar.

Nem uma palavra.

– Você tem que entender que não podemos admitir um comportamento desses aqui. Imagine se todas as oito crianças inventarem de arremessar açúcar e geleia nas paredes o tempo todo!

Ela soltou um riso baixinho.

– Não vai funcionar!

Ele continuou em silêncio.

– Trouxe comida para você. Três fatias de pão, queijo e salsicha. E um copo de leite. Vou colocar aqui ao lado da cama. Se quiser comer, tudo bem; se não, podemos combinar que você vai jogar tudo no lixo amanhã bem cedinho sem dar na vista. Daí ninguém vai saber se você quis ou não. Tudo bem?

Movendo-se um pouco, o garoto se virou abruptamente.

– Foi sua a decisão de eu ter que ficar aqui? – perguntou ele indignado, elevando o tom de voz.

– Shhh – ela pediu silêncio. – Você vai acordar o Raymond! Não, você sabe muito bem que eu não decido essas coisas. Meu trabalho é cuidar de vocês, com os outros adultos. Vai ficar tudo bem. Com certeza, você sentirá saudades de sua mãe, mas vai poder visitá-la com frequência. Não se esqueça disso.

Ele estava meio endireitado na cama. Sob a luz fraca, parecia um demônio gordo: os excêntricos cabelos pretos e brilhantes, a boca grande que, mesmo na escuridão da noite, reluzia vermelho sangue. Involuntariamente, ela abaixou o olhar. As mãos ali pertenciam a uma criança. Eram de um tamanho considerável, mas a pele parecia a de um bebê, e estavam agarrando, impotentes, dois carros na colcha.

"Meu Deus", pensou ela. "Este monstro só tem 12 anos. 12 anos!"

– Na verdade – ele começou, olhando diretamente para ela –, você é a minha carcereira. Isto aqui é uma maldita prisão!

Naquele momento, a diretora do Orfanato Spring Sunshine, a única instituição em Oslo para crianças e adolescentes, viu algo que ela jamais, ao longo de seus vinte e três anos nos serviços de assistência a menores, tinha visto na vida. Sob as sobrancelhas pretas e finas do garoto, ela reconheceu uma expressão característica de muitos adultos desesperados, pessoas cujos filhos lhes tinham sido tomados e a partir de então acreditavam que ela e o restante da burocracia oficial que as perseguia eram farinha do mesmo saco. Mas Agnes Vestavik nunca vira aquela expressão em uma criança.

Ódio.


*Da clínica me mandaram para casa com garantias renovadas. Tudo estava absolutamente bem. Ele era apenas um pouco voraz. E isso porque era um garoto grande e saudável. Eles me mandaram para um apartamento vazio depois de três dias. O Departamento de Serviço Social me deu dinheiro para comprar um berço, uma cadeirinha e roupas de bebê. Uma senhora tinha feito duas ou três visitas, eu percebi que ela lançava olhares furtivos pelos cantos e depois mentiu dizendo que procurava o banheiro. Só para conferir se minha casa estava limpa. Como se isso fosse um problema. Vivo esfregando. Dá para sentir um odor constante de detergente líquido aqui.*

*Ele logo ocupou o apartamento. Não sei bem, mas era como se desde a primeira noite ele considerasse esta a sua casa, seu apartamento, sua mãe. Suas noites. Ele não chorava. Apenas fazia barulho. Algumas pessoas poderiam ter chamado de choro, mas não era. Quase nunca havia lágrimas. Nas poucas vezes que ele realmente chorava, era fácil confortá-lo. Nesses casos era porque estava com fome. Eu enfiava o mamilo na boca dele, e imediatamente ele ficava quieto. Caso contrário, ele simplesmente aprontava um berreiro. Fazendo uma gritaria em protesto, agitava os braços, tirava a coberta com chutes e se contorcia para fora das roupas. Ele ocupava o apartamento de tal maneira que às vezes eu simplesmente tinha que sair. Colocava-o no banheiro, onde o isolamento é melhor, e amarrava-o firme à cadeirinha. Por segurança, colocava almofadas por toda a volta dele. Ele só tinha poucos meses de idade, por isso era impossível que se soltasse da cadeira. Então eu saía. Para o centro, onde eu tomava um café, lia uma revista, visitava algumas lojas. Vez ou outra fumava um cigarro. Eu tinha conseguido parar quando estava grávida e compreendia que não devia fumar enquanto estivesse amamentando. Mas um cigarro de vez em quando não faria mal nenhum. Mesmo assim, eu ficava com a consciência pesada depois.*

*Minhas saídas pararam de repente quando ele tinha 5 meses. Eu não tinha ficado muito tempo fora. Duas horas, talvez. No máximo. Quando voltei para casa, fazia um silêncio assustador. Abri a porta do banheiro, e ele estava lá, inanimado, com metade do corpo para fora da cadeira e o cinto em volta do pescoço. Devo ter levado vários segundos para me recompor e desafivelar o bebê. Ele tossia e raspava a garganta, a cara roxa. Eu chorava muito e o sacudia, finalmente o rosto dele voltou ao normal. Só que ele ficou em silêncio.*

*Abracei-o bem apertado, e pela primeira vez senti que o amava. Meu filho tinha 5 meses. E eu não tinha sentido nada por ele até então. Tudo tinha sido anormal desde o começo.*


Já estava tarde. O novato era pior do que ela tinha previsto. Ela folheava o relatório do psicólogo, embora não estivesse com cabeça para assimilar muita coisa. Ela conhecia o vocabulário. Era a mesma coisa para todas as crianças, apenas com algumas variações de terminologia, combinações diferentes. "Período prolongado de deficiências nos cuidados básicos recebidos"; "Mãe incapaz de proteger o garoto do bullying"; "O garoto é altamente influenciável"; "Apresenta baixo desempenho na escola"; "Problemas graves e amplos no estabelecimento de limites"; "O garoto alterna comportamento agressivo e desenfreado com uma atitude parentética, exagerada e quase cavalheiresca para com a mãe e outros adultos, algo claramente sintomático da hipótese de sério transtorno de desenvolvimento como resultado da negligência"; "A falta de controle da impulsividade do garoto pode logo se tornar um perigo direto a suas imediações caso não seja inserido em um ambiente de cuidados apropriados, onde lhe forneçam a consistência, segurança e previsibilidade tão necessárias a ele"; "O garoto trata as outras crianças com uma atitude adulta que as amedronta, é marginalizado e degenera-se em conduta agressiva e antissocial".

Apenas os piores casos acabavam ali. Na Noruega, crianças que, por uma razão ou outra, não pudessem crescer com os pais biológicos eram instaladas em orfanatos. O sistema era esse. Era fácil encontrar lares assim para bebês. Bem fácil no que dizia respeito a crianças começando a andar até mais ou menos a idade escolar. Além disso, ficava muito mais difícil. De modo geral, porém, elas conseguiam. Exceto os piores casos. Crianças que exigiam muito, porque se mostravam tão seriamente comprometidas emocional e psicologicamente, pela vida que levaram ou pelos pais imprestáveis que tinham ou tiveram, que ninguém esperava que alguma família comum arcasse com a responsabilidade de cuidar delas. Essas crianças acabavam com Agnes.

Abafando um bocejo, ela massageou a região lombar. Olav provavelmente se acostumaria. Precisava de muito mais que aquilo para ela desistir de uma criança. Além disso, em rigor, ele não era o problema mais difícil com que tinha de lidar no momento. Tentando inutilmente achar uma posição mais confortável na cadeira, ela enfiou a ficha de Olav em uma gaveta e abriu outra, uma pasta com proteção de cartolina contendo cinco folhas de papel. Ficou olhando fixamente para ela. No final, guardou-a também, respirando fundo e trancando a gaveta com cuidado. A chave ficou emperrada, mas ela conseguiu finalmente tirá-la do buraco da fechadura. Quieta e aborrecida, ela se levantou, ergueu um vaso de planta da estante embutida ao lado da janela e recolocou a chave no lugar. Por alguns instantes ficou ali, olhando para fora.

O jardim sempre parecia mais amplo à noite. O luar lançava sombras claras e azuis sobre o que ainda restara da neve. Lá na estrada, ao lado da cerca baixa de arame, ela avistou a bicicleta de Glenn. Com um suspiro, decidiu que seria pulso firme com ele desta vez. Nada de bicicletas nas pistas geladas e escorregadias. Havia dois dias, Christian tinha sido instruído a trancá-la no porão. Ou ele não tinha feito isso, ou então Glenn tinha forçado a entrada no depósito e pegado a bicicleta. Ela não sabia bem o que era pior, um empregado descuidado ou um rapazinho desobediente.

Sentia-se um vento forte vindo da janela velha e bamba. Eles deviam priorizar, por isso o andar superior, onde as crianças passavam a maior parte do tempo quando acordadas, tinha sido o primeiro a receber janelas novas. Só Deus sabia quando seria a vez do escritório dela na lista de prioridades. Ela soltou um suspiro baixinho e caminhou até a porta. Embora não fosse nada tentador ir para casa, considerando o pé em que as coisas estavam entre ela e o marido, seu corpo ansiava por uma noite de sono. Se tivesse sorte, quando chegasse, ele já teria se recolhido para dormir.

Antes de sair, ela foi ver Olav mais uma vez. Um quarto de século cuidando de crianças lhe dera a habilidade de saber que ele estava dormindo, embora desse para distinguir apenas o contorno de sua forma pesada na cama. A respiração do garoto estava tranquila e regular, e ela levou um tempo enfiando a colcha em volta dele antes de fechar silenciosamente a porta atrás de si. Pouco antes, ela tinha esboçado um sorriso ao saber do desaparecimento de comida e leite. Deixaria por isso mesmo, sem mais punições.

Na sala de recreação, Christian estava sentado com os pés na mesa, meio adormecido. Maren estava sentada em uma poltrona com encosto lateral, com os pés enfiados sob o corpo, lendo um romance policial. Quando a diretora entrou na sala, Christian, em um ato reflexo, apressou-se a tirar os pés da mesa. Havia muito ele já deveria ter saído, pois fazia uma hora que seu turno tinha terminado. Mas ele era preguiçoso demais.

– Sinceramente, já é difícil ensinar boas maneiras aos jovens sem que você fique servindo de mau exemplo – repreendeu ela, dirigindo-se ao estudante que trabalhava meio período na parte da noite. – E mais uma coisa: achei que a gente tivesse combinado que a bicicleta da Glenn ficaria trancada!

– Ai, caramba. Esqueci.

Aparentemente envergonhado, ele cutucava uma espinha enorme no lado esquerdo do nariz.

– Ouça, Christian – continuou a diretora, sentando-se ao lado dele, com as costas retas e os joelhos bem juntos. – Esta é uma instituição conduzida pelo Exército da Salvação. Fazemos o possível para corrigir o modo de falar apavorante das crianças. Por que será que é tão difícil para você respeitar meu pedido de evitar todo esse palavreado? Não compreende que realmente me ofende toda vez que fala desse jeito? Crianças são crianças. Você é um homem crescido que já devia ter aprendido a mostrar consideração. Não entende isso?

– Foi mal, foi mal – murmurou ele em tom submisso e, de repente, a espinha estourou, liberando pus amarelo. Ele ficou olhando fascinado para o dedo.

– Misericórdia – gemeu Agnes, levantando-se e fazendo um movimento para sair.

Ao vestir o casaco, voltou-se para Maren, que, alheia à pequena discussão, continuava a virar as páginas do livro.

– Preciso ter uma reunião com você em breve, só nós duas – avisou ela e, passando os olhos por Christian, que ainda olhava incrédulo para a quantidade de pus que uma espinha podia comportar, acrescentou:
– Devemos discutir a escalação de pessoal para fevereiro e março. Será que você pode elaborar uma proposta?

– Ahã – concordou Maren, erguendo os olhos do romance por um segundo. – Pode deixar.

– Seria bom se você a aprontasse esta noite. Daí podemos discutir amanhã à tarde.

Erguendo novamente os olhos, Maren sorriu e concordou com a cabeça.

– Está bem, Agnes. Estará pronta amanhã à tarde. Sério, pode deixar. Boa noite!

– Boa noite para vocês dois.

## 2

**Era um lindo casarão.** Ainda que os recursos financeiros para a reforma não tivessem sido suficientes para uma restauração de mais respeito, – apenas foram recolocadas as janelas originais de oito vidraças H Windows, com divisões horizontais, a casa e suas torres se erguiam imponentes por quase dois hectares de terra. As paredes de tijolos eram pintadas de bege, mas com vigamento decorativo na cor verde, ao estilo suíço. Há cinco anos, foram divididos dois andares inteiros, com duas salas de estar, uma sala de conferência, cozinha, banheiro, lavanderia e uma sala no andar térreo, que chamaram de biblioteca, embora na realidade fosse uma espécie de sala de discos. No andar superior, havia seis quartos para as crianças, mas vários eram quartos de casal, e alguns quartos de solteiro eram agora usados como salas de estudo e salões comunitários. Além disso, havia um quarto para funcionários. No fim do corredor, à direita da escadaria, ficava o escritório da diretora. Logo do outro lado do corredor, havia um enorme banheiro com banheira e outro menor com chuveiro e toalete. Além do bom uso do espaço desses dois andares, havia um porão inteiro e um sótão espaçoso de pé-direito alto. Seguindo uma inspeção de incêndio realizada anos antes, escadas de mão foram instaladas junto das janelas nas duas pontas do corredor e havia uma corda em cada quarto.

As crianças adoravam simulações de incêndio. Todas, menos Kenneth.

E agora Olav. O primeiro se sentou no meio do corredor, chorando e agarrando-se ao extintor da parede. Olav postou-se com as pernas afastadas, truculento, projetando o lábio inferior mais do que nunca.

– Nem fodendo – disse ele irritado. – Nem fodendo que eu vou descer por essa corda.

– Então pela escada, Olav – sugeriu Maren. – Não é tão assustador assim. E você tem que parar logo com esse palavreado. Você já está aqui há três semanas, e a tolerância está se esgotando!

– Vamos lá, Olav.

Terje foi quem o cutucou nas costas. Ele tinha seus 30 anos e, pelo menos no papel, era o diretor assistente.

– Eu vou primeiro, então fico bem embaixo de você, de certo modo. Se você cair, vou estar lá para segurá-lo. Beleza?

– Acho difícil – disse Olav, recuando um passo.

– Aposto 10 coroas que o idiota não tem coragem – gritou Glenn de fora da janela, ele já havia subido e descido quatro vezes.

– O que você vai fazer se a casa começar a pegar fogo? – perguntou Terje. – Vai morrer queimado?

Olav olhou com malícia para ele.

– Não se preocupe com isso! Minha mãe mora em um prédio de concreto. Qualquer coisa me mudo para lá.

Balançando a cabeça, Terje desistiu e deixou Maren lidar com a criança teimosa.

– Do que você está com medo? – perguntou ela calmamente, indicando que deveriam entrar no quarto de Olav.

Relutante, ele foi se arrastando atrás dela.

– Eu não estou com medo.

Ele caiu como um tijolo na cama, que fez um ruído alto, e Maren deu consigo conferindo a solidez do móvel antes de se sentar ao lado do garoto.

– Se não está assustado, então o que o impede?

– Só não quero me dar ao trabalho. Não estou assustado.

Lá do corredor dava para ouvir Kenneth soluçando amargamente em meio à gritaria entusiasmada e uivos de Tarzan das demais crianças que se balançavam nas cordas.

Ela não era santa. Ela não conhecia nada mais idiota do que a cara de "Eu gosto tanto de crianças..." Crianças eram como adultos: algumas encantadoras, outras fascinantes, mas havia as desprezíveis. Como profissional do ramo, tinha para si que ninguém poderia identificar quando ela não gostasse de uma criança. Ela não tratava indivíduos da mesma forma, pois indivíduos não eram iguais, mas ela era justa e não tinha favoritos. Havia um equilíbrio sutil, do qual ela se orgulhava, mas Olav mexia de alguma forma com ela.

Desde a chegada dele, ninguém havia conseguido romper o bloqueio. Mesmo assim, havia algo na expressão dele enquanto ficava sentado ali, feito um Buda trajado tentando parecer zangado, quando na verdade só estava triste; havia algo em toda a sua figura macabra que exercia uma atração sobre ela. Desafiando a proibição de contato físico, ela calmamente lhe acariciou os cabelos, e ele não se importou.

– O que há com você, pequeno Olav? – perguntou com doçura, acariciando-o mais uma vez.

– Sabe, não sou exatamente pequeno – respondeu ele em tom sério, mas ela percebeu um sorriso disfarçado em sua voz.

– Só um pouco – argumentou ela, rindo. – Às vezes, quem sabe.

– Você gosta de trabalhar aqui? – perguntou ele subitamente, afastando a mão dela da cabeça.

– Sim. Gosto muito. Não consigo me imaginar trabalhando em outro lugar no mundo.

– Há quanto tempo está aqui?

– Uns três anos... – e acrescentou hesitante: – Desde que deixei a faculdade. Escola de Serviço Social. Quase quatro anos. E vou ficar aqui por muitos, muitos anos.

– Por que não prefere ir embora e ter filhos?

– Posso muito bem fazer isso algum dia. E não é por isso que eu trabalho aqui, é claro. Digo, porque eu não tenho filhos. A maioria das pessoas que trabalha aqui tem filhos.

– Quantas páginas tem a *Bíblia*? – perguntou ele abruptamente.

– A *Bíblia*?

– É, quantas páginas tem? Caralho, devem ser muitas! Veja a grossura disso!

Ele agarrou a *Bíblia* que estava sobre a cabeceira (havia uma sobre cada uma delas) e bateu-a repetidas vezes na coxa antes de entregá-la a Maren.

Ela começou a folhear o livro.

– Pode dar uma olhada na última página... – sugeriu ele. – Não precisa contar.

– Mil, duzentas e setenta e uma páginas – concluiu ela. – Mais algumas de mapas. E você... É sério o que eu disse sobre esse seu palavreado. Vamos tentar a escada de incêndio agora?

Ele se levantou, e a estrutura da cama rangeu com o alívio do peso.

– Agora eu vou descer. Pelas escadas.

Não havia mais nada a discutir.

*Entrei em contato com a assistência social. Sim, quando ele tinha 2 anos. Eu estava morta de medo. Precisava de ajuda. Alguém tinha que cuidar dele por um tempo. Fazia meses que eu havia decidido ligar, mas ficava adiando por temer a atitude que tomariam. Eles não poderiam tirá-lo de mim. Éramos apenas nós dois. Ainda estava amamentando, embora ele agora pesasse 19 quilos e devorasse cinco refeições por dia. Ele comia tudo. Não sei por que o deixei seguir com isso durante tanto tempo. Durante os dez minutos em que ficava mamando, pelo menos ficava quieto. Eu estava no controle. Eram como pequenos bolsões de paz. Quando ele começou a se desinteressar, era eu a derrotada. E não ele.*

*Eles foram simpáticos. Depois de terem ficado em casa comigo algumas vezes, duas ou três, talvez, o admitiram em uma creche. Das 8h25 às 17h. Disseram que eu não devia deixá-lo lá por muito tempo, já que eu era uma mãe do lar, poderiam autorizar dias um pouco mais curtos. Seria cansativo para ele, disseram.*

*O garoto era entregue às 8h15 todas as manhãs. Eu nunca buscava antes das 17h. Mas nunca mais tarde também.*

*Eu consegui uma vaga na creche. E sobrevivi.*

Olav estava com saudades de casa. Era como uma carência em seu corpo, algo que ele nunca havia sentido na vida. Ele nunca ficara longe por tanto tempo. Ele tentou diminuir o buraco no estômago respirando forte e rápido, mas isso só o deixou zonzo. O corpo todo doía. Então ele tentou respirar fundo novamente, mas a carência, o doloroso buraco, retornou. Foi o suficiente para fazê-lo chorar.

Ele não sabia se era saudade da mãe, do apartamento, da cama ou de seus pertences. Ele não pensava muito nisso também. Era um grande amontoado de perdas.

Ele queria voltar para casa, mas não era autorizado a sair. Ele tinha que ficar ali por dois meses, antes que tivesse permissão para uma visita domiciliar, disseram-lhe. Enquanto isso, a mãe vinha visitá-lo duas vezes por semana. Como se ela tivesse alguma coisa a ver com o orfanato. Ele percebia as outras crianças olhando-a e os gêmeos rindo toda vez que ela aparecia. Kenneth era o único que falava com ela. Ele nunca teve mãe, coitado, então provavelmente estava com inveja. Uma mãe feia e asquerosa era melhor do que nenhuma.

Ela podia permanecer ali por duas horas a cada visita. Durante a primeira hora, tudo corria bem. Conversavam um pouco, às vezes saíam para passear pela vizinhança. Por duas vezes, tinham ido a uma cafeteria para comer bolo. Porém era uma caminhada longa, de modo que numa visita o passeio havia consumido quase todo o tempo que tinham. Na única ocasião em que voltaram com meia hora de atraso, Agnes repreendeu a mãe. Olav viu que a mãe tinha ficado arrependida, embora não tivesse dito nada. Então ele destruiu o gancho onde pendurava o casaco, e Agnes ficou furiosa com ele também.

Passada a primeira hora, era mais difícil pensar em qualquer coisa que pudessem fazer. Agnes sugeriu que a mãe o ajudasse com o dever de casa, mas isso era algo que ela nunca fizera, então ele não ficava empolgado. Preferiam passar a maior parte do tempo sentados na sala, sem dizer muita coisa.

Ele queria muito voltar para casa.

Ele estava faminto.

Ele estava sempre, sempre faminto.

Ficou muito mais agonizante desde a chegada ao orfanato, onde não lhe davam comida suficiente. No dia anterior, ele quis uma terceira porção de almôndegas com bastante molho. Agnes negou, ainda que restasse muito na panela. Kenneth ofereceu a porção dele, mas, justo quando estava prestes a jogar tudo no prato do amigo, Agnes tomou a comida e ofereceu uma maçã a Olav. Mas ele não queria uma maçã, ele queria almôndegas.

Ele estava *insuportavelmente* faminto.

Naquele momento, as outras crianças estavam lá fora. Pelo menos estava tranquilo no casarão. Era dia de reunião de professores na escola e provavelmente foi por isso que realizaram a simulação de incêndio. Ele se rebocou para fora da cama, sacudindo uma perna que tinha ficado dormente. Olav sentia o formigamento e, apesar da dor, um pouco de cócegas também.

A perna quase não resistiu quando ele colocou o peso do corpo sobre ela e foi mancando até as escadas. Dava para ouvir vozes vindas lá de baixo, provavelmente eram os adultos. Caminhando até a janela no fim mais próximo do corredor, viu ao longe Kenneth e os gêmeos descendo de trenó a encosta até a rua. Uma encosta para maricas. Muito curta, sem falar que era preciso brecar para não bater na cerca. Ele não sabia o paradeiro das crianças mais velhas. Elas tinham rédeas largas e podiam fazer quase tudo. No dia anterior, Raymond até tinha ido ao

McDonald's com a namorada. Ele deu a Olav um bonequinho trazido de lá. Por ser algo muito infantil, ele o repassou a Kenneth.

Tentando descer furtivamente as escadas, ele descobriu que os degraus rangiam um pouco. Ocorreu-lhe que, se colocasse os pés bem na beirada externa, faria menos barulho e conseguiu descer quase em silêncio.

– Oi, Olav!

Ele quase pulou de susto. Era Maren.

– Por que não está lá fora? Todas as crianças estão lá!

– Não estou a fim. Quero ver TV.

– Nada de TV tão cedo. Vai ter que achar outra coisa para fazer.

Ela sorriu para ele. Ela era a única adulta no orfanato que ele conseguia tolerar. Ela era *sensata*, algo que quase ninguém era. Nem sua própria mãe. E nem Agnes, certamente.

– Estou morrendo de fome – sussurrou ele.

– Mas só falta meia hora para o almoço!

– Só comi duas fatias de pão.

Olhando em volta, Maren não viu ninguém, então, colocando o dedo indicador diante da boca que esboçava um sorriso seguiu sorrateiramente para a cozinha com movimentos exagerados, murmurando a música-tema da *Pantera Cor-de-Rosa*. Um Olav sorridente foi devagarzinho atrás dela, ainda que achasse tudo bastante estúpido.

Na cozinha, ela abriu uma fresta da geladeira e os dois esticaram a cara para o vão. A luz piscava porque a porta não estava devidamente aberta, então tiveram que abri-la um pouco mais.

– O que você quer? – sussurrou Maren.

– As almôndegas – Olav sussurrou de volta, apontando para a sobra de comida da véspera.

– Não pode comer isso. Mas pode tomar iogurte.

Ele não ficou especialmente satisfeito, mas era melhor do que nada.

– Posso colocar cereal em cima?

– Pode.

Pegando uma embalagem econômica de iogurte, Maren derramou um pouco em um pratinho fundo. Olav havia pegado a caixa de cereais da despensa e espalhava uma terceira colheirada sobre a tigela quando Agnes apareceu à porta.

– O que está acontecendo aqui?

Os dois congelaram por um segundo, antes de Maren pegar a tigela de iogurte e se posicionar na frente do garoto.

– Olav está com muita fome. Um pouco de iogurte não vai fazer mal.

Agnes não proferiu nenhuma palavra enquanto contornava a enorme mesa de jantar para arrancar a tigela de Maren. Ainda sem nenhuma palavra, ela retirou um rolo de plástico filme de uma gaveta e cobriu o iogurte, então afastou os dois pecadores da frente da geladeira e guardou a tigela lá dentro.

– Prestem atenção! Aqui nesta casa nós *não* comemos entre as refeições. Vocês dois sabem muito bem disso.

Ela não dirigia os olhos para Olav, olhava duramente para Maren, que, constrangida, encolheu os ombros e colocou a mão no ombro do garoto. Depois do susto inicial, ele se recompôs.

– Vaca do caralho.

Agnes, prestes a sair da cozinha, congelou no meio do movimento e então se virou lentamente.

– O que você disse?

Maren apertou o ombro do garoto na tentativa de adverti-lo.

– Vaca do caralho, cadela do inferno!

Naquele momento, o garoto gritava.

Agnes Vestavik atacou-o mais rápido do que alguém teria achado possível. Agarrando o queixo do garoto, forçou o rosto dele para cima, deixando-o cara a cara com ela. Ele revelou seu protesto estreitando os olhos.

– Aqui *não* se usam expressões como essas – rosnou ela.

Maren podia jurar que a diretora tinha erguido a mão esquerda para desferir um tapa no garoto. Se assim fosse, teria sido a primeira vez na vida de Agnes Vestavik. Após um momento de hesitação, ela baixou a mão, mas continuou segurando a cara do garoto.

– Olhe para mim!

Ele apertou os olhos com ainda mais força.

– Olav! Abra os olhos e olhe para mim!

O rosto de Olav estava vermelho, contrastando com as marcas lívidas ao redor dos dedos da diretora.

– Eu vou cuidar dele, me permita – sugeriu Maren com voz atenuada. – Eu vou conversar com ele.

– Conversar! Não vamos conversar nada aqui! Não vamos...

– Puta velha – murmurou Olav por entre os dentes cerrados.

Agora a diretora estava mortalmente branca. Ela ergueu a mão esquerda mais uma vez e novamente a desceu depois de alguns segundos. Ela segurava a cara do garoto com ainda mais fúria. Então engoliu em seco duas vezes e lentamente o soltou. Apesar disso, o garoto não abriu os olhos e continuou parado ali com o rosto empinado.

– Vou ligar para sua mãe e dizer que ela não precisa vir aqui pelas próximas duas semanas, entendeu? Será um castigo adequado.

Maren abriu a boca para se opor, mas a fechou ao ver o olhar da diretora. Então tentou se colocar entre o garoto e Agnes, tarefa bastante difícil, uma vez que Olav, ao ouvir o castigo, tinha aberto olhos e boca e estava pronto para partir para cima da outra mulher. Esta, por sua vez, tinha lhes dado as costas e estava saindo pela porta. Maren conseguiu imobilizar o garoto agarrando-lhe os braços e torcendo-os atrás das costas.

O garoto urrou.

– Eu odeio você! Eu odeio essa vadia do caralho.

Agnes bateu a porta e desapareceu.

– Mãe – berrou o garoto, tentando se soltar. – Mãe!

E então, de propósito, ele mordeu a própria língua, que começou a jorrar sangue.

Mas ele não chorou.

– Mãe – murmurou ele enquanto o sangue escorria da boca.

Parada atrás dele, Maren logo percebeu que o garoto não mais tentava se soltar. Ela o largou lentamente e o conduziu até uma cadeira. Foi então que viu o sangue.

– Oh, minha nossa, Olav – disse ela apavorada, pegando folhas de um rolo de papel-toalha.

O papel ficou rapidamente imbuído de sangue, e ela usou quase todo o rolo antes de o fluxo ficar estancado o suficiente para que pudesse examinar o ferimento com mais atenção. Parte da língua foi quase arrancada.

– Olav, pronto, pronto – acalmou-o ela, batendo de leve o papel-toalha na ferida.

Nisso ela percebeu que não havia muito mais a ser dito. Exceto uma coisa.

– Olav, quando você tiver algum problema, se as coisas estiverem difíceis, se alguém for maldoso com você, é preciso que você venha falar comigo. Eu sempre poderei ajudá-lo. Se você não tivesse ficado com tanta raiva agorinha há pouco, poderíamos ter resolvido isso juntos. Será que pode tentar se lembrar disso daqui para frente? Que eu sempre vou ajudá-lo?

Maren não estava totalmente certa, mas teve a impressão de que o garoto fez que sim com a cabeça. Ela então se levantou, pois precisava ligar para o médico do orfanato.

Olav levou três pontos na língua.

* * *

Do total de quatorze funcionários, apenas um estava ausente, e Agnes conduzia a reunião. Maren havia redigido uma proposta de escalação para os próximos dois meses, porém passaram um tempo ajustando as sugestões dela. Depois discutiram questões sobre as crianças, uma por uma.

– Raymond conseguiu uma vaga naquele curso – comentou Terje.

– Ele começa na semana que vem. Então, por semana, serão três dias de escola e dois dias consertando motocicletas. Ele mal vê a hora.

Raymond estava indo bem. Ele morava em Spring Sunshine desde os 9 anos e tinha sido um terrível casca-grossa no primeiro ano. A partir de então, relaxou os ombros, soltou o ar e botou a cabeça no lugar, aceitando o fato de que poderia visitar a mãe apenas nos fins de semana. A mãe de Raymond era fantástica, possuía todas as qualidades que uma mãe deveria ter: atenciosa, inspiradora, protetora e amorosa. Quando estava sóbria. Durante os cinco primeiros anos de vida dele, as coisas haviam corrido bem, mas então ela voltou a beber. Aos 7 anos, Raymond foi colocado sob os cuidados de outra família, e a situação degringolou novamente. Ele era tão apegado à mãe que se tornava impossível alguém assumir o papel parental, por isso, depois de três casais de pais adotivos terem se esgotado sem que a mãe dele houvesse conseguido largar a bebida, Raymond foi transferido para Spring Sunshine, onde as coisas melhoraram. A mãe ficava sóbria desde a noite de sexta-feira e abria a primeira garrafa logo que Raymond saía no domingo à noite. Daí ela enchia a cara durante a semana toda para se preparar para as próximas 48 horas de sobriedade. No entanto, ela era indiscutivelmente a mãe de Raymond, e ele estava indo bem.

Não havia muito a mencionar sobre os demais residentes, com exceção de Olav.

– Esse realmente nos dá muito trabalho – suspirou Catherine, uma anoréxica com seus 30 anos, do turno do dia. – Sinceramente, pessoal, tenho medo de verdade desse garoto! Não temos a menor chance quando ele resolve empacar!

– Então coma um pouco mais – murmurou Terje, que foi ignorado.

– Foi bem melodramático na quinta-feira, quando a mãe dele estava indo embora – observou Eirik, que estava de serviço naquele dia. – Ele grudou nas pernas da mulher, que simplesmente ficou lá parada, olhando para mim, e nem ao menos tentou botar juízo nele. Quando me agachei perto dele para resolver, acabei me lascando!

Avançando por cima da mesa, Eirik inclinou a cabeça de lado, e todos puderam ver um círculo amarelo-azulado em volta do olho esquerdo.

– O garoto é extremamente perigoso! E a mãe é repugnante, sem sombra de dúvida!

– Ele nunca agride as outras crianças – discordou Maren. – Muito pelo contrário, pode ser bastante prestativo, na verdade. Ele tem bons hábitos e maneiras educadas quando quer mostrar. Não podemos exagerar. No que diz respeito à mãe, ela só está desesperada.

– Exagerar! Não é melodramático quando ele me chuta no olho, ameaça me matar e rasga todos os desenhos das outras crianças em mil pedaços?

– Desde que o sofrimento se restrinja a você e aos desenhos, temos que aguentar as pontas – concluiu Agnes, sem mencionar o episódio dramático daquela manhã e indicando o fim da reunião ao juntar os papéis.

Quando os outros se levantaram, arrastando as cadeiras no chão, ela fez um movimento de mão para que se detivessem.

– Gostaria de conversar particularmente com cada um de vocês – acrescentou ela, sem olhar para nenhum deles efetivamente. – Uma espécie de entrevista de avaliação.

– Entrevista de avaliação?

Catherine observou que não era normal realizar avaliações naquele momento, sem aviso e dois meses antes da data prevista.

– Agora teremos. Serão bem rápidas. Terje, você primeiro. Subiremos ao meu escritório.

Maren Kalsvik, que era uma espécie de subdiretora em Spring Sunshine, escrutinava a chefe. Agnes parecia exausta. Os cabelos estavam sem vida, o rosto, geralmente liso e redondo, havia endurecido. Olheiras inconvenientes eram visíveis sob os olhos, e ela às vezes parecia quase que desinteressada das crianças. Deveria ser o casamento. Maren e Agnes não eram exatamente amigas, mas trabalhavam muito próximas e de vez em quando conversavam sobre uma coisa ou outra quando ficavam sozinhas. Ela sabia que o casamento da diretora não estava indo bem nos últimos meses, talvez fosse mais grave do que Agnes havia lhe confidenciado. O castigo que ela aplicou pela malcriação de Olav era preocupante. Será que Agnes havia extrapolado? Maren usaria a entrevista para investigar a condição psicológica da chefe. Ela daria um jeito para que a punição de Olav fosse anulada, e com razão. Castigar crianças negando-lhes a companhia dos pais não era apenas nada educativo como também completamente ilegal.

– Posso ser a segunda? – pediu ela. – Tenho consulta no dentista mais tarde.

Agnes só concluiu as entrevistas com os colegas depois de quase quatro horas, apesar de duas terem durado apenas dez minutos.

*\*\*\**

A casa parecia estar respirando. Profunda e calmamente. Uma fortaleza segura e confortável para oito crianças adormecidas.

"Pelo menos estão tendo um bom descanso", pensou Eirik com satisfação enquanto desligava a TV.

Passava da meia-noite e meia, mas, o que era raro em seu caso, ele não se sentia cansado. Será que poderia ter dormido sem perceber? Pegou um baralho e começou a jogar paciência, normalmente um bom remédio para ficar sonolento. Depois de trapacear algumas vezes, começou a sentir sono. Não seria nada mal usar a cama preparada no andar de cima. Subindo as escadas, percebeu que Agnes ainda não tinha ido para casa, pelo menos ele não a vira sair. Era improvável que ela fosse embora sem aparecer com a cabeça na porta da sala de TV para dar boa-noite. Considerada essa ideia, ele não entendeu por que ela havia voltado aquela noite, por volta das 22 horas. Todos os relatórios estavam em dia, como prometido na reunião, e já fazia um bom tempo que ela estava no escritório. Ele olhou novamente para o relógio. Quase 1 hora da manhã. Indo devagar, virou à esquerda no corredor do primeiro andar e lentamente baixou a maçaneta da porta do quarto dos gêmeos. Deitados na cama de Kim-André, os dois pareciam dois anjinhos, com os braços em volta um do outro e as boquinhas abertas respirando leve e regularmente. Eirik pegou cuidadosamente Roy-Morgan e o colocou na cama dele. O garoto murmurou protestos sonolentos antes de virar de barriga, suspirando, e voltar ao seu descanso. Como sempre, os garotos tinham deixado a luz acesa. Sem apagá-la, Eirik continuou a ronda.

Estavam todos dormindo. Deitado de costas, Raymond roncava, com a boca aberta e a cabeça virada para cima; metade dos braços e das pernas estirados estavam para fora da cama estreita, com a colcha caída. Pegando-a do chão, o assistente noturno colocou as pernas compridas do garoto no lugar de direito, sem perturbar o ocupante, e enfiou a ponta da colcha entre o colchão e a beirada da cama, na vã esperança de que ela não saísse de novo.

Ele olhou de relance para a cama de Olav e estacou. Estava vazia. Aquilo não fazia sentido. Embora estivesse vendo TV, ele teria percebido se o garoto tivesse saído, já que a porta da sala de recreação estava aberta. Ou será que a abriram? Sentiu a raiva subir-lhe à cabeça.

Crianças haviam fugido antes. Era fácil não voltar da escola, ou de uma visita à cidade, ou o que fosse. Mas agora a culpa era dele, e era madrugada. E Olav só tinha 12 anos.

A janela estava aberta. A corda de incêndio, amarrada a um gancho sob o peitoril, estava pendurada para fora. Escancarando a janela, Eirik olhou para o chão cinco metros abaixo. Mas o garoto não tinha coragem nem de chegar perto das cordas!

Sem temer acordar as crianças, ele correu para o corredor, passando pelo quarto de funcionários, e gritou a quase dois metros do escritório da diretora, à direita da escada.

– Agnes! Agnes! Olav fugiu!

Entrando como um furacão no escritório, ele parou de repente, totalmente assombrado.

Atrás da escrivaninha de mogno, adquirida em um mercado de pulgas por 300 coroas, com um vaso de planta, telefone, base para escrever feita de plástico barato e um copo vermelho com quatro canetas arranjadas na frente dela, via-se Agnes Vestavik sentada perfeitamente imóvel. Com uma expressão de surpresa e o olhar penetrante bem na direção dele. De um dos cantos da boca entreaberta, um filete, já seco, de sangue escorrido.

Depois de ficar ali cravado durante meio minuto, Eirik, com passo lento e rígido, contornou a mesa, como a demonstrar respeito pela morte. Pois ela estava tão morta quanto podia: treze centímetros de um punho de faca projetado de suas costas, mais ou menos na altura do coração.

Juntando as mãos na frente do rosto, Eirik rebentou em lágrimas.

# 3

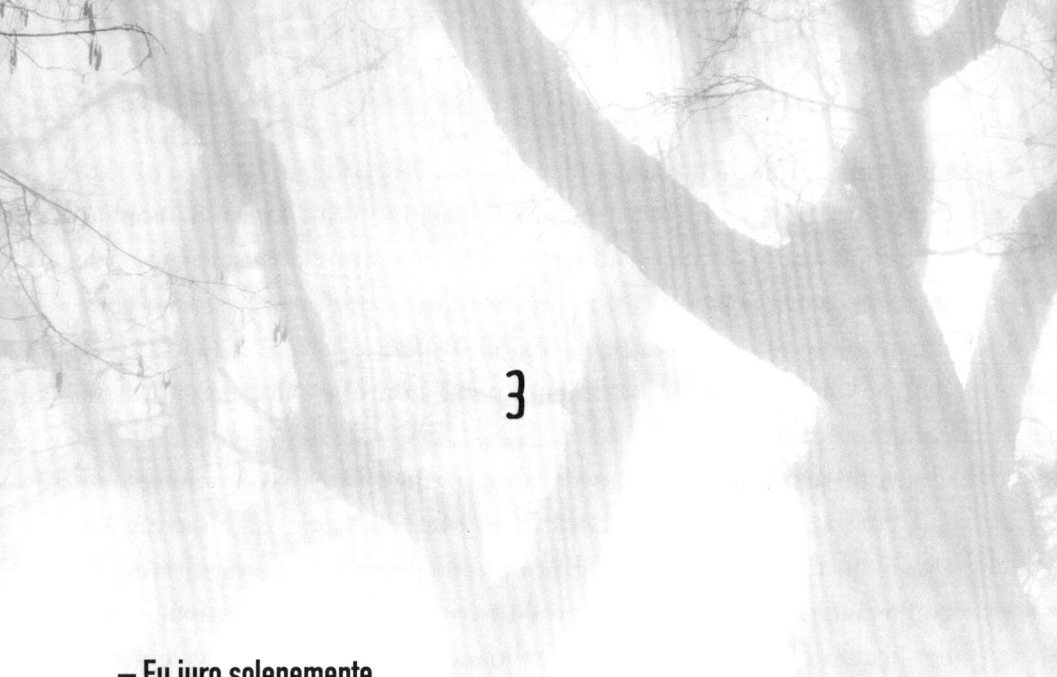

— Eu juro solenemente.

Ela baixou a mão direita. Havia poucas coisas de que a inspetora chefe Hanne Wilhelmsen gostava menos do que ser testemunha em tribunal. Era verdade que oficiais de polícia, diferentemente de outras testemunhas, eram autorizados, em larga medida, a comparecer por agendamento, com o promotor público telefonando meia hora antes do horário previsto para estar no banco de testemunhas. No entanto, algo sempre acontecia para causar atraso. Além disso, tomava tempo recordar algo que havia ocorrido 18 meses antes, talvez dois anos. Somente localizar os documentos do caso já consumia tempo considerável. A solução mais simples seria receber, alguns dias antes, uma cópia dos documentos da promotoria, mas Hanne Wilhelmsen sabia, bem como os outros 150 oficiais da Delegacia de Polícia de Oslo, que isso era cumprido apenas em um entre dez processos. Os advogados de polícia ofereciam garantias e promessas, mas os papéis nunca chegavam e, via de regra, acabava-se revirando um arquivo que era mais ou menos artesanal.

Seu comparecimento no tribunal dizia respeito a uma questão banal. Sentados com expressão sombria, os promotores de beca passaram o dia de trabalho investigando se uma garota de 21 anos havia mordido um policial na perna e cuspido em sua orelha durante uma manifestação.

Mascando chiclete, a jovem puxou o cabelo lilás e olhou com raiva para a inspetora chefe enquanto esta assumia seu lugar no banco de testemunhas, trajada de uniforme de gala. Hanne Wilhelmsen não ouviu o que a moça disse, mas, a julgar pelos movimentos labiais, ela poderia jurar que a acusada formou a palavra "porca" antes de se reclinar com um suspiro exagerado e dirigir os olhos para o teto. O advogado de defesa não fez nenhum movimento para pedir que ela se comportasse com mais decoro.

Desta vez, o interrogatório acabou rápido. Hanne Wilhelmsen de fato viu o que ocorrera. Em horário de folga, ela por acaso passava pela Praça Stortorget quando um grupinho de pessoas, mais precisamente conhecido por Blitz Youth, gritava furiosamente à porta de um bar, um conhecido recanto fascista. Na realidade, a descrição era excelente, já que a polícia sabia havia muito tempo que ali era o reduto de grupos de extrema direita. No momento em que Hanne Wilhelmsen passava, a garota de cabelo lilás estava sendo puxada e algemada por dois oficiais, sem oferecer muita resistência. A inspetora chefe Hanne Wilhelmsen parou a apenas três ou quatro metros da cena, quando a *blitzer* perguntou a um dos policiais se ela poderia lhe contar um segredo. Antes que ele tivesse tempo de responder, ela se inclinou para perto da orelha dele e cuspiu um amontoado considerável de chiclete e saliva. Enfurecido, o policial deixou-a cair no chão, ao que a garota enterrou os dentes na bota dele, logo acima do tornozelo. É provável que a lesão tenha sido muito maior nos dentes e no maxilar da acusada do que no couro do sapato, especialmente porque o policial furioso sacudiu a garota na tentativa de fazê-la soltar. Quando isso finalmente ocorreu, ela começou a rir e foi imediatamente puxada com força e enfiada em um camburão.

– Você viu claramente que ela mordeu o policial na perna?

Era o promotor fazendo a pergunta, um advogadozinho assistente bem moço, com faces rosadas no rosto sem barba. Wilhelmsen sabia que aquele era o primeiro caso dele.

– Bom, considerando que as botas formam uma parte da perna, sim – respondeu a inspetora chefe, olhando para o juiz.

Pela cara, era como se ele fosse morrer de tédio a qualquer momento.

– Não há dúvida de que ela o mordeu?

O promotor era insistente.

– Ela mordeu a bota de couro do oficial. O tribunal terá que decidir se isso é o mesmo que morder na perna.

– Você presenciou ela cuspir nele pouco antes?

Hanne Wilhelmsen tentou não sorrir.

– Sim, ela cuspiu uma goma de mascar enorme bem na orelha dele. Foi nojento.

O advogado de faces rosadas ficou satisfeito, e o advogado de defesa também não tinha muitas perguntas. Autorizaram Wilhelmsen a ir embora.

A garota provavelmente ficaria atrás das grades por trinta dias. Violência contra servidor público. Coisa grave. Quando a inspetora chefe saiu do Tribunal de Oslo para o espaço aberto da Praça C. J. Hambros, ela ficou parada por um segundo, balançando de leve a cabeça.

– Gastamos nosso tempo e dinheiro com um monte de coisas bizarras – murmurou ela antes de fazer sinal para um carro de polícia que passava ali.

O veículo parou e a levou de volta à Delegacia de Polícia de Oslo, na Grønlandsleiret 44.

*   *   *

Seu novo escritório era duas vezes mais espaçoso que o antigo e acompanhava seu cargo de inspetora chefe. Nomeada ao posto mal fazia seis meses, Hanne ainda não tinha certeza se estava realmente à vontade com isso. Funções administrativas não eram divertidas e às vezes podiam ser mortalmente entediantes. Por outro lado, era desafiador comandar outras pessoas no que ela fazia de melhor: investigação. Ela pessoalmente desempenhava no trabalho policial um papel mais ativo do que era comum aos inspetores chefes, e ela sabia que isso era um tema de discussão, nem sempre positivo. Com cada vez mais clareza, ela percebia que, no geral, a posição de heroína de que ela gozara durante tantos anos, felizmente poupada de crítica e conflito, não existia mais. Considerando que lá atrás ela havia sugerido de maneira construtiva, mas não comprometedora, soluções racionais que outras pessoas adotaram e pelas quais foram responsabilizadas, ela agora tinha o poder e obrigação de ela mesma aguentar o rojão. Como detetive comum, afastou-se de todo antagonismo pessoal, toda insinuação de intriga, desempenhando seu trabalho e cumprindo brilhantemente suas tarefas, e depois voltando para casa seguida por olhares de admiração. Agora ela estava bem no centro disso, sem rota de fuga, as responsabilidades tornando necessárias a mediação, a tomada de decisões e a supervisão de subordinados. Talvez isso corresse em sentido oposto ao de seus instintos internos. Grande parte de sua vida foi dedicada à construção de uma divisória entre ela e as outras pessoas, uma barreira atrás da qual ela se escondia. Sempre que necessário.

Hanne Wilhelmsen não tinha nenhuma certeza de que estivesse à vontade.

– Hanne querida, minha pombinha.

Um gigante bronzeado preenchia a entrada da porta, vestido com jeans desbotados sem cinto, com uma pesada corrente de ouro presa a um passador que acabava no bolso da coxa direita. A camiseta era de um tom vermelho fogo com a estampa VÁ SE FODER! sobre o peito largo. Nos pés, botas pretas com esporas enormes e autênticas nos calcanhares. Meio centímetro de cabelos loiros eriçados cobria-lhe a cabeça. A barba era muito mais comprida e, para piorar as coisas, ruiva acobreada.

– Billy T.! Você deixou o cabelo crescer!

A inspetora chefe Hanne Wilhelmsen levantou-se e imediatamente foi objeto de uma enérgica demonstração de carinho por parte do corpulento visitante. Ele a arrebatou do chão e a balançou para os lados com tal vigor que derramou café da xícara e moveu com violência o cesto de papéis vários metros pelo chão. Quando finalmente a colocou no chão, lascou-lhe um beijo estridente na mandíbula e depois se deixou cair pesadamente em uma cadeira que, por causa do tamanho dele, parecia ser quatro vezes menor que uma cadeira comum. Conheciam-se desde a Academia de Polícia e, diferentemente da maioria de seus outros amigos do sexo masculino, ele nunca deu em cima dela. Pelo contrário, chegou a ajudá-la a sair de situações constrangedoras diversas vezes sendo uma espécie de cavaleiro da armadura brilhante. Ela sabia que no passado haviam circulado boatos sobre eles, mas depois que ele começou a ter filhos aqui e ali, e nenhum nascido dela, boatos novos e totalmente diferentes passaram a circular sobre Hanne, mas ele não pôde salvá-la disso, embora nunca, nem por um instante, houvesse se afastado. Muito pelo contrário: em uma bela noite, nove meses atrás, durante a lendária e quente primavera em que todos quase foram tragados por uma imensa onda de criminalidade, ele a forçara a se encarar de um jeito que a levou a pensar seriamente, lá no fundo de si, sobre a maneira como ela vivia sua vida. Mas guardou todas as considerações apenas para si.

– Foram férias maravilhosas – declarou ele, adiantando-se. – Aproveitei demais, os garotos até se divertiram e, ainda por cima, conheci uma mulher fantástica.

Duas semanas nas Ilhas Canárias. Ela bem que queria ter estado no lugar dele.

– E agora você está bem descansado e pronto para trabalhar. Comigo. Para mim.

Falando com voz suave como seda, ela se inclinou até ele por sobre a mesa.

– E pensar que vou saber finalmente como é ser chefe do Billy T., o pesadelo de todo chefe. Mal vejo a hora!

Com satisfação, ele esticou o corpo de quase 2 metros de altura, entrelaçando as mãos na nuca.

– Se eu puder algum dia me adaptar à ideia de ter um chefe, que seja então uma mulher fascinante. E, se eu puder algum dia me adaptar a uma mulher fascinante, que seja então você. Tem tudo para dar certo.

Billy T. havia se tornado detetive novamente. Depois de muitos anos como tira, vestindo brim em uma Unidade de Intervenção às Drogas da Delegacia de Oslo, ele se deixou persuadir por Hanne Wilhelmsen, que tinha até preenchido para ele o formulário de transferência. Depois de muitas garrafas de vinho tinto e um jantar caro, ela conseguiu a assinatura dele, às 2 horas da madrugada de um sábado. Às 9 horas da manhã seguinte, ele telefonou desesperado, tentando convencê-la a rasgar o formulário, mas ela apenas riu. Fora de cogitação. Agora ele estava sentado ali, mal vendo a hora também.

– E esta aqui é a primeira coisa que você deve tentar resolver.

Entregou-lhe três pastas verdes, não muito volumosas. Um ataque a faca ocorrido no sábado passado; uma morte suspeita de recém-nascido, que provavelmente era um caso de síndrome de morte súbita infantil; e mais uma morte, agora na outra ponta da vida, que muito possivelmente se confirmaria intoxicação alcoólica.

– Tudo brincadeira de criança – disse ela.

Então ela exibiu outra pasta.

– Mas isto aqui é trabalho de verdade. Um assassinato. Um esfaqueamento à moda antiga, saído direto de um suspense barato. Em um orfanato! Aconteceu ontem à noite. Converse com os peritos que analisaram a cena do crime. Boa sorte. Preferia ter mais homens no caso, mas, com esse homicídio duplo em Smestad na semana passada, vai ter que ser assim. Quatro detetives, no máximo. Seja como for, você será o investigador principal.

– Caramba, já está decidido?

– Sim – ela sorriu satisfeita. – Você vai trabalhar com Erik e Tone-Marit no por uns tempos.

Billy T. levantou-se e juntou seus pertences com um forte suspiro.

– Eu devia ter ficado onde estava – queixou-se.

– Que bom que não ficou. – O sorriso de Hanne Wilhelmsen foi meloso ao acrescentar: – Aqui não são permitidas camisetas como essa aí. Vá trocá-la imediatamente! E no mínimo antes de sair para o orfanato!

– Veremos – murmurou ele antes de sair pela porta com as esporas tinindo, decidindo que vestiria a mesma camiseta durante a semana toda.

Mesmo assim, Billy T. trocou de camiseta. Pensando melhor, ele chegou à conclusão de que a mensagem não era adequada a crianças de um orfanato. E vestiu uma camisa branca neutra de colarinho abotoado, por baixo de um enorme e surrado casaco de pele de carneiro. Ele bateu forte a cabeça no batente da porta quando saiu do carro policial sem identificação e fez uma tentativa inútil de dissipar a dor esfregando o local do impacto enquanto subia pela aleia do jardim. Fazia frio depois de um período de clima ameno, e o cascalho, seco e coberto de geada, rangia sob as botas bicudas. Hanne Wilhelmsen o acompanhava. Os passos de Billy T. eram tão largos que ela foi forçada a dar uma corridinha ao lado dele.

– Eu devia ganhar mais pelo perigo de dirigir esses carros – comentou Billy T. contrariado. – Estou sangrando?

Curvando-se, ele virou o topo da cabeça para a colega. O escalpo era visível sob o eriçado do cabelo, com cortes e cicatrizes de várias batidas recentes, mas ele não sangrava.

– Frouxo – disse Hanne Wilhelmsen, dando um beijinho na região.

Ela abriu uma porta de entrada azul onde uma janela em forma de meia-lua era dividida em três na altura do rosto. Uma cortininha florida impedia a visão lá de dentro.

Entraram em uma varanda, com ganchos ao longo da parede de um lado e uma sapateira de madeira com três prateleiras do outro. Via-se uma confusão divertida de sapatos, de tamanhos que iam do 32 ao 44, empilhada nas prateleiras e ao redor delas, mas, antes de Hanne Wilhelmsen conseguir decidir se tiraria os sapatos, Billy T. já tinha atravessado a porta seguinte, e ela foi atrás dele calçada. À direita, uma escadaria levava a outro andar, e o recinto diante deles era uma espécie de sala de estar. O lugar estava deserto e silencioso.

– Aconchegante – murmurou Billy T. para si mesmo enquanto baixava a cabeça para evitar um móbile de bruxas de cartolina colorida decorado com papel crepom e varetas de bétulas mortas. – Não é bem como eu havia imaginado.

– Esperava um lugar saído dos livros de Dickens? O que você imaginou exatamente? – perguntou Hanne Wilhelmsen, parada e de ouvidos atentos. – Está incrivelmente tranquilo aqui!

Em resposta, uma mulher desceu correndo as escadas. Nos seus 20 e tantos anos, com os compridos cabelos loiros presos em uma trança francesa, ela vestia um colete acolchoado e calças jeans boca de sino que eram ou ultramodernas ou relíquias de família dos anos 1970.

– Sinto muito – disse ela esbaforida. – Eu estava ao telefone! Maren Kalsvik.

O aperto de mão foi firme, mas os olhos estavam vermelhos e inchados. Exibia o rosto lavado, sem traços de maquiagem, mas os cílios eram escuros e singularmente compridos. Os cabelos claros deviam ter sido descoloridos, embora não parecesse.

– Todas as crianças foram transferidas. Apenas pelas próximas 24 horas. Foi a polícia...

Ela parou um tanto perplexa.

– Quer dizer, os que estiveram aqui à noite e de manhã cedo, seus colegas... Foram eles que disseram que as crianças não deveriam ficar aqui enquanto estivessem inspecionando o local. A cena do crime, quero dizer.

Passando a mão esguia com unhas curtas pela franja, ela pareceu ainda mais exausta.

– Vocês provavelmente também querem ver o local.

Sem esperar uma resposta, ela girou nos calcanhares e subiu novamente as escadas, e os dois oficiais foram logo atrás. Chegaram a um corredor com uma janela nos dois extremos; as paredes e o próprio corredor tinham provavelmente dois metros de largura, com portas de ambos os lados. Viraram à direita, obviamente seguindo para o recinto mais distante, do lado esquerdo.

Maren Kalsvik estacou na soleira e recuou, os cílios reluziam de lágrimas.

– Disseram para a gente não entrar.

Isso não se aplicava a Hanne Wilhelmsen, que passou por baixo da fita plástica vermelha e branca com uma advertência de "não entre". Puxando a fita para baixo, Billy T. atravessou também.

– Ela estava sentada ali – disse Hanne, apontando com a cabeça na direção da cadeira acolchoada de tecido de lã, enquanto folheava uma pasta que tirou de uma grande bolsa a tiracolo. – De costas para a janela. De frente para a porta.

Por um momento, ela ficou parada fitando a escrivaninha, enquanto Billy T. se aproximava da janela.

– Posição estranha, na verdade – acrescentou ela, dirigindo-se para Maren Kalsvik, que ainda se mantinha a uma distância respeitosa lá da entrada. – Escrivaninhas geralmente são colocadas de frente para uma parede.

– Era o jeito dela de dizer que a entrada de todos era bem-vinda – replicou Maren. – Ela nunca se sentava de costas para a porta.

Billy T. abriu a janela, e o ar frio e fresco soprou forte na sala. Maren Kalsvik aproximou-se da fita plástica, mas deu um pulo para trás ao descobrir que estava quase se soltando na ponta.

– A janela estava trancada pelo lado de dentro – informou ela. – Pelo menos foi o que a polícia disse esta manhã. Os trincos estavam fechados.

Billy T. puxou um enorme gancho espiral aparafusado na parede, bem ao lado do peitoril da janela.

– Gancho para corda de incêndio?

Ele não esperou uma resposta, foi logo se inclinando para fora e espiando lá embaixo. O chão sob a janela estava coberto por uma fina camada de neve antiga, sem marcas. Percorrendo os olhos pela parede da casa, percebeu uma evidente trilha embaixo das quatro grandes janelas do andar superior. A neve estava totalmente pisoteada, e dezenas de pegadas se entrecortavam no solo. Voltando a cabeça para dentro, ele coçou o lóbulo das orelhas.

– Onde dá esta porta? – perguntou ele, apontando para uma porta estreita na parede lateral.

– É o acesso ao quarto dos funcionários. Às vezes, o usamos como escritório também. É onde eu estava sentada falando ao telefone quando vocês chegaram.

– São oito crianças morando aqui?

– Sim, na verdade há espaço para nove; temos uma cama sobrando no momento.

– Todos os quartos são no primeiro andar?

Ela fez que sim com a cabeça.

– Ficam ao longo deste corredor. Dos dois lados. Posso mostrar a vocês.

– Sim. Rapidinho – disse Hanne Wilhelmsen. – Algo foi roubado? Perceberam a falta de alguma coisa?

– Aparentemente, não. Claro que não sabemos o que poderia haver nas gavetas, mas... estão trancadas. Não foram arrombadas.

– Onde está a chave?

Ao fazer a pergunta, Hanne Wilhelmsen estava quase totalmente de costas para Maren Kalsvik; mesmo assim, ao se virar e fazer contato visual, achou ter percebido um quê de confusão no rosto da mulher. Apenas de leve. Talvez fosse mero fruto de sua imaginação.

– Está debaixo do vaso – respondeu Maren Kalsvik, apontando para uma planta. – Ali na estante.

– Aha – disse Billy T. ao erguer o vaso decorativo.

Nada de chave.

Maren Kalsvik mostrou-se genuinamente surpresa.

– Geralmente fica aí. Talvez a polícia tenha pegado.

– Quem sabe?!

Os oficiais se entreolharam, e Hanne Wilhelmsen anotou rapidamente algo em um caderno espiral antes de enfiar os papéis de volta na bolsa e indicar que gostariam de ver os quartos.

Olav e Raymond dividiam um aposento. Assim como Glenn e Kenneth, enquanto Anita e Jeanette ficavam no quarto mais distante, no outro extremo do corredor. Os gêmeos ficavam do lado oposto. Havia dois quartos desocupados.

– Por que alguns precisam dividir o quarto, quando há dois vazios?

– Por razões sociais. Kenneth tem medo de ficar sozinho. Os gêmeos querem ficar juntos. Olav...

Ela estacou abruptamente e repetiu seu contínuo movimento de mão pela franja.

– Olav é o garoto que desapareceu. Agnes achou...

Ela estava claramente à beira das lágrimas. Respirou fundo convulsivamente antes de se recompor.

– Agnes achou que Raymond seria uma boa influência sobre o Olav. Ele é grande e duro na queda, mas muito bom com os menores. Mesmo assim reclamou de ter um novo colega de quarto. Puramente por razões sociais, ou educacionais, se preferirem. As crianças usam os quartos vazios para fazer o dever de casa e coisas do tipo.

– Ainda não teve notícias do fugitivo?

– Não. Estamos muito preocupados. Ele não foi para casa, mas isso não é particularmente estranho. Ele não tinha dinheiro, até onde eu sei, e é longe demais para ir a pé.

Billy T. caminhou a passos largos pelo corredor, contando os metros em tom sussurrado. De volta ao escritório da diretora, ele teve que elevar a voz para que as outras pudessem ouvi-lo.

– Esta janela aqui não fica normalmente aberta?

Pela leve poeira lilás ao longo das saliências, ele pôde ver que os peritos estiveram à procura de impressões digitais.

– Não – respondeu Maren. – Fica sempre fechada nesta época do ano. Mas tivemos uma simulação de incêndio ontem. As crianças ficaram subindo e descendo as cordas e escadas durante uma hora.

Era possível constatar isso. Haviam entortado a janela, que ficou um tanto emperrada, mas ele a abriu com força bruta.

Abaixo, ele viu a mesma confusão de pegadas que avistara embaixo das janelas na outra parede da casa. A escada de emergência podia ser deslizada pela parede para que não pudesse ser alcançada do chão. Era larga e resistente, com degraus firmes e gastos. Para testar, ele soltou a trava dos dois lados, e a parte inferior caiu até o chão por meio de deslizadores bem lubrificados. Um maquinário sólido. Ele puxou um fio que laçava um deslizador menor na lateral da janela, e a parte inferior da escada retornou obedientemente. Quando toda ela subiu, ouviu-se um clique, e Billy T. travou novamente o mecanismo antes de fechar a janela, rapidamente averiguando que os recintos diante do escritório da diretora eram dois banheiros, um grande e outro pequeno. Ele se reaproximou das duas mulheres sem proferir nenhuma palavra.

– Precisamos interrogar todos vocês – comunicou Hanne Wilhelmsen, quase em tom de desculpas. – Serão chamados um por um. Seria de extrema ajuda se você pudesse fazer uma lista de todos que moram aqui e, principalmente, de todos que trabalham aqui. Nomes e datas de nascimento, naturalmente, mas também histórico, residência, situação familiar, desde quando trabalham neste orfanato, e por aí vai. O mais rápido possível.

A mulher fez que sim com a cabeça.

Os dois oficiais retornaram ao andar térreo, com Maren Kalsvik logo atrás. Examinaram em silêncio o restante da casa, fazendo algumas anotações. A mulher com a trança francesa fechou a porta atrás deles depois de mais ou menos uma hora da chegada dos visitantes.

Sem mais instruções, Billy T. pulou uma sebe baixa que dividia o caminho de cascalho do gramado. Levantando as lapelas do casaco, fechou em cima com os dois botões que ainda não haviam sido arrancados e enfiou as mãos nos bolsos. Então dobrou correndo a esquina, parando embaixo da única janela de empena do primeiro andar, a uns seis metros do chão. Entendendo o que ele estava tramando, Hanne Wilhelmsen foi logo atrás.

Uma semana de clima ameno havia encharcado o terreno de tal forma que se viam diversas pegadas, pequenas e grandes, esboçadas na terra marrom. Começara a gear naquela manhã, por isso naquele momento a área parecia uma paisagem lunar em miniatura, com vales rasos e pequenas montanhas pontudas se entrecortando, desprovida de qualquer estrutura e significado.

– Essa simulação de incêndio aconteceu em hora bem conveniente

– comentou Billy T. taciturno. – Até o perito mais meticuloso ficaria confuso aqui.

– Mas eles se esforçaram mesmo assim – disse Hanne, acenando um dedo na direção de partículas minúsculas de gesso que quase se fundiam aos trechos de geada e do spray de contraste vermelho em várias pegadas. – Se alguém pisou aqui *depois* da simulação de incêndio, e certamente esse alguém teria que ter passado por aqui se estivesse usando este caminho para entrar na casa, então essas pegadas estariam *por cima*. Sabemos quando começou a gear?

– Só a partir das primeiras horas desta manhã. Na verdade, ainda estava macio neste ponto quando a polícia chegou, às 13h30.

A inspetora chefe contornou cuidadosamente a área pisoteada na íntima esperança de que esta ainda guardasse um ou dois segredos que lhe pudessem extrair. Em seguida, posicionou-se ao lado da parede e esticou-se para alcançar a escada de incêndio recolhida no alto.

– Consegue chegar até ela?

Trocaram de lugar para ele tentar, mas nem Billy T., com quase 2 metros de altura e braços de gorila, conseguia alcançar o degrau da escada.

– Um guarda-chuva ou alguma coisa com um gancho na ponta bastaria – comentou Hanne Wilhelmsen, soprando a mão direita.

– Não, a lingueta impede que a escada seja puxada daqui. Verifiquei isso quando estava lá em cima. Mecanismo confiável. Esta escada só pode ser operada de dentro. Exatamente como deveria. E só pode ser recolocada no lugar a partir de dentro também. Se você a empurrasse para cima daqui, teria que ter uma força enorme para recolocá-la na lingueta lá em cima. E sem chance de travá-la.

– Mas então – ponderou Hanne Wilhelmsen –, de duas uma: ou não foi por este caminho que o assassino entrou no prédio, ou temos uma lista bem limitada de suspeitos.

Embora a expressão de Billy T. revelasse que ele estava totalmente ciente do raciocínio da colega, esta acrescentou calmamente:

– Porque, se a escada foi usada, foi por alguém que tinha acesso e pôde descê-la no início da noite, de maneira que ficou pronta para uso, e esse alguém teve a oportunidade de travá-la novamente depois. De dentro. Na prática, um dos funcionários.

– Ou uma das crianças – murmurou Billy T. tremendo.

A temperatura continuava a cair.

\*\*\*

A fome era pior, ainda que estivesse congelando também. Ele deveria mesmo ter vestido mais roupas. Ceroulas, por exemplo, teriam sido úteis. Por sorte, mantinha um casaco de sair no quarto, embora a jaqueta de couro pendurada em um gancho na varanda, com seu nome acima em letras floridas e alegres, tivesse sido melhor. Mas ele não teve tempo de pensar. Ou não aproveitou a chance. Seja como for, os tênis eram especialmente apropriados àquela época do ano. E a língua dele doía de forma atroz.

A corda de incêndio tinha sido moleza. Glenn e Terje disseram que ele não tinha coragem, mas o caso era que ele apenas não estava a fim, não queria se dar ao trabalho. Não naquela ocasião. Ele não queria se dar ao trabalho de nada quando alguém resolvia lhe dar ordens. Mas correu tudo bem desta vez, pois havia um propósito. Mesmo com a mochila nas costas.

Era impossível calcular a distância que ele havia percorrido desde que tinha fugido do orfanato, mas pareciam ser muitos quilômetros.

– É provável que eu ainda esteja em Oslo – disse ele baixinho, em uma tentativa de se convencer, quando olhou ali da garagem para os milhões de luzes cintilantes da cidade sob uma névoa rosa encosta abaixo.

Foi estupidez não ter levado algum dinheiro, mas ele não teve tempo de pensar nisso. Dentro de uma meia, enfiada no fundo da terceira prateleira do armário do quarto que dividia com Raymond, ele havia juntado 150 coroas. A mãe lhe tinha dado. 150 coroas era muito dinheiro, talvez o suficiente para um táxi até sua casa. Ele tinha a sensação, bem lá no fundo, de que era exatamente esse o motivo de ele ter recebido precisamente essa soma de dinheiro. 100 ou 200 coroas teriam sido um valor mais lógico.

– Lógico significa que algo é fácil de entender.

Seus dentes batiam, e ele apertou as mãos na barriga quando a sentiu roncando.

– Estou morrendo de fome – continuou ele baixinho, sentindo os dentes rangerem incontrolavelmente. – Ou eu morro congelado, ou de fome.

A casa a que pertencia a garagem onde ele estava sentado jazia na escuridão. Ele conferiu as horas no marcador do Swatch, eram 21h10. Às 17 horas, ele esperou que alguém chegasse em casa, mas ninguém apareceu. Ali também não havia carro, apesar de a garagem ser gigantesca. Talvez os moradores estivessem viajando. Era uma família, provavelmente. Diante dos degraus da entrada, havia um lindo trenó, com esquis embaixo e volante. No Natal, ele tivera certeza de que ganharia um parecido, mas em vez disso lhe deram uma caixa de tintas. A mãe pareceu pesarosa, mas ele sabia que ela estava sem um tostão. Ele também ganhou um Power Ranger; pelo menos era algo que ele queria. Mas a mãe não lembrou que ele tinha pedido o vermelho. O vermelho era o líder. Ele tinha ganhado o verde, exatamente como dois anos atrás, quando ganhou a tartaruga ninja Michelangelo, e seu preferido era o Raphael.

Talvez ele tivesse dormido por um tempo. Ao menos ficou surpreso ao ver que já passava da meia-noite. O meio da noite. Havia muito tempo que ele não ficava acordado até tão tarde. A casa ainda estava deserta. Sua fome era tão grande que ele se sentiu zonzo quando se levantou. Sem de fato tomar uma decisão, ele se aproximou da porta externa. Naturalmente estava trancada, com fechadura e cadeado comuns.

Postou-se na escada de concreto, a mão descansando indecisa sobre o corrimão forjado de ferro. Por uma eternidade. Depois olhou ali de cima para uma janela de porão razoavelmente grande que chegava até o chão. Desceu com dificuldade os quatro degraus e, quando se deu conta, estava usando o trenó como aríete para estraçalhar a janela. Ocorreu-lhe que podia não haver espaço suficiente para ele atravessar a moldura, mas tudo correu sem percalços. Jogou primeiro a mochila. No lado de dentro, havia um longo balcão a apenas um metro da janela, por isso não foi difícil entrar. Ele tinha muito medo de escuro, então tentou primeiramente localizar um interruptor. Depois de ter acendido a luz, muitos segundos se passaram antes de lhe ocorrer que aquela era sem dúvida uma ideia muito estúpida. Segurando com força a maçaneta da porta, ele escureceu a sala e saiu para um pequeno corredor onde uma escadaria que dava para o andar térreo era visível à luz fraca entrando de fora, através da janela quebrada. Felizmente, a porta do andar térreo não tinha fechadura.

Não havia muita comida na geladeira. Não havia leite, por exemplo. Ele também não conseguiu achar pão, embora tivesse vasculhado tudo. Mas havia alguns ovos em uma gaveta da porta da geladeira, e Olav sabia cozinhar ovos. Primeiro era preciso ferver a água e depois aguardar sete minutos. Ele nunca tinha comido ovos com bolinhos de peixe e achou que tinham um sabor delicioso. Ele estava com muita fome. Foi um pouco difícil comer sem deixar que a comida encostasse no ferimento da língua, e os pontos ficavam raspando, mas estava tudo bem. A despensa estava repleta de comida enlatada.

Eram 2 horas antes de ele adormecer, em uma cozinha escura sem nenhum cobertor a não ser um casaco longo feminino que ele encontrou no corredor. Completamente exausto, ele nem sequer teve forças para pensar no que faria no dia seguinte. Isso não importava. Naquele momento ele só queria dormir.

*Ele só tinha 3 anos na primeira vez em que me machucou. Na verdade, não foi culpa dele. Ele era apenas uma criancinha robusta. Embora aprendesse com facilidade assustadora, e a creche alardeasse que ele era muito esperto (talvez só estivessem tentando me confortar), ele ainda só tinha umas dez palavras para dizer. E "mamãe" não era uma delas. Ele deve ter sido a única criança da história do mundo que não conseguia* dizer "mamãe". A professora da creche tentou me tranquilizar dizendo que todas as crianças eram diferentes e deu o exemplo do próprio irmão, que também é professor, que não falou uma única palavra até os 4 anos. Como se isso me dissesse algum respeito.

Eu tinha feito o jantar. Ele estava sentado na cadeira de alimentação, comprada graças ao dinheiro do Serviço Social. Havia espaço apenas para ele atrás do anteparo, mas eu realmente não conseguia remover aquilo, já que ele ainda não tinha idade suficiente. Ele era muito zangado. Eu queimei acidentalmente os nuggets de peixe; tive uma dor de estômago repentina e passei horas no banheiro. Não dava para comer as partes queimadas, mas felizmente havia mais no freezer. Ele começou a ficar impaciente. Fui ficando nervosa por causa da gritaria dele. Uma gritaria ruidosa, perturbadora, sem lágrimas. Os vizinhos me dirigiam olhares eloquentes se eu me atrapalhava um pouco com a fechadura da rampa de lixo e tinha o azar de encontrar um deles, prova de que deviam tê-lo ouvido.

Eu não tinha nada a não ser um pacote de doces de alcaçuz para tentar apaziguar a impaciência dele. Desapareceu rápido. Quando eu finalmente consegui tirar cinco nuggets de peixe da frigideira e colocar no pratinho decorado com ilustrações de Karius e Baktus[1], achei que ele estivesse satisfeito. Depois de colocar a frigideira de volta no fogão para esfriar, sentei-me diante dele e descasquei duas batatas. Ele parecia saciado, com a boca cheia de peixe. Eu sorri para ele. Era um menino doce e angelical quando estava sentado ali, calmo e feliz. Tentei lhe fazer carinho.

Sem nenhum tipo de aviso, ele enfiou a faca no dorso da minha mão. Era uma faca de criança, felizmente, do tipo com apenas três dentes, quase uma faca de bolo, mas atravessou minha pele com uma força inacreditável, impossível de ter vindo de uma criança de 3 anos. Jorrou sangue, e eu fiquei tão chocada que não consegui fazer nada. Ele afrouxou a faca e colocou toda a força em mais uma estocada. A dor foi indescritível. Mas o

---

1 Karius e Baktus – termos cujo som remete às palavras "cárie" e "bactéria", respectivamente – são dois minúsculos irmãos trolls, seres fantásticos do folclore escandinavo.

*pior de tudo é que eu fiquei muito assustada. Eu estava sentada com um menino de 3 anos me encarando e tinha mais medo dele do que jamais tive de seu pai alcoólatra.*
*Meu Deus, eu estava com medo do meu filho!*

Terje Welby ficou rolando na cama por três horas, a adrenalina correndo-lhe súbita e indesejavelmente toda vez que estava prestes a dormir. Revirava-se com esforço no lençol úmido de suor, reclamando; as costas incomodavam. Colocando o travesseiro sobre a cabeça, ele murmurou para si mesmo: "Eu *preciso* dormir. Eu simplesmente *preciso* dormir".

O telefone tocou.

Ele bateu a mão na luz de cabeceira e o abajur de vidro espatifou-se em mil pedaços no chão. Endireitou-se na cama, chupando o sangue dos dedos e olhando assustado para o telefone.

A campainha soava insistente, e o eco em sua cabeça tornava o ruído cada vez mais estridente. Terje subitamente agarrou o fone.

– Alô!

– Oi, Terje, é a Maren. Desculpe ligar no meio da noite...

– Não tem problema – apressou-se a dizer, reparando no relógio de cabeceira. Ainda eram 3 horas da madrugada.

– Terje, eu preciso saber.

– Saber o quê?

– Você sabe o que eu quero dizer.

Ele sentou-se ereto, recostado na cabeceira da cama, puxando a camiseta pegajosa de suor.

– Não, honestamente eu não sei!

Fez-se silêncio.

– Agnes sabia de alguma coisa? – ela perguntou finalmente.

Ele engoliu em seco, tão ruidosamente que ela ouviu do outro lado da linha.

– Não. Ela não desconfiava de nada.

Ele se contentou com o fato de que ela não pudesse vê-lo.
– Terje, não fique brabo com o que vou perguntar.
– Não vou ficar.
– Me diga.
– Dizer o quê?
– Foi você que a matou?
– Não, Maren, não fui eu. Eu não a matei.
Suas costas doíam mais do que nunca.

# 4

— Olhe para eles lá fora. Olhe para eles!

Entrando de rompante no escritório ainda pouco equipado da inspetora chefe, Billy T. gesticulava apontando para a rua Åkebergveien, onde dois homens de casaco brigavam enfurecidamente. Um Volvo estava lá, com a frente encavalada na traseira do modelo mais recente do Toyota Corolla.

– Houve uma batida, e então o cara da frente saiu enfurecido, e sem a menor cerimônia puxou o outro cara para fora do carro! Aposto cem pratas que o do Volvo vai levar a melhor.

– Quem é o dono do Volvo? – perguntou Hanne sem demonstrar muito interesse, mas mesmo assim se levantando e indo até a janela onde Billy T. estava agora posicionado, de ótimo humor.

– O cara de casaco mais claro. O mais alto.

– Não vou apostar contra ele – sentenciou Hanne, já que o homem em questão desferiu um gancho de direita perfeito no dono do Toyota, que cambaleou sem equilíbrio para trás e caiu no chão.

– Autodefesa, pura e simples – rugiu Billy T. – Foi o do Toyota que começou!

Enquanto o homem derrubado tentava se levantar de novo, dois policiais uniformizados chegaram correndo. Sem quepes ou jaquetas, eles provavelmente também tinham visto o incidente de alguma janela.

– Típico do Torvald – comentou Billy T. irritado. – Sempre estragando tudo.

Ele ficou parado por um minuto para ver o rumo que as coisas tomariam, mas é claro que os dois briguentos pararam assim que viram a dupla de uniforme. Obviamente atenuaram o ocorrido e, com uma rapidez surpreendente, já estavam preenchendo o formulário para acionar a seguradora.

– A vida é feita de pequenos e grandes prazeres – disse Billy T. enquanto se sentava para encarar sua chefe. – Mas parece que não tivemos nenhum tipo de emoção nesse caso do orfanato.

– Hã?

– Vestígios forenses: milhões. Aproveitáveis: zero.

Um punho enorme cobriu o maço de cigarros sobre a mesa de Hanne Wilhelmsen.

– Quantas vezes já disse que você precisa parar com isso? – repreendeu ele. – Você vai acabar se matando, querida.

– Já basta o que eu escuto lá em casa. Não vai dar para aguentar a mesma ladainha aqui também – replicou ela com uma inesperada nota de irritação na voz.

Mas Billy T. não era assim tão fácil de intimidar.

– Ninguém melhor que Cecilie para lhe dizer isso. Ela sabe o que é bom para a namorada. Uma médica e tal.

Com a expressão obscurecendo-se, Hanne Wilhelmsen rapidamente se levantou e fechou a porta entreaberta do corredor adiante. Billy T. aproveitou a oportunidade para amassar a caixinha com pelo menos dez cigarros dentro e jogar o maço inteiro no cesto de papéis.

– Pronto. Menos um maço servindo de prego para o seu caixão – declarou ele com ar satisfeito.

Ela ficou mais zangada do que ele imaginou que fosse ficar.

– Escute aqui, Billy T., você é meu amigo. Tolera-se muito dos amigos, mas eu exijo um pouco de respeito. Respeito pelo pedido que fiz de não querer falar sobre minha vida particular quando podemos ser ouvidos por outras pessoas, e respeito pelos meus pertences. Repreenda-me o quanto quiser por causa do cigarro, sei que você faz isso com a melhor das intenções, *mas não mexa nas malditas das minhas coisas!*

Furiosa, Hanne se curvou sobre o cesto de papéis e tirou o maço de cigarros amassado de entre papéis e caroços de maçã. Alguns cigarros sobreviveram, embora estivessem tortos. Acendendo um, ela tragou profundamente várias vezes.

– E aí, em que pé estamos?

Billy T. baixou as mãos, a esquerda agitando-se no ar depois do desabafo.

– Desculpe, desculpe, Hanne. Eu realmente não queria...

– Tudo bem – cortou ela com um sorriso sutil. – Provas forenses?

– Muitas – murmurou Billy T. envergonhado e ainda assustado com a reação violenta dela. – Digitais por todo o escritório, menos onde queríamos que houvesse. Na faca. Nenhum vestígio da pessoa que a usou. Uma faca bem comum. Comprada na Ikea. No mundo todo, essa loja é o único lugar onde é totalmente impossível descobrir algo sobre quem comprou um item assim. Eles vendem milhões de facas. Quanto às pegadas...

Ele mudou de posição na cadeira.

– ... são confusas e ajudam muito pouco. Você mesma viu como estava lá fora. Mas serão feitas mais análises. Provavelmente vão revelar que todas eram de crianças e adultos da casa. Em outras palavras...

Hanne interrompeu-o novamente.

– Em outras palavras, estamos diante do trabalho policial mais divertido e clássico de todos!

Ela se inclinou para frente, sorrindo. Billy T. fez o mesmo e, com o rosto a apenas vinte centímetros um do outro, falaram em coro:

– Investigação tática!

Riram, e Hanne empurrou para ele um pequeno punhado de papéis datilografados.

– Esta é a lista de todas as crianças e funcionários da casa. Foi Maren Kalsvik que preparou.

– Então temos que ficar com o pé atrás, já que ela é também uma das maiores suspeitas.

– Todos são – falou Hanne sumariamente. – Mas olhe aqui.

A lista trazia um minicurrículo de todos os funcionários. O mais jovem era Christian, um rapaz de 20 anos. A mais velha era alguém chamada Synnøve Danielsen, que estava lá desde a abertura da casa, em 1967. Como Christian, ela não tinha qualificações profissionais, mas, diferentemente dele, possuía vasta experiência. Além disso, três funcionários eram assistentes sociais, dois eram enfermeiros do sexo masculino, três eram agentes da assistência ao menor, uma professora era de jardim de infância e um era mecânico. A última pessoa da lista, Terje Welby, era professor colegial com qualificações em história, educação e literatura.

O Orfanato Spring Sunshine era conduzido pelo Exército da Salvação, mas o orçamento operacional era predominantemente da iniciativa pública. Atribuíam-se onze cargos e meio, preenchidos pelos catorze funcionários, alguns meio período.

– Treze agora – comentou Billy T. laconicamente. – Quem assumiu o cargo de diretor?

– No meu entendimento, será Terje Welby, que é diretor assistente, pelo menos no papel. Mas ele deslocou as costas durante a simulação de incêndio e foi dispensado hoje. Maren é quem provavelmente está no comando agora.

– Hum. Conveniente.

– Como assim?

– Esse afastamento por doença.

– Precisamos verificar isso.

– Deve ser bem simples. Será mais difícil achar motivações em meio a tanta coisa.

– Sempre há motivações. O problema é simplesmente encontrar a pessoa com a motivação forte o suficiente. Além disso, pode ter sido alguém de fora, uma das crianças. Não parece plausível, mas não podemos excluir nada. As crianças foram interrogadas?

– Muito pouco. Para mim parece totalmente improvável. O rapaz do plantão noturno estava fazendo a ronda quando encontrou o corpo e deve ter treinamento para saber se as crianças estão realmente dormindo ou apenas fingindo. Ele jura que todos estavam dormindo como pedras. Só sendo alguém um pouco demoníaco para assassinar a tutora e depois cair no sono profundo dos justos.

Ele esfregou as mãos no rosto.

– Não, a única possibilidade, naturalmente, é aquele que desapareceu. O garoto é osso duro de roer, pelo visto. Novato, está no orfanato há apenas três semanas. Esquisitão e difícil também.

Hanne Wilhelmsen folheou os papéis.

– Ele tem 12 anos. Uma criança dessa idade dificilmente teria força suficiente para um golpe daqueles, fazendo a faca atravessar pele e osso e ainda perfurar o coração de um adulto!

Com ar determinado, ela apagou o cigarro em um cinzeiro de vidro marrom muito brega.

– Bem, disseram que ele é grande... – insistiu Billy T. – Grande mesmo, fora do comum.

– Em todo caso, é um mau começo concentrar nossos esforços em um garoto de 12 anos. Deixe isso em aberto por enquanto.

Ela então acrescentou:

– Embora seja fundamental o encontrarmos, é claro. Ele pode ter visto alguma coisa. Mas, nesse meio-tempo, precisamos vasculhar a fundo a vida particular dessas pessoas. Remexer em tudo. Gastos, amantes, inclinações sexuais...

Um leve rubor espalhou-se sob os olhos azul-escuros, e ela acendeu o último cigarro para desviar a atenção.

– ... brigas de família. Tudo. E mais: precisamos investigar a vida e os hábitos da vítima. Dê início aos trabalhos.

– Nesse caso, farei mais uma visita ao orfanato e verei se há rotas alternativas para o nosso assassino chegar ou sair – disse Billy T. enquanto se levantava.

Eram 14h30. Hanne Wilhelmsen fez uma pausa para um momento de reflexão, calculando que poderia chegar em casa lá pelas 17 horas.

– Eu vou também – declarou ela, apressando-se atrás dele pelo linóleo azul do corredor a caminho do elevador.

– Você não serve para ser inspetora chefe, Hanne. – Ele gargalhou. – Tem curiosidade demais aí na sua cachola!

– Que boca você tem – respondeu ela com falsa seriedade.

Quando as maciças portas de metal guardando a entrada da Delegacia de Polícia de Oslo se fecharam hostilmente atrás deles, ela segurou por um segundo o braço do colega, que parou.

– Escute uma coisa, você devia ficar contente por eu ainda ser capaz de ficar tão braba com você.

Ela continuou caminhando. Ele não entendeu nada, mas estava realmente disposto a acreditar nela.

\* \* \*

Todas as crianças já haviam retornado, e dois garotos idênticos de 8 ou 9 anos abriram a porta, olhando assustados para o altão barbado.

– E aí, garotos, sou o policial Billy T. Tem algum adulto na casa?

Os dois garotos pareceram tranquilos quando se retiraram, sussurrando entre si. Billy T. e Hanne Wilhelmsen foram atrás deles. Na última visita, ficaram impressionados com o silêncio. Mas, naquele momento, parecia que todas as crianças tentavam recuperar o terreno perdido.

Um garoto quase adulto estava sentado no centro do recinto, consertando uma bicicleta. Ao seu lado estava um rapazinho que parecia ficar exultante toda vez que era autorizado a segurar uma ferramenta. O garoto mais velho falava com o mais novo em tom brando e amigável, e sua voz quase desaparecia em meio aos berros de um garoto de 14 anos que corria por todo lado com o braço estendido, agitando triunfante um sutiã, com uma garota furiosa correndo atrás dele.

– A Anita acha que tem seios!
– Jogue aqui, Glenn! Aqui!

Os dois garotos de 8 anos o cercaram aos pulos, antes de um deles subir em uma mesa enorme, abanando os braços sem parar de gritar:

– Glenn, Glenn! Aqui!

– A Anita acha que tem seios! – repetiu Glenn, um garoto tão alto que, mesmo se parasse naquele momento, a garota dois anos mais velha não teria conseguido alcançar a constrangedora peça que tão desesperadamente queria reaver e que ele agitava com o braço estendido enquanto se punha na ponta dos pés.

– Jeanette, me ajude – pediu Anita em tom melancólico.

– Devolva, Glenn – foi a única ajuda que ela recebeu de uma jovem gordinha sentada totalmente despreocupada à mesa, desenhando. – Roy-Morgan! Não pise no meu desenho!

Ela estendeu um punho cerrado, fazendo o garoto gritar de dor e começar a chorar.

– Minha Nossa Senhora, crianças! Glenn, pare com isso. Devolva o sutiã de Anita. Imediatamente! E você!

Em cima da mesa, o garoto de 8 anos, que estava com uma perna elevada coçando a outra, pulou para o chão antes de Maren Kalsvik conseguir dizer mais alguma coisa.

Então ela avistou os dois visitantes na entrada.

– Oh, sinto muito – disse ela atordoada. – Eu não sabia que tinha alguém aqui!

– Alguém aqui?

Billy T. abriu um sorriso tão largo que os dentes brilharam em meio à barba cerrada.

– A casa está cheia, ora essa!

Os dois garotos continuavam mexendo na bicicleta.

– Eu já o avisei, Raymond – repreendeu Maren com um gesto resignado de mão. – Pode fazer isso lá embaixo, no porão. Aqui não é oficina!

– Está muito frio lá embaixo – reclamou ele.

Ela desistiu, e o garoto ergueu surpreso os olhos para ela.

– Tudo bem, então, ou... – perguntou ele assustado.

Encolhendo os ombros, ela redirecionou a atenção para os dois oficiais. As últimas trinta e seis horas tiveram seu preço. Em vez de trançar o cabelo, ela o havia puxado para trás e prendido com um elástico simples. Vários fios haviam se soltado, e isso, somado aos ombros encolhidos e às roupas largas, conferia-lhe um visual quase desmazelado. Os olhos dela ainda estavam vermelhos.

– Não receberam as listas?

– Ah, sim – respondeu Hanne Wilhelmsen. – Muito obrigada. Foram de grande ajuda.

Um breve aceno de cabeça na direção das crianças indicou a Maren Kalsvik que os policiais queriam conversar com ela em um local reservado.

– Podemos entrar aqui – indicou ela, abrindo a porta de uma sala iluminada e atraente com quatro pufes, sofá e duas poltronas diante de uma televisão de 28 polegadas no canto esquerdo, ao lado da parede externa. As duas mulheres se sentaram em uma poltrona, enquanto Billy T. se deixou cair ruidosamente em um pufe. Ele quase se esborrachou no chão, mas Maren Kalsvik pareceu não perceber.

– O cara que estava no plantão noturno, ele está aqui agora? – perguntou Hanne Wilhelmsen.

– Não, ele está afastado por motivo de doença.

– Ele também? Há uma epidemia aqui ou o quê? – rosnou Billy T. quase sentado no chão.

– Terje machucou as costas durante a simulação de incêndio. Hérnia de disco ou algo assim. Ele me pareceu bem quando terminamos a simulação, mas as dores começaram durante a noite, diz ele. Quanto a Eirik, ele só está em estado de choque. Não deve ter sido muito agradável encontrá-la morta. Ele estava totalmente atordoado quando ligou. A princípio, achei que alguém estava pregando uma peça em mim e já estava quase desligando o telefone quando percebi que era muito grave. Ele estava completamente histérico.

– Você sabe onde ele estava sentado?

– Sentado?

– Sim, não foi nesta sala que ele ficou sentado a maior parte da noite?
– Ah, sim, entendi.

Passar a mão pelos cabelos era sem dúvida um mau hábito que ela tinha.

– Não, não tenho certeza. Mas todos os adultos costumam se sentar em alguma das poltronas.

Ela olhou para Billy T., pestanejando.

– Ele provavelmente se sentou nesta poltrona. É a mais próxima da TV. O volume geralmente não fica muito alto.

Levantando-se com esforço, Billy T. foi até a porta e a abriu.

– Vocês deixam a porta aberta quando se sentam aqui?

– Não existe nenhuma regra sobre isso. Eu geralmente deixo, para o caso de alguma criança chamar. Ou descer. Kenneth fica sonâmbulo de vez em quando.

– Mas não dá para ver a sala de estar desta posição!

Maren Kalsvik virou-se para encarar o policial.

– Não é realmente necessário. O mais importante é ouvir as crianças. Elas sabem que costumamos sentar aqui à noite. Alguns também dormem aqui, na realidade, embora haja uma cama no andar superior. Temos sempre que manter a porta da rua trancada.

– Acontece de às vezes não ser trancada?

– Naturalmente pode muito bem acon...

O pequeno assistente de mecânico entrou chorando e hesitou por um momento antes de passar correndo por Billy T. na entrada e se jogar no colo de Maren.

– Glenn disse que eu matei a tia Agnes – soluçou ele.

– Kenneth, está tudo bem – disse ela ao ouvido do menino. – Que bobagem! Ninguém acha que você matou a tia Agnes. A gente gostava muito dela. E você é um menino bonzinho.

– Mas ele disse que eu matei e que a polícia veio me prender.

Debulhado em lágrimas, ele ofegava agarrado na mulher. Hesitante, ela afrouxou os bracinhos no pescoço dela e se afastou um pouco para fazer contato visual.

– Kenneth, querido. Glenn só está provocando. Você sabe que ele adora provocar. Não deve levar a sério. Pergunte para aquele homem ali se eles vieram prendê-lo. Ele é o policial.

O garoto se encolheu mais. Ele conservava ainda a aparência de prematuro, com olhos grandes e um pouco protuberantes e um rosto estreito e espremido acabando em um queixo pontudo. Naquele instante, ele olhava para Billy T., morrendo de medo, enquanto se agarrava convulsivamente à mão de Maren Kalsvik.

O oficial agachou-se diante do garoto, sorrindo.

– Kenneth. É esse o seu nome?

O garoto fez um aceno imperceptível de cabeça.

– Meu nome é Billy T., mas às vezes as pessoas me chamam de Billy Café.

Um brilho surgiu nos olhos lacrimosos.

– Viu, você também tem senso de humor – ele continuou com um sorriso largo e bagunçou de leve o cabelo do garoto. – Vou lhe dizer uma coisa, Kenneth. Não achamos que alguma criança possa ter feito aquilo. E temos 100% de certeza de que você não fez nada de errado. Aqui...

Ele estendeu o punho e pegou a mãozinha da criança que agora tinha soltado a de Maren.

– Vou lhe garantir uma coisa: – disse ele, apertando a mão do garoto. – você não será levado por policial nenhum. Porque sabemos que você não fez nada de errado. Posso enxergar isso em você. Um cara bonitão e honesto. Eu já tive muito treinamento, por isso sei identificar essas coisas.

Kenneth começou a sorrir, embora não totalmente convencido.

– Tem certeza?

– Certeza – jurou Billy T.

– Pode dizer isso para o Glenn? – sussurrou o garoto.

– Claro.

Ele se levantou e descobriu que Raymond, o mecânico de bicicleta, estava parado na porta com os braços cruzados, encostado no batente.

Eles se entreolharam por um breve momento e então o garoto começou a falar, em voz atenuada e quase monótona.

– É claro que não foi o Kenneth. Nem eu. Mas eu não teria tanta certeza de que não foi um de nós. Aquele Olav é um boca suja e tem a força de um adulto. E é o garoto mais violento que eu já conheci. E mais: ele me disse que ia matar Agnes.

Fez-se silêncio. As outras crianças estavam na soleira da porta, atrás do garoto, para ouvir o diálogo. Hanne Wilhelmsen sentiu um forte impulso de colocar fim naquilo tudo levando o garoto para outra sala, sem espectadores, mas Billy T., percebendo o que ela estava prestes a dizer, fez um gesto desdenhoso.

– Ele disse isso algumas vezes. Quando íamos dormir, por exemplo. Eu não me dava ao trabalho de responder, os novatos sempre têm muita raiva de tudo e de todos.

E, pela primeira vez, ele sorria. Por baixo do cabelo ralo e do rosto marcado por cicatrizes, ele na verdade era bem-apessoado, ainda mais com os dentes brancos e olhos escuros.

– Eu era assim também, no começo, mas no caso de Olav parecia uma situação um pouco pior. Ele falava bem sério, até me contou como seria. Ele disse que usaria uma faca. Eu me lembro bem disso, pois achei muito estranho que ele não escolhesse usar uma escopeta ou metralhadora, como eu costumava dizer. Claro, uma faca é mais fácil de arrumar. Lá na cozinha tem um monte delas. Então, se eu fosse tira, ia me concentrar somente nesse garoto. Sem contar que ele fugiu, vocês sabem.

Ele sem dúvida tinha exposto a opinião dele. Bocejando, fez que ia se virar e sair para a sala de estar. No entanto, Billy T. o interrompeu.

– Mas a faca usada no assassinato não era daqui – disse ele calmamente. – Vocês não compram facas na Ikea.

Claramente desinteressado, o garoto deu de ombros e continuou saindo pela porta.

– Que seja – murmurou ele, com uma voz quase inaudível. – Mas eu apostaria uma nota de 100 que foi o Olav.

\* \* \*

Olav não aguentava mais comida enlatada. Além disso, seu polegar estava dolorosamente inchado. Eles não tinham ali um abridor de latas comum, pelo menos não parecido com o que a mãe dele utilizava. Havia achado um bem menor, e usá-lo machucava a mão. Na maioria das vezes, ele consumiu comida enlatada fria, e já estava de saco cheio disso. Pelejando para abrir a tampa de uma lata de almôndegas, acabou se cortando.

– Puta que pariu!

Meteu o dedo na boca para chupar o sangue e choramingou quando o polegar tocou no ferimento da língua. Um pouco do sangue tinha caído no molho, criando um padrão de filigrana vermelho no molho marrom-claro.

– Tampa desgraçada.

Colocando o conteúdo em uma panela bem grande, girou cuidadosamente um dos botões do fogão. Os números e símbolos indicando a que boca pertenciam estavam totalmente apagados, mas ele adivinhou certo desta vez também. Alguns minutos depois, a comida começou a borbulhar, e ele mexeu energicamente algumas vezes, raspando o fundo da panela. No entanto, antes que a comida estivesse devidamente cozida, ele colocou a coisa toda sobre o tampo da mesa e comeu da panela.

Àquela altura, ele já tinha passado um dia e uma noite ali, sem deixar a cozinha. Dormiu e comeu ali mesmo. No restante do tempo, ficava sentado no chão, pensando. Uma vez ele espreitou a sala de estar, mas ficou assustado com as imensas janelas panorâmicas sem cortinas com vista para toda a cidade. Por um momento, considerou trazer cuidadosamente o aparelho de televisão para a cozinha, mas logo descobriu que o cabo de antena não chegaria.

Agnes estava morta. Disso pelo menos ele tinha certeza, embora nunca tivesse visto uma pessoa morta antes. Ela tinha uma expressão muito estranha no rosto, e os olhos estavam abertos. Ele sempre imaginou que as pessoas fechassem os olhos quando morressem.

Se ao menos ele pudesse ligar para a mãe...

Havia um telefone no corredor, em local seguro, pois não dava para nenhuma janela. Até tinha sinal de discagem, pois ele havia verificado. Mas a casa da mãe provavelmente estaria repleta de policiais. Os noticiários de TV sempre mostravam que a polícia ia à casa das pessoas que haviam feito algo errado. Os policiais escondiam-se em arbustos e então, puf, atacavam a pessoa no momento em que estava chegando. Provavelmente também havia escuta no telefone.

Ele ficou refletindo durante um tempo sobre o local onde provavelmente tinha sido colocado o gravador e imaginou alguém com fones sentado ali perto, escutando tudo. Talvez na casa da vizinha. Ela era uma verdadeira vaca. Ou no porão. Ou quem sabe tinham um daqueles enormes furgões de entrega sem janelas, com um monte de equipamentos instalados no interior.

Antes que Olav conseguisse conceber qualquer resposta razoável à sua charada, adormeceu. Ainda que fosse apenas o começo da tarde, apesar de estar mais sozinho do que nunca, e muito, muito assustado.

*Eu estava espantada com o Serviço de Assistência ao Menor. Eles haviam me visitado, então meus dados deviam estar em algum lugar de seus enormes arquivos. Quando a campainha tocava vez ou outra – normalmente um vendedor, ou mais provável uma gangue de hooligans, que desaparecia em uma profusão de berros e gritos quando eu finalmente mostrava o rosto –, eu ficava paralisada de medo. No geral, eu ficava sentada, quieta como um rato, fingindo que não estava em casa. Mas eu sabia que mesmo assim eles tinham seus métodos, então eu podia muito bem abrir a porta. Nunca era o Serviço de Assistência ao Menor.*

*Uma tarde, contudo, quando a creche me chamou para uma reunião particular, eu estava convicta. Eu queria saber para onde eu iria. Não demoraria muito para acontecer: eu não tinha para onde correr. Minha mãe não entendia nada, e todo o estardalhaço que ela fazia me dava nos nervos. Na verdade, acho até que ela nem gosta da criança, assim como todo mundo. Eu mal tinha visto alguém a não ser ela desde o nascimento do garoto. Isso há cinco anos.*

*Mas o Serviço de Assistência ao Menor não estava presente na reunião. Era apenas a diretora. Ela sempre me tratava decentemente, mas daquela vez estava séria e parecia com raiva pelo fato de eu ter levado o garoto comigo. Mas que raios eu deveria ter feito com ele? Eu não disse nada.*

*Ele havia cortado o fio da geladeira naquele dia. Poderia ter acontecido alguma fatalidade. Se tivesse sido a única vez, teria sido apenas uma ideia imbecil. Travessura de menino. Mas ela achava que era a manifestação de um padrão destrutivo. Ele tinha se tornado difícil demais para eles. Ele não brincava com as outras crianças. Era um desmancha-prazeres. Não tinha limites. Era hiperativo.*

*Eu não disse nada. Minha cabeça era apenas uma massa latejante e amedrontada, e o único pensamento que eu conseguia formular em pânico era que perderia a vaga na creche. Mas eu não disse nada.*

*Talvez ela tenha percebido isso, já que repentinamente ficou mais simpática. Ela me disse que tinha solicitado horas de apoio. Quinze horas semanais com um assistente. BUP e PPT e outras abreviações das quais eu não fazia ideia naquela época foram introduzidas. Mas ela não disse nada sobre serviços de assistência infantil. Finalmente compreendi o ponto mais importante: meu garoto poderia continuar na creche. Minha cabeça clareou um pouco, e eu comecei a respirar novamente. Senti uma dor no estômago.*

*No dia seguinte, no escritório de previdência social, encontrei um livreto. Era sobre DCM (Disfunção Cerebral Mínima). Eu estava sentada ao lado dos folhetos e lia entediada um ou outro, só para não ter que fazer contato visual com as demais pessoas sentadas na sala de espera. Mas daí algo chamou minha atenção. Uma lista. Toda uma série de sinais que indicavam quando uma criança tinha algum tipo de dano cerebral.*

*Tudo se encaixou! A inquietação, a atividade enérgica, as fracas habilidades linguísticas, mesmo sendo evidente que ele não era menos inteligente* que qualquer outra criança, as dificuldades em brincar com os coleguinhas na creche – era como se eu estivesse lendo sobre o meu garoto. Havia algo errado com o cérebro dele. Algo a respeito do que ninguém poderia ter feito nada. Algo que não tinha nada a ver comigo. Coloquei na bolsa três cópias do folhetinho e senti um vislumbre de esperança.

– Sem dúvida seria ridiculamente fácil conseguir passar por um vigia noturno sonolento, sentado de costas para a porta, assistindo à TV. Tanto para subir quanto para descer. Contanto que a porta estivesse aberta.

– Ou se o assassino tivesse uma chave. Mas isso não muda o fato de que a pessoa em questão estava familiarizada com a casa. Ele ou ela devia saber onde o funcionário do plantão noturno costumava ficar e distinguir cada porta dos cômodos do primeiro andar.

Billy T. a acompanhou até em casa. Agora eles estavam sentados cada qual em uma ponta de um sofá ao estilo americano com assentos fundos, enquanto a mesa de pinho diante deles servia de apoio para os pés. A sala não era grande, e as estantes de livros cobrindo uma parede inteira não ajudavam em nada.

– E mais – acrescentou Hanne bebendo um gole do chá e percebendo que ainda estava muito quente. – A pessoa em questão sabia que Agnes estava lá naquela noite. Ela não estava em serviço, simplesmente apareceu mais tarde.

– Mas não temos certeza de que o assassino estivesse lá para matar alguém. Ele podia estar atrás de outra coisa e mantinha uma faca consigo por questões de segurança.

– Do que alguém poderia estar atrás naquele escritório? Do vaso de planta?

– Havia algumas gavetas trancadas, então devia ter algo importante lá dentro. Mas não forçaram a abertura. Lembra-se da chave que sumiu?

Franzindo a testa, Hanne Wilhelmsen inclinou um pouco a cabeça.

– Sim – exclamou ela. – A chave que Maren Kalsvik disse que deveria estar debaixo do vaso na estante! Ela pareceu surpresa quando constatamos que não estava. Você sabe o que houve?

– O perito da cena do crime tinha levado, para averiguar se havia digitais. Nada de aproveitável.

– A chave tinha sido limpa?

– Não necessariamente. Uma chavinha assim só precisa de um leve atrito, bem naturalmente, pois não há muito o que remover. Então não sabemos nada sobre o que o assassino possa ter roubado das gavetas. Havia alguns papéis, várias avaliações psicológicas e também as anotações da diretora sobre assuntos totalmente banais, compras, memorandos, e por aí vai.

– Mas, se alguém estava à procura de algo nas gavetas, sabia o lugar da chave.

– Então temos que procurar alguém que conhece bem a casa – concluiu Billy T. – Talvez essa pessoa soubesse que Agnes estaria em sua mesa, e foi lá para matá-la, ou sabia que poderia ter que fazer isso para conseguir algo do escritório da diretora.

– Isso praticamente resume tudo – disse Hanne ponderadamente, quando sua parceira, uma mulher loira e delicada, apareceu na porta.

– Billy T.! Que bom ver você! Vai ficar para o jantar? Você está tão bronzeaaaado!

Inclinando-se sobre o homem no sofá, Cecilie Vibe beijou-o na face.

– Não dá para recusar um jantar com as duas damas mais belas da cidade, não é mesmo? – replicou ele, abrindo um largo sorriso.

Ele só voltou para casa depois da meia-noite.

# 5

**O marido de Agnes Vestavik nasceu em 8 de maio de 1945,** o dia em que os noruegueses foram libertados da ocupação nazista alemã. Todavia, ele não parecia feliz ou particularmente tranquilo. Billy T. sabia que teria muita dificuldade para lembrar as feições do sujeito: uma boca mediana sob um nariz mediano sob olhos meio azuis. O semblante um tanto hostil poderia naturalmente ser atribuído à sua situação lastimável; a esposa fora brutalmente assassinada fazia apenas dois dias, e ele agora estava sentado ali, sendo interrogado pela polícia. Por outro lado, poderia ser um gesto habitual que havia se tornado fixo.

Com cerca de 1,80 m de altura, ele obviamente tolerava os hábitos alimentares da família melhor do que a esposa, já que era quase magricela. Vestia-se como convinha ao gerente de uma loja de roupas masculinas. Calça cinza de lã fina, camisa branca e gravata azul-marinho discreta sob um paletó xadrez. A linha do cabelo recuava visivelmente, mas ele ainda tinha uma cabeleira impressionante.

– Sei que é difícil – Billy T. começou uma lição sabida de cor. – Mas você certamente compreende, tem uma série de questões que precisamos esclarecer.

Suas palavras tinham uma ressonância estranha, a dicção e as frases contrastando fortemente com a figura de cabelo curto e quase assustadora vestida com camisa de flanela e botas de vaqueiro com esporas. No entanto, o homem pareceu não reparar.

– Eu sei, eu sei – murmurou ele sem paciência enquanto passava uma mão estreita com uma aliança ainda mais estreita pelo rosto. – Vamos acabar logo com isso.

– Como as crianças estão lidando com tudo?

– Amanda não entende muito. A caçula. Os dois mais velhos estão muito tristes, como seria de se esperar.

Seus olhos se encheram de lágrimas. Talvez por pena de si mesmo. Talvez ao pensar no sofrimento dos filhos. Abrindo bem os olhos, em um esforço para impedir que as lágrimas transbordassem, ele balançou a cabeça com vigor.

– Eu não entendo...

– Com certeza não, essas coisas são totalmente incompreensíveis quando acontecem.

Billy T. ergueu as mãos do teclado do computador. Finalmente a era da informática havia chegado pelo menos a algumas partes da Delegacia de Polícia de Oslo.

– Vamos começar com as perguntas mais fáceis – disse ele, oferecendo ao homem uma xícara de café, que ele recusou educadamente.

– Quando se conheceram?

– Não me lembro bem. Eu tenho uma irmã mais nova que era uma das amigas de Agnes. Mas só começamos a sair depois que ela se tornou adulta. Daquele modo, quero dizer.

Ele pareceu um pouco confuso, mas Billy T. sorriu com ar tranquilizador.

– Entendo. Quando se casaram?

– Em 1972. Agnes tinha 22 anos e já tinha começado no Serviços de Assistência ao Menor. Já trabalhava com crianças. Eu tinha... 27. Mas ficamos noivos durante um tempo, um ano, mais precisamente. Então o Peter nasceu, em 1976, e o Joachim em 1978. Amanda chegou em fevereiro de 1991.

– Muito tempo depois, então!

– Sim, mas uma caçula muito planejada.

O homem sorria pela primeira vez, ainda que ligeiramente e sem que o sorriso chegasse aos olhos.

– Problemas no casamento?

Billy T. não se sentia à vontade, mas desempenhou seu dever de maneira eficiente. Sem dúvida o homem havia percebido que isso viria à baila, pois ele suspirou profundamente e pareceu se preparar para responder, endireitando-se na cadeira.

– Não mais que qualquer outro casal, eu diria. Tínhamos nossos altos e baixos. Todo mundo fica de saco cheio depois de um tempo, penso eu. Mas tínhamos as crianças, a casa, amigos em comum e todo esse tipo de coisa. Ultimamente vinha sendo bastante... tenso. Ela tinha problemas no trabalho, eu acho, mas não sei exatamente do que se trata. Imagino que eu não era muito bom em prestar atenção. Realmente não sei...

Naquele momento, as lágrimas transbordavam. Fazendo um esforço convulsivo para se recompor, sua tentativa fez escapar um soluço agudo e quase resfolegante. Billy T. deu-lhe tempo para tirar um lenço: elegante, masculino e recém-passado. Ele assoou o nariz ruidosamente e enxugou os olhos pressionando o lenço em cada um deles.

– A gente não discutia muito – ele finalmente continuou. – Talvez porque assim a gente não se falava. Ela se tornou muito distante e extremamente irritável. Era tão difícil certas noites que eu achei até que ela estivesse na menopausa. Ainda que tivesse apenas 45 anos.

Ele lançou um olhar para o oficial, implorando compreensão, e recebeu uma resposta apropriada.

– As mulheres são difíceis às vezes – concordou Billy T. compreensivamente. – Com ou sem menopausa. Ela chegou a pedir o divórcio?

Algo na expressão facial do homem se fechou. Dobrando o lenço impecavelmente, enfiou-o no bolso da camisa e então pigarreou, mudou de posição na cadeira e olhou o policial nos olhos. De viúvo dócil trajando cinza, ele agora parecia quase agressivo.

– Quem alegou isso?

Billy T. ergueu as mãos na defensiva.

– Ninguém. Ninguém alegou isso. Só estou perguntando.

– Não, nós não íamos nos divorciar.

– Mas falavam disso? *Ela* tocou no assunto?

– Não.

– Não?

– Sim. Não.

– Ela nunca mencionou a possibilidade de divórcio? Ela nunca tinha mencionado essa possibilidade nos mais de vinte anos de casamento com todos os seus altos e baixos?

– Não, ela nunca mencionou.

– Pois bem.

Billy T. desistiu e abriu uma gaveta da escrivaninha. Ele já tinha conseguido torná-la razoavelmente caótica, mas rapidamente achou uma folha de papel, que foi colocada sobre a mesa e empurrada para o homem.

A tez dele era pálida, mas Billy T. poderia jurar que ficou um tom de cinza mais pálida ainda.

– Onde conseguiu isto? – perguntou ele secamente, empurrando de volta o papel ofensivo, depois de ver do que se tratava.

– Vestavik, você tem que compreender que essa informação é de domínio público. Registros de empresas, registros civis, há todo tipo de fonte de informação de acesso público.

Ele abriu os longos braços.

– Somos um órgão público! Conseguimos tudo que precisamos.

A folha de papel mostrava que Gregusson Men's Fashions, onde o marido de Agnes Vestavik trabalhava como gerente geral, era uma empresa familiar extremamente sólida. Familiar, na realidade, significava que era total propriedade de Agnes Vestavik, nascida Gregusson. Ela não tinha irmãos e, quando o pai faleceu, em 1989, todas as ações foram transferidas para Agnes. Embora o pai, homem sensato e religioso, não tivesse estabelecido nenhuma condição no testamento, depois de um conselho de amigo do advogado da família, Agnes havia mantido propriedade exclusiva e separação total de bens do casal sobre todo o patrimônio. Ninguém nunca soube. A loja fornecia um dividendo anual saudável, mas o salário do gerente geral permaneceu fixo durante os últimos oito anos, e não era de forma alguma uma soma impressionante.

– Exatamente. Isso nunca foi segredo – comentou o sr. Vestavik laconicamente. – Meu emprego é assegurado independentemente de haver divórcio ou não. Temos leis que abrangem esse tipo de coisa no país.

– Seu emprego, sim – replicou Billy T. calmamente. – Mas a casa também era dela, naturalmente. Casa onde ela cresceu, não é mesmo?

Fez-se silêncio na sala. Gritos e risos débeis podiam ser ouvidos do corredor lá fora e, da janela, os sons quase inaudíveis de um detido recém-liberto xingando todo mundo, policiais uniformizados em particular. O fraco zunido do PC pareceu aumentar de volume.

– Então você acha que eu a matei? – soltou finalmente o viúvo, apontando um dedo indignado para Billy T. – Por causa de uma casa eu mataria a mulher que foi minha esposa durante 23 anos, a mãe dos meus filhos. Por causa de uma casa!

Furioso, ele se inclinou sobre a mesa e bateu o punho na superfície. Pareceu confuso se devia se levantar ou permanecer sentado, e o resultado foi que ele ficou na ponta da cadeira, como se prestes a atacar.

– Eu não acho nada, Vestavik. Não estou alegando nada também. Só estou destacando uma série de circunstâncias que são suficientemente interessantes e para as quais não podemos fechar os olhos. Há uma receita bastante significativa proveniente da loja, e isso é algo que Agnes havia acumulado ao longo do casamento. A verdade é que você não possui nem um prego na parede. Ou, mais corretamente: você *não possuía* nem um prego na parede. Suponho que agora você mantenha posse total do patrimônio. Não temos nenhuma informação sobre a existência de um testamento. Não é esse o caso?

Retirando novamente o lenço, o homem nem de longe foi meticuloso no uso desta vez. Os nós dos dedos esbranquiçaram enquanto ele o segurava durante o manuseio.

– É claro que não existe testamento. Ninguém tinha planejado que a Agnes morreria. E mais: não estávamos quase nos separando.

Subitamente lhe ocorreu a lógica do próprio argumento e ele começou um discurso inflamado.

– Exatamente! Ela não tinha feito nenhum testamento. Isso mostra que não tínhamos brigado. Nem perto de um divórcio, pelo menos. Se ela tivesse planos dessa natureza, provavelmente daria um jeito de garantir que eu não ficasse com tudo. Além disso, você está totalmente enganado.

Ele parou bruscamente e pareceu hesitar antes de jogar seu trunfo na mesa.

– Eu tenho que dividir o patrimônio com os meus filhos. Não se mantém posse indivisa de bens.

– Mas seus filhos não vão expulsar você de casa, vão? – argumentou Billy T. ironicamente, colocando as mãos na mesa e inclinando-se para o interrogado.

A explosão escondeu apenas em parte a irritação dele por estar errado.

Ouviram-se batidas fortes e repetidas na porta, e o viúvo, sobressaltado, desmoronou de volta na cadeira. Hanne Wilhelmsen entrou, estendendo a mão para o homem e se apresentando.

– Que horrível o que aconteceu com a sua esposa – comentou ela em tom confortador. – Faremos o nosso melhor para descobrir o que aconteceu.

– Então precisam procurar em qualquer lugar que não seja a minha casa – replicou com tristeza o homem, embora desarmado pela postura amigável da inspetora chefe.

– Ah, você sabe como é – começou Hanne com uma nota de pesar na voz. – O trabalho da polícia pode ser bastante cruel. Mas não podemos deixar pedra sobre pedra em um caso como este. Tenho certeza de que você compreende isso. É apenas rotina e, quanto mais rápido terminarmos com você, mais depressa você e sua família poderão seguir em frente, apesar desse evento trágico.

Ele pareceu apaziguado. Hanne Wilhelmsen trocou algumas palavras com Billy T. antes de desaparecer pela porta.

O interrogatório continuou por mais duas horas e prosseguiu de maneira razoavelmente cordial. Billy T. ficou sabendo que o marido era relativamente familiarizado com o orfanato, já que estivera lá diversas vezes, como seria de se esperar. A casa da família ficava pertinho, e Agnes trabalhou na instituição por doze anos. Na noite do assassinato, ela disse durante o jantar que precisava voltar mais tarde naquela noite. Nenhum dos rapazes estava em casa: o mais velho frequentava uma escola secundária popular, enquanto Joachim, o de 16 anos, estava em um acampamento escolar com os colegas de classe. Agnes havia colocado Amanda na cama antes de voltar para o orfanato, por volta das 21h30. Ela tinha dito que não a esperasse acordado, já que poderia chegar bem tarde. Ele assistiu a um pouco de televisão e foi dormir no horário de sempre, por volta das 23h30. Amanda geralmente dormia bem, mas naquela noite havia acordado por causa de um pesadelo e ficou tão nervosa que ele acabou deixando-a dormir com ele na cama de casal. Só acordaram com o pastor postado à porta de casa, por volta das 4 horas da manhã. Ele não tinha feito nem recebido nenhum telefonema a noite toda. Ele não conseguiu se lembrar muito bem a quais programas tinha assistido, mas, depois que Billy T. lhe apresentou um guia com a programação, foi capaz de fornecer uma descrição concisa e exata de um filme exibido na TV3.

– Mais alguma coisa? – perguntou Billy T. para concluir.

– Como assim?

– Mais alguma coisa que você considere importante para o caso... – esclareceu Billy T. com ar impaciente.

– Bem, sim. Talvez uma coisa.

Tirou a carteira e procurou algo, mas constatou que não estava lá. Depois, enfiou a mão de volta no bolso interior, suspirando. A impressão era que ele ponderava se devia ou não dizer o que tinha em mente.

– Foi retirado dinheiro – continuou ele com hesitação.

– Dinheiro?

– Da conta. Só sei porque conferi o extrato bancário. Não sei onde nem por quem. Mas três cheques foram descontados na mesma data, de 10 mil coroas cada um.

– 30 mil coroas?

– Sim.

Puxando a orelha, Billy T. fitou o chão.

– Da conta pessoal de Agnes. Nós tínhamos uma conta conjunta, e ela tinha outra, individual. Mas abri o envelope com o extrato quando chegou ontem pelo correio.

O viúvo pareceu acanhado com o fato de ter metido o nariz na correspondência da esposa. Billy T. assegurou-lhe que estava no direito.

– Faz ideia do que ela poderia ter feito com o dinheiro?

Vestavik balançou a cabeça e suspirou profundamente.

– Mas pode ser que ela tenha encerrado a conta depois disso. Ainda não pude investigar com o banco. Quem sabe os cheques foram roubados?

– Quem sabe – concordou Billy T. pensativamente. – Temos sua permissão para averiguar, como mera rotina?

– Claro que sim.

Depois de impresso e assinado o interrogatório, Billy T. escoltou Terje até a saída do prédio de concreto cinza. Na porta, apertou brevemente a mão do viúvo, depois subiu aos saltos três lances de escada e invadiu o escritório de Hanne Wilhelmsen sem bater à porta.

– Puta que pariu, Hanne – exclamou ele com olhar carrancudo. – Você deveria saber que não se pode interromper daquele jeito um interrogatório. E se eu estivesse no meio de uma confissão?

– Mas não estava – respondeu ela friamente. – Eu sei disso porque estava ouvindo atrás da porta... Vocês dois estavam prestes a brigar. Então eu tive que entrar, para tentar acalmar um pouco os ânimos. Ajudou?

– Bem... sim, acho que sim.

– Foi por isso. Ele pode ser eliminado?

– Não, ainda não. Ele parece muito impermeável. De fato, é preciso muito mais para assassinar a esposa, disso ele tem razão. Eles têm uma criança com menos de 4 anos e dois rapazes mais velhos. Mas mesmo assim não estou tão certo, ele definitivamente não pode ser eliminado ainda.

– Assassinar a esposa não é tão incomum – comentou Hanne com o olhar distante. – Pelo contrário, já vi muitos casos de assassinato cujo autor era íntimo da vítima.

– Mas teria que ter sido premeditado, Hanne, e o suspeito teria que ter muito sangue frio. Ele não pareceu ser assim, embora o relacionamento deles não estivesse lá essas coisas. Parece que roubaram o talão de cheques dela e arrancaram 30 mil coroas da mulher. Ela nem ao menos mencionou isso para o marido.

– Como assim?

– É isso mesmo o que eu disse. Ele abriu o extrato bancário ontem e verificou que três cheques de 10 mil coroas foram descontados na mesma data. Depois disso, absolutamente nada foi retirado.

Entreolharam-se por um bom tempo.

– Será que ele mesmo fez isso e depois se deu conta de que acabaríamos descobrindo? Então foi prudente o bastante para revelar de cara?

– Questionável. Ele parecia bem desnorteado por causa do sumiço do dinheiro.

Levantando-se, Hanne apagou o cigarro e tentou em vão conter um bocejo.

– Veremos. Busque saber o que os outros descobriram, está bem? Peça a Tone-Marit que siga o rastro do dinheiro. Amanhã você me passa as informações que conseguiu levantar. Vou para casa.

\*\*\*

Sentindo o corpo pegajoso, Odd Vestavik puxou o colarinho e afrouxou o cinto de segurança na tentativa de encontrar uma posição mais confortável no banco, mas isso em nada não ajudou.

Ele tinha sido pego de surpresa com toda aquela história do patrimônio.

Deveria ter contado a eles. Por outro lado, seria cavar a própria cova contar que havia apenas três semanas Agnes o surpreendera com um novo acordo nupcial, determinando que todas as propriedades e fundos separados que ela possuía passariam a propriedade conjunta no caso de seu falecimento. Era assim que estava expresso: "falecimento". E "óbito". Admirava-lhe o fato de que até mesmo advogados fossem incapazes de empregar a objetiva palavra "morte". Era o que Agnes estava: morta.

Ele mandou o documento para registro oficial apenas dois dias antes da morte da esposa. Estava surpreso com o fato de que a polícia não soubesse disso. O documento ainda devia estar em uma caixa de entrada no gabinete do escrivão municipal. Quanto tempo será que essas coisas demoravam?

Eles tomariam conhecimento disso. Nesse caso, seria suspeito ele não ter mencionado nada.

Ele desacelerou, e o motorista do carro de trás buzinou raivoso. Ele decidiu dar meia-volta. Havia mentido para a polícia.

Mas então acelerou novamente, continuando o trajeto para casa. Talvez nunca descobrissem. De qualquer modo, ele estava cansado demais para decidir qualquer coisa sobre isso no momento.

Ele teria que dormir com a ideia.

Todavia, estava profundamente perturbado por causa das 30 mil coroas.

\*\*\*

Maren havia assumido inteiramente o cargo de direção, algo que ocorrera automaticamente. Tanto os funcionários quanto as crianças tratavam-na como a nova chefe, sem formalidades ou objeções. Embora Terje tivesse retornado de sua licença em regime de meio expediente, ele não fazia nenhuma objeção ao fato de ela fazer o trabalho dele também. As crianças voltaram à rotina diária com rapidez impressionante, brincando e brigando, fazendo o dever de casa e fazendo as refeições. Apenas Kenneth parecia ansioso com o fato de uma mulher ter sido brutalmente esfaqueada até a morte a apenas alguns metros do quarto dele. Ele verificava e reverificava o aposento todas as noites à espreita de assassinos e ladrões, debaixo da cama, nos armários e mesmo dentro de uma caixa de brinquedos que sob nenhuma circunstância serviria de esconderijo a não ser para uma criancinha. Ou talvez um dragão pequenino, mas extremamente perigoso. Pacientes, os funcionários permitiam que ele praticasse esse ritual antes de se deitarem ao lado dele por uma hora, até ele pegar no sono.

Fazia três dias completos que Olav estava sumido. As forças policiais de todo o sudoeste da Noruega foram comunicadas do desaparecimento dele, e um informe seria passado para a imprensa no dia seguinte. Até a polícia estava muitíssimo preocupada.

– Mesmo assim, não parecem estar associando Olav com o assassinato – declarou Maren Kalsvik, tamborilando o lápis na mesa de centro da sala de estar. – Eu na verdade acho isso muito estranho. O grupo de policiais cuidando do desaparecimento é totalmente diferente do que trabalha no caso do assassinato.

Terje Welby suspirou desanimado.

– Provavelmente perceberam que uma criança de 12 anos não mata pessoas – respondeu ele. – Pelo menos não daquele jeito. Com uma faca enorme.

– Se uma criança fosse matar alguém, dificilmente seria com uma arma – comentou ela secamente, antes de se levantar e ir até as enormes portas duplas de madeira com espelho que separavam a sala de estar "boa" daquela que chamavam de sala de recreação.

Juntando as portas até escutar um leve estalo, ela então retornou ao assento no sofá, erguendo o lápis e enfiando-o distraidamente na boca. Depois de algumas mordidas fortes, ele se partiu em dois.

– Tem uma coisa que eu realmente gostaria de saber, Terje – disse ela calmamente, cuspindo lascas de madeira. Depositando o lápis na mesa e cuspindo mais alguns pequenos fragmentos que ainda ficaram em sua boca, fixou os olhos no colega ao prosseguir: – O que aconteceu com aqueles papéis que estavam na gaveta? Eram documentos que comprovavam toda a situação...

A reação dele foi imediata. Respondeu nervosamente, violentamente ruborizado e com suor escorrendo pelos lábios tensos.

– Papéis? Que papéis?

Ele disse as palavras quase em um rosnar, enquanto olhava apreensivamente para as portas fechadas.

– Os papéis que comprovavam o que você fez – explicou Maren. – Os papéis que Agnes havia redigido sobre o assunto.

– Mas ela não sabia de nada!

O desespero dele imprimiu manchas brancas sobre todo o rubro da face. Parecia doente. Ele fez um movimento súbito e violento com a parte de cima do corpo e então soltou um gemido.

– Mas que inferno – esbravejou ele, sentando-se circunspecto na cadeira. – Você tem que acreditar em mim, Maren, ela não sabia de nada!

– Você está mentindo.

Marin articulou a afirmação como uma verdade incontestável, inabalável, sem espaço para discussão. Ela até sorriu, uma contorção extenuada e sombria contendo ao mesmo tempo resignação e irritação.

– Sei que está mentindo. Agnes descobriu sobre o roubo. Ou roubos, talvez deva dizer. Posso lhe dar todos os detalhes, mas provavelmente não é necessário. Ela estava muitíssimo desapontada. E bastante furiosa.

A indignação de Terje foi tamanha que Maren duvidava que poderia haver níveis mais elevados no registro emocional do homem, mas ela estava errada. Ofegante, o tom de voz dele se assemelhou ao de uma criança quando ele conseguiu expulsar as palavras:

– Ela contou isso para *você*?

Passaram-se vários e agonizantes segundos antes que ela respondesse. Ela olhou fixamente para fora da janela. A neve recomeçava a cair e os enormes flocos brancos se derreteriam assim que chegavam ao solo. Balançando de leve a cabeça, ela virou o rosto para Terje.

– Não, na verdade ela não contou. Mas eu sei de tudo. E sei que ela tinha reunido provas. Não seria tão difícil encontrar, bastava simplesmente examinar as contas. Os papéis estavam na gaveta. A que estava trancada. E os papéis não estavam lá quando a polícia chegou. Se estivessem, você já estaria preso há muito tempo. E isso não aconteceu. Você nem foi interrogado.

A frase final teve a inflexão de uma pergunta, e ele balançou a cabeça confirmando.

– Por que eu não fui? É alguma forma de tortura psicológica ou o quê?

O branco no rosto dele começava a se fundir com o vermelho fogo. Agora ele estava rosa e pingava suor. A barba nas faces se enrolava com a umidade, e três gotas de suor escorriam da orelha esquerda.

– Mas eu repus a maior parte, Maren! Eu já lhe disse isso. Meu Deus, parece até que estamos falando de grandes somas de dinheiro!

– Para ser honesta, Terje, não acho que a polícia estaria muito preocupada com as somas.

Abrindo os braços desesperada, ela lhe lançou um olhar condescendente.

– Mas eu devolvi quase todo o dinheiro! Tenho certeza de que Agnes não sabia de nada. Ela não tinha a menor suspeita! Mas sabia de outra coisa, Maren. Ela sabia de outra coisa, algo que...

Ele não continuou.

Maren Kalsvik recostou-se insinuante na cadeira. Era possível ouvir algumas crianças tagarelando na sala de recreação, rindo alto, e as batidas fracas do som estéreo de Raymond no andar de cima. Lá fora, a neve caía cada vez mais forte, e a impressão era que no fim haveria neve suficiente para formar um cobertor sobre o solo. A temperatura oscilara loucamente nos últimos dois dias, subindo e descendo várias vezes.

"Como uma criança pega no flagra", pensou ela. "Como é possível negar até a morte algo tão evidente?" Atraindo a atenção dele, fitou-o nos olhos.

– Terje, eu *sei* que Agnes sabia. Você também sabe. Eu *sei* que ela tinha documentos para provar. Você também sabe. Eu sou sua amiga, pelo amor de Deus!

As últimas palavras foram ditas de maneira enfática, e ela as salientou ainda mais batendo na mesa.

– Aqueles papéis estavam lá antes da morte da Agnes e se foram quando a polícia apareceu. Só tem uma explicação possível: você esteve lá e sumiu com eles durante a tarde ou à noite. Por que não pode admitir isso?

Ele ficou sentado na cadeira, paralisado.

Ela se levantou e deu as costas para ele antes de girar subitamente de novo.

– Eu posso ajudá-lo, Terje! Pelo amor de Deus, eu *quero* ajudá-lo! Não quero que seja preso por algo que não fez! A gente se vê todos os dias, fazemos as refeições juntos, trocamos ideias, quase moramos juntos, Terje! Mas se eu for responsabilizada por isso...

Ela gesticulou expressivamente com os braços, virando os olhos para o céu e murmurando algo que ele não conseguiu entender.

– Honestamente. Eu estou escondendo algo da polícia. Eu não posso ser responsabilizada por isso, a menos que eu saiba o que aconteceu. E o que não aconteceu. Não compreende? Você não pode continuar mentindo. Não para mim.

Como se estivesse reunindo forças, ele inspirou e expirou três vezes, profunda e rapidamente.

– Eu estive aqui – sussurrou ele. – Eu estive aqui por volta da meia-noite. Eu ia pegar os papéis da gaveta. Mas só para ver o que ela realmente sabia, Maren! Quando a vi estática na cadeira, morta, fiquei totalmente chocado.

Ele deitou a cabeça nas mãos e balançou o corpo de um lado para o outro.

– Você *tem* que acreditar em mim, Maren!

– O choque não deve ter sido tão grande, pois não o impediu de encontrar os papéis e levá-los com você – observou Maren calmamente.

Ela tinha voltado a se sentar e passava seguidamente a mão pelos cabelos.

– Não, o que eu devia ter feito? Se a polícia os tivesse encontrado, eu provavelmente seria o principal candidato a assassino!

Glenn irrompeu pelas portas duplas. Sobressaltado, Terje chutou a mesa diante dele.

– Cara... caramba – disse ele por entre os dentes cerrados, virando-se bruscamente para o garoto que pedia dinheiro para ir ao cinema. – Quantas vezes eu já disse para bater na porta antes de entrar? Hein? Quantas vezes eu disse?

Furioso, ele agarrou o braço do garoto de 15 anos e apertou-o com força. Glenn choramingou e tentou se soltar.

– Me larga – reclamou ele. – Pirou de vez?

– Estou de saco cheio de ver você fazendo tudo o que quer pela casa toda – vociferou Terje, soltando o garoto com um empurrão contra a parede. – Você tem que se emendar!

– 10 coroas descontadas da mesada da semana – murmurou o jovem, esfregando o braço esquerdo. – Eu só queria dinheiro para o cinema!

Maren testemunhou o evento com um espanto que a deixou rígida. Agora ela se recompunha e dirigia a Terje um olhar severo antes de escoltar Glenn para fora da sala, entregando-lhe uma nota de 50 coroas.

– Ele é doente ou o quê? – perguntou Glenn.

– Ele está com dor nas costas – respondeu ela de modo tranquilizador. – E está triste também. Por causa de Agnes. Todos nós estamos. Que filme você vai ver?

– *O cliente.*

– Tem muita violência?

– Não. É só um suspense, eu acho.

– Legal. Venha direto para casa. Divirta-se.

O garoto murmurou até sair para o corredor, esfregando com força o braço dolorido.

Maren retornou, fechando as portas novamente. Após um momento de hesitação, pegou uma chave velha e preta pendurada em um prego ao lado do batente da porta, inseriu-a na fechadura e a girou. Ouviu-se um ranger de metal contra metal, demonstrando que a chave mal havia sido usada em muitos anos. Ela mais uma vez se afundou na poltrona com encosto lateral. Embora estivesse claramente marcada pelos acontecimentos dos últimos dias, era como se algo tivesse flamejado em seus olhos cansados. Uma centelha de vitalidade, uma determinação quase serena. Terje sentiu isso e tomou coragem.

– Você não vai dizer nada para a polícia, vai?

Ele era patético. Ele havia mentido, tanto sobre ter estado na casa em um momento bastante crítico quanto sobre Agnes não saber a respeito do desfalque de suas contas comerciais, como também havia se apropriado dos papéis da gaveta da mesa da diretora. Agora era como se ele estivesse prestes a se ajoelhar e implorar ajuda.

– Por que você mentiu, Terje? Você não confia em mim?

Ele desviou rapidamente o olhar, que esteve a ponto de fitar o chão. Então se deteve e repousou os olhos em um ponto vinte centímetros acima da cabeça dela, permanecendo sentado desse jeito, com os braços sobre o descanso e segurando tenazmente as extremidades, quase como se estivesse em uma cadeira de dentista. Ele não respondeu.

– Eu preciso saber exatamente o que aconteceu. Era sobre o rombo que Agnes queria falar com você naquele dia depois da reunião? Foi por isso que ela começou uma rodada de entrevistas com os funcionários? Ela lhe mostrou os papéis?

– Não – ele finalmente sussurrou. – Não, ela não mostrou nenhum papel. Apenas me disse que tinha descoberto certas irregularidades e estava muito desapontada. Ela balançou alguns papéis na minha frente, e eu entendi que diziam respeito a mim. Ela me perguntou...

Puxando os pés para a cadeira, ele baixou a cabeça, encostando um olho em cada joelho, como uma criança, ou quase como um feto deformado. Ao continuar, a voz era indistinta e difícil de entender.

– Eu devia redigir uma declaração antes que qualquer coisa acontecesse. Eu ia entregá-la no dia seguinte. Ou seja, um dia depois que ela... que ela morreu.

Subitamente ele soltou os pés de volta ao chão. Ele não chorou, mas o rosto se contorceu todo, formando um vinco que Maren nunca testemunhou na vida. Viam-se tiques nervosos relampejando-lhe na boca, e os olhos davam a impressão de que iam afundar na cabeça. Por um momento, ela realmente ficou assustada.

– Terje! Terje, recomponha-se!

Levantando-se, ela se sentou na mesa entre eles. Tentou segurar a mão dele, mas ele não quis soltar do descanso da cadeira, de modo que ela colocou a mão direita sobre a coxa do rapaz. Ele estava muitíssimo quente; o calor, queimando através da perna da calça, deixou a palma da mão de Maren suada depois de apenas alguns segundos.

– Eu não vou dizer nada a ninguém, mas preciso saber o que aconteceu. Você precisa entender isso, é a única forma de eu não dizer nada de comprometedor à polícia.

Os olhos haviam voltado ao lugar e ele respirava mais calmamente, e Maren pôde ver que os nós dos dedos dele já não estavam tão brancos.

– Eu só queria saber o que ela descobriu. Pelo que sabemos, talvez só tivesse descoberto uma fração bem pequena. E a maior parte já tinha sido reposta. Eu só estava... Ela era esperta, quis primeiro a minha versão.

– Tem certeza de que ela estava morta quando você entrou na cena do crime?

– Certeza?

Incrédulo, ele fixou novamente os olhos nos dela.

– Ela tinha uma faca enorme entre as omoplatas e não havia nenhum sinal de que respirava. É o que eu chamo de "morta".

– Mas você conferiu? Sentiu o pulso dela ou considerou a possibilidade de respiração boca a boca? Ela estava quente, por exemplo?

– Eu não toquei nela. É óbvio que não toquei. Eu estava em absoluto estado de choque. A única coisa em que consegui pensar quando consegui me recompor foi pegar aqueles papéis e dar o fora dali.

– A gaveta estava aberta?

– Não, estava trancada. Mas a chave estava onde costumava ficar. Debaixo do vaso.

– Você também sabia? – ela pareceu um pouco surpresa.

– Sim, descobri faz alguns anos. Acabei vendo por acaso. Esconderijo idiota. Um dos primeiros lugares que qualquer um olharia, sabia?

Ela não respondeu, mas se levantou e foi novamente até a janela. A escuridão se assentara como um tapete viscoso sobre o jardim, com um padrão irregular de panos brancos e úmidos revestindo todo o cinza-escuro. Ao apertar o colete com um movimento familiar que mostrava que ela efetivamente vivia naquela roupa, ocorreu-lhe que era hora da televisão das crianças.

– A polícia não teria acreditado em você – disse ela para o reflexo de Terje na vidraça. – Eu mesma custo a acreditar. A forma como você mentiu sobre isso!

– Eu compreendo. Não posso esperar que acredite em mim. Mas é a verdade, Maren. Eu não a matei.

Ela deixou que a última palavra fosse de Terje, mas lhe dirigiu um olhar que ele não conseguiu interpretar, enquanto saía para fazer companhia a Kenneth e aos gêmeos diante da TV.

\*\*\*

*A polícia de Oslo está à procura de Olav Håkonsen, 12 anos, que desapareceu de casa na noite de terça-feira. Ao que tudo indica, o garoto vestia calças jeans, um casaco azul-marinho e tênis.*

– Meu Deus, eu achava que o noticiário tinha parado de divulgar notícias de desaparecidos – exclamou Cecilie Vibe de sua pose relaxada de sexta-feira no sofá.

Uma fotografia vaga e bastante inútil do garoto acompanhava a reportagem, comunicada por um rosto feminino genérico, pálido e oval, com uma voz notavelmente doce.

– Fazem exceções – murmurou Hanne, que com um movimento de braço mandou-a ficar calada.

*O garoto tem aproximadamente 1,55 m de altura e é robusto. Informações devem ser dadas à Polícia de Oslo ou na delegacia mais próxima.*

A elegante mulher então mudou de câmera para contar sobre um gato com duas cabeças que havia nascido na Califórnia.

– Creio que "robusto" é só uma forma de dizer – comentou Hanne. – Pelo que entendi, o garoto está muito acima do peso.

Ela mudou para o canal TV2, onde uma senhora morena sorria ampla e repetidamente e não falava nada com nada. Ela voltou para a previsão do tempo no NRK.

– Faça massagem nos meus pés – pediu ela, apoiando os pés no colo de Cecilie.

– Para onde o garoto pode ter fugido? – perguntou Cecilie, acariciando distraidamente os pés de Hanne com os dedos.

– Realmente não sabemos. Está começando a ficar um pouco sinistro. Tínhamos certeza de que ele iria para a casa da mãe de um jeito ou de outro, mas não conseguiu fazer isso. Ou não teve a oportunidade. Arranque as meias!

– Acha que aconteceu alguma coisa com ele?

– Não tenho certeza. Se não fosse pelo fato de o garoto fugir sozinho e estar provavelmente tentando se esconder, estaríamos muito assustados. Mais um sequestro infantil, possivelmente. Mas ele com certeza está se escondendo. Ele tem 12 anos e talvez consiga se virar por um tempo. Estamos partindo do pressuposto de que ele fugiu por livre e espontânea vontade. Não é provável que tenha sido exposto a alguma atividade criminosa. Se considerarmos que ele não assassinou a diretora do orfanato, e acreditamos que não foi ele, o desaparecimento não tem nada a ver com o assassinato. Ele ameaçava fugir desde que chegou lá. Mas sem dúvida estamos preocupados. Por exemplo, ele pode ter visto ou escutado alguma coisa. E estamos muito interessados no *quê*. Mas... um garoto de 12 anos fugindo não é nada bom, sob nenhuma circunstância. Não pare!

Cecilie retomou a massagem, ainda sem muita inspiração.

– Como é esse orfanato? Eu não achava que ainda existissem instituições desse tipo. E por que disseram que ele desapareceu de "casa"?

– Provavelmente não querem estigmatizar demais a instituição, creio eu... O orfanato parece quase uma casa comum, só que muito maior. Muito agradável, realmente. A impressão é que os jovens gostam de estar lá. Certamente não temos mais muitos orfanatos como aquele, com um grupo de crianças sendo cuidadas. A maioria fica sob os cuidados de uma família.

Cecilie começou a investir mais energia no toque, deslizando os dedos pela perna de Hanne, sob o tecido das calças. Uma interpretação irreverente da música de Grieg projetando-se da TV anunciava o início de *Around Norway*. Hanne usou o controle remoto para baixar o volume. Endireitando-se no sofá sem baixar as pernas, ela se inclinou para a namorada e elas se beijaram, quente, lenta e provocativamente.

– Por que não temos filhos? – sussurrou Cecilie à boca de Hanne.

– Podemos tentar fazer um agora, imediatamente – sugeriu Hanne com um sorriso.

– Não brinque.

Cecilie recuou, derrubando os pés de Hanne no chão.

Hanne inflou as faces e liberou o ar por entre os lábios em um gesto exagerado de resignação.

– Agora não, Cecilie. Não vamos discutir isso agora.

– Quando, então?

Entreolharam-se, e uma batalha antiga e quase esquecida deflagrou um novo combate.

– Nunca. Já tínhamos finalizado isso. Ficou decidido que nunca teríamos.

– Sinceramente, Hanne, quantos anos se passaram desde a nossa decisão? Naquele tempo eu fui bem clara: era provisoriamente. Agora estamos com quase 36 e posso ouvir meu relógio biológico fazendo tique-taque cada vez mais alto.

– Você? Relógio biológico? Uau!

Hanne acariciou o rosto de Cecilie. Era macio, suave e tinha não mais do que algumas finas linhas de expressão no canto dos olhos. Além de linda, ela se vestia incrivelmente bem. As pessoas que não conheciam as duas por muito tempo achavam que Hanne era vários anos mais velha que a parceira. Na realidade, ela era 16 dias mais nova. Sua mão desceu na direção dos seios de Cecilie.

– Não faça isso – avisou Cecilie contrariada, afastando a mão inoportuna. – Se vamos ter filhos, temos que tomar uma decisão logo. Esta é uma noite como qualquer outra.

– Não, não é, pense bem.

Hanne agarrou a garrafa de cerveja colocada entre elas e tornou a encher o copo. O movimento foi tão abrupto que o líquido transbordou abundantemente, escorrendo pela mesa e ameaçando cair no tapete. Ela praguejou e saiu correndo para pegar um pano. A cerveja já tinha formado uma mancha escura no tapete amarelo quando ela voltou, e Hanne demorou vários minutos para limpar tudo. Cecília não fez menção de ajudar. Em vez disso, com interesse dissimulado, assistiu na TV à história de um homem que obtivera um doutorado em latim aos 93 anos e fazia esculturas de madeira como hobby.

– Esta *não* é uma noite qualquer – rosnou Hanne. – Tive uma semana exaustiva, senti a sua falta, não via a hora de ter uma noite gostosa em casa, de poder passar um tempo com você... Eu não suporto brigas, e mais: anos atrás, nós decidimos não ter filhos.

Ela bateu o pano molhado, fazendo respingar gotas de cerveja pela mesa.

– *Você* decidiu por nós – corrigiu Cecilie calmamente.

Hanne percebeu que a batalha estava perdida. Ela teria que passar por aquilo, como acontecia em intervalos irregulares, mas felizmente cada vez mais longos, reiterando as condições fundamentais para o estilo de vida difícil em que haviam embarcado quando se conheceram, em certa primavera, centena de anos atrás, quando as duas tinham acabado de terminar o colégio e descobriam as realidades da vida. Hanne odiava aquelas discussões.

– Você odeia falar sobre qualquer coisa difícil – comentou a leitora de pensamentos. – Se você ao menos fizesse *alguma* ideia do desespero que me dá. Eu tenho que me preparar com semanas de antecedência quando quero trazer à tona assuntos mais espinhosos.

– Está bem. Continue. É tudo culpa minha. Estraguei a sua vida inteira. Acabamos agora?

Hanne abriu os braços, depois os cruzou. Ela olhou para TV, onde uma loira com um tradicional cardigã norueguês, no topo da rampa de esqui Holmenkollen, falava sobre uma garota de 11 anos, estrela em ascensão do esporte.

– Hanne – arriscou Cecilie, que ficou em silêncio por um momento. – É claro que não vamos ter filhos se você não quiser. Precisamos concordar nesse assunto. 100%. Eu vou ceder se você se recusar. Mas não é muito estranho que eu quisesse falar sobre isso?

A voz dela não estava mais irritada ou indiferente, porém não foi o bastante. Hanne continuava sentada, inerte, com os olhos rigidamente fixos na pequena saltadora de esqui pairando a sessenta metros da área de pouso.

Então Cecilie agarrou o controle remoto. O som desapareceu e a tela ficou preta, com um pontinho que foi diminuindo até ser engolido pela escuridão.

– Eu estava vendo o programa – reclamou Hanne, com o olhar ainda fixo no local onde o ponto branco havia desaparecido. – Sou capaz de fazer duas coisas ao mesmo tempo.

Ela se assustou quando Cecilie desatou a chorar. Cecilie quase nunca chorava. Ela, Hanne, era quem recorria às lágrimas todas as horas do dia e da noite. Cecilie era quem resolvia as coisas, a pessoa calma e lógica, que tinha discernimento e coragem e conseguia encarar o mundo com racionalidade inabalável. Ajoelhando-se diante de Cecilie, tentou tirar-lhe as mãos do rosto, mas sem sucesso.

– Cecilie, querida, me desculpe. Eu não quis ofender nem magoar você. É claro que podemos falar sobre isso.

Cecilie retraiu ainda mais o corpo esguio. Quando Hanne tentou acariciar-lhe as costas, ela tremeu, como se tivesse sentido uma súbita aversão. Hanne recolheu a mão e ficou olhando para a companheira, como se esta estivesse ocultando algo aterrador.

– Cecilie – sussurrou ela tomada de terror. – O que você tem?

A mulher no sofá continuava a chorar, mas estava tentando dizer alguma coisa. A princípio, foi totalmente incompreensível, porém ela se acalmou um pouco. Por fim, retirou as mãos do rosto e olhou diretamente para Hanne.

– Estou esgotada, Hanne. Estou tão cansada de... Já pensei algumas vezes... O Velho Testamento. Pedro negou Jesus e todas aquelas coisas, na época de Páscoa. Sabe por que se dá tanta ênfase a isso? É porque...

Seu choro incontrolável era quase anormal, ela ofegava seguidamente e seu rosto foi ficando azul. Hanne não se atreveu a mover um músculo.

– É porque – continuou Cecilie assim que recuperou o fôlego – é a pior coisa que se pode fazer a alguém. Você me negou por quase dezessete anos, tem consciência disso?

Hanne travava uma batalha decidida contra todas as defesas que se formavam em sua cabeça. Ela cerrou os dentes e passou as mãos no rosto.

– Mas, Cecilie, não é sobre isso que estamos falando agora – disse ela um pouco hesitante, com medo de que Cecilia recomeçasse a chorar convulsivamente.

– É, sim, de certa maneira, é – insistiu Cecilie. – Tudo está interligado. Suas muralhas de defesa por todos os cantos e a sua rotina estafante que serve de desculpa toda vez que eu levanto um assunto importante. E de repente, *puf*, você é uma fortaleza impenetrável. Não avalia o perigo disso?

Hanne sentiu o medo percorrer-lhe a espinha, assim como aconteceu algumas vezes no passado, nas poucas ocasiões em que compreendeu que Cecilie estava questionando seriamente o relacionamento das duas. Hanne rangia os dentes, lutando para controlar as próprias reações.

– Se vamos continuar a viver juntas, você vai *ter que* ser mais compreensiva e acessível, Hanne. Você precisa estar do meu lado.

Não era nem ao menos uma ameaça. Era simplesmente a verdade. As duas sabiam disso. Hanne provavelmente sabia mais do que ninguém.

– Eu vou estar ao seu lado, Cecilie – prometeu ela sôfrega e ofegante. – Eu vou estar ao seu lado incondicionalmente. Eu juro. Não a partir de amanhã ou da semana que vem. A partir de agora. Podemos ter um monte de filhos. Podemos convidar a delegacia inteira. Posso colocar um anúncio... Teremos uma união civil!

Ela se levantou de um salto com enérgico entusiasmo.

– Vamos nos casar! Convidarei toda a minha família, e todo mundo do trabalho, e...

Cecilie ficou olhando para ela e começou a rir. Uma mistura peculiar e desconhecida de risada e lágrimas, enquanto balançava a cabeça em desespero.

– Não é isso que estou pedindo. Isso tudo é absurdo, Hanne. Não preciso de todas essas coisas de uma vez. Só preciso ter a sensação de que estamos avançando. Foi ótimo você finalmente ter permitido que Billy T. entrasse em nossa vida. Acha que foi assim tão horrível?

Sem esperar resposta, ela pegou uma almofada do sofá e abraçou-a enquanto continuava:

– Billy T. basta por enquanto. Mas só por enquanto. Logo tenho que conhecer sua família. Pelo menos seus irmãos e irmãs. Quanto aos filhos... Agora, sente-se, por favor.

Ela recolocou a almofada e com cuidado deu um tapinha no assento ao lado dela.

Hanne estava parada como uma estátua, branca como um fantasma, demonstrando estar apavorada. Depois de chacoalhar o corpo, ela se sentou na outra ponta do sofá. Balançando as pernas nervosamente, ela cerrou os punhos com tanta força que as unhas se enterraram na palma das mãos.

– Calma, minha amiga.

Cecilie quase havia recuperado o controle sobre si mesma e a situação. Ela puxou a namorada e pôde sentir o quanto Hanne tremia. Permaneceram sentadas em silêncio por um bom tempo antes que pudessem respirar normal e calmamente.

– Acha estranho eu querer saber o motivo de você não querer filhos? – sussurrou Cecilie no ouvido de Hanne.

– Não. Mas é difícil falar sobre isso. Eu sei que é um sonho seu. É como se eu estivesse roubando algo de você sempre que digo não. É como se eu estivesse roubando algo de você o tempo todo sendo sua namorada. Eu me sinto muito pequena. Muito... detestável.

Cecilie sorriu, mas não disse nada.

– É que eu... – começou Hanne, endireitando-se. – Sinto que seria errado para a criança.

Cecilie protestou:

– Errado para a criança? Pense no que nós duas podemos oferecer a uma criança! É mais do que a maioria das crianças da Noruega recebe: mães inteligentes, segurança financeira, pelo menos um casal de avós...

As duas sorriram brevemente.

– Sim, está certo – concordou Hanne. – Poderíamos oferecer muita coisa. Por outro lado, eu acho que, se eu mesma não tenho coragem de me aceitar, por que então dificultar a vida de uma criança? Pense em todas as bobagens que ela teria que suportar. Na escola. Na rua. Todas as perguntas. Além disso, eu realmente acredito que todas as crianças precisem de um pai.

– Mas ela poderia ter um pai! O Claus disse que aceita assumir esse papel, há anos que ele diz isso!

– Sinceramente, Cecilie. A criança teria duas mães aqui e dois pais na casa do Claus e do Peter? Quanta festa em fim de semestre!

Cecilie não se opôs mais, mas não porque estivesse de acordo. Fundamentalmente ela discordava, em seu íntimo. Claus e Peter eram homens bem-apessoados, educados, generosos, sensíveis e estáveis. Há dezessete anos, ela e Hanne vinham brigando e fazendo amor nos bons e maus momentos. Provavelmente continuariam a fazê-lo até o dia em que morressem. Havia muito espaço para uma criança no relacionamento das duas. Havia muita coisa que ela queria dizer, mas manteve a boca fechada. Desconhecia o motivo.

– Realmente acredito que uma criança deve ser gerada por uma mãe e um pai que se amam – continuou Hanne em tom brando, aproximando-se de Cecilie. – Tudo bem, nem sempre é desse jeito. Há muitas crianças que vêm ao mundo acidentalmente, por descuido, fora do casamento, de uma relação sem amor. Muitas delas se dão bem e são todas igualmente amadas.

Respirando fundo, ela se sentou ereta para tomar um gole de cerveja e então ficou ali, girando o copo em torno do eixo enquanto balançava a cabeça displicentemente.

– Eu sei disso tudo, naturalmente. Mas não acho que deveria ser assim se eu tiver escolha! Se um dia eu fosse ter um filho, iria querer o melhor para ele, *e isso eu não posso dar*! Você não entende, querida?

Cecilie não entendia. Mas percebeu que Hanne, uma vez na vida, abrira seus recantos mais profundos, pelo menos uma brechinha. Em si mesmo, era um evento tão sensacional que por ora ela não exigia mais nada. Sorrindo, acariciou as costas de Hanne.

– Não, eu não compreendo. Mas é ótimo que esteja me contando isso.

O silêncio foi quebrado apenas pelo som do copo sendo girado.

– Adotar seria um assunto diferente – declarou Hanne subitamente, levantando-se de modo igualmente abrupto. – Muitas crianças estão na fila de espera aguardando para ter um lar. Todas aquelas que ninguém quer. Nesse caso, um casal lésbico bem estabelecido em Oslo seria uma alternativa mil vezes melhor. Melhor do que uma rua no Brasil, por exemplo.

– Adoção – murmurou Cecilie com voz fraca. – Sei que não é conforme a lei.

Entreolharam-se mais uma vez.

– Não – confirmou Hanne. – Não é legal. É necessário que seja. Há de ser.

– Estaremos muito velhas a essa altura.

Nenhuma das duas desfez o contato visual.

– Eu não quero que a gente gere o nosso filho, Cecilie. Eu nunca vou querer isso. Nunca.

Não havia mais o que dizer sobre o assunto.

Hanne se sentiu espancada. E com uma dor de cabeça colossal. Uma inexplicável sensação de alívio tomou conta dela, sem no entanto conseguir aliviar a dor da culpa, constante e secreta, que sempre a atormentava. Certas vezes forte, outras vezes apenas um murmúrio extremamente débil.

Cecilie levantou-se também e ficou parada, encarando Hanne por alguns segundos, antes de deslizar lentamente a mão pelo rosto da parceira.

– Vamos comer ou não?

Hanne ligou a TV para retomar a atmosfera de noite de sexta-feira. No canal NRK, o apresentador Petter Nome conversava como se nada tivesse acontecido.

\*\*\*

O papel de uma parede estava completamente destruído, com exceção de um fragmento em forma de montanha que ele não tinha conseguido arrancar. Tiras de papel enrolado rodeavam-no no chão, quase como uma oficina de carpinteiro. Ele queria despir completamente aquela parede antes de começar a próxima. Era um jeito divertido de passar o tempo, e uma ou duas vezes ele havia conseguido descolar folhas enormes medindo quase um metro de comprimento.

Embora ainda restasse comida enlatada, ele começava a ter uma visão sombria da possibilidade de se prolongar ali. Não conseguia se lembrar muito bem de que dia era, mas ocorreu-lhe como quase certo que os moradores não se ausentariam para sempre. Era preciso encontrar outro lugar. E mais: ele estava fedendo. Já tinha tirado um ponto da língua, mas sangrou tanto que ele teve que deixar os outros dois.

A tentação de usar o telefone persistia. A saudade de casa era tanta que sentia um aperto no estômago. Talvez a polícia tivesse desistido. Depois afastou a ideia.

Mesmo assim, ele não se deixou afugentar tão facilmente. Em casa, tinha uma cama, uma adorável cama Stompa azul, e comida decente. Costeletas de porco. Ele queria voltar para a mãe. Ele realmente queria ir para casa.

Com cautela, ergueu o fone, mas o soltou assim que ouviu o sinal de discagem, então começou na outra parede. Aquela era mais difícil, pois alguém tinha pintado por cima do papel para que este aderisse com mais firmeza. As tiras eram menores, algumas tão minúsculas quanto cachos de cabelo. Desistindo na metade do caminho, saiu novamente para o corredor. Estava escuro lá fora, e a única iluminação fraca vinha de um banheirinho sem janela, cuja lâmpada ele manteve acesa o tempo todo.

Desta vez não hesitou. Teclando o número conhecido, deixou tocar. Levou uma eternidade, e ele estava a ponto de desistir intrigado com o paradeiro da mãe. Era noite. Ela sempre ficava em casa. Então ela atendeu.

– Alô?

Ele não disse nada.

– Alô?

– Mamãe.

– Olav!

– Mamãe.

– Onde... onde você está?

– Eu não sei. Quero ir para casa.

Inesperadamente, ele começou a chorar, o que foi mais surpresa para ele do que para a mãe. Engolindo em seco, provou das próprias lágrimas, que tinham uma lembrança débil da primeira infância. Subjugou-o a saudade de casa, e ele repetiu:

– Eu quero ir para casa, mamãe.

– Olav, me escute. Você tem que descobrir onde está.

– A polícia está com você?

– Não. Você está em Oslo?

– Eles vão me mandar de volta para aquele orfanato desgraçado. Ou para a cadeia.

– Crianças nunca são presas, Olav. Você tem que me dizer como é o local onde você está.

Ele tentou explicar. Como era a cozinha, como era a casa. Descreveu as mil luzes cintilantes diante da vidraça escura da sala de estar e a névoa rosa pairando como uma nuvem pesada sobre a cidade debaixo dele.

"Ele está em Oslo. Meu Deus, ele está em Oslo", pensou ela.

– Você precisa sair e achar uma placa de rua, Olav. Eu tenho que saber exatamente onde você está.

Ao ouvir que ele já se movia, ela se apressou a dar um aviso:

– Não desligue o telefone! Só deixe o fone de lado até voltar. Vá agora. Saia. Sempre tem uma placa nos cruzamentos. Vai até o mais próximo.

Ele seguiu as instruções da mãe. Retornando seis ou sete minutos depois, tinha agora dois nomes de rua para fornecer.

– Agora, aguente aí um pouco. Meia hora mais ou menos. Está com o seu relógio?

– Ahã.

– Quando tiver passado exatamente meia hora, vá até esse cruzamento e me espere. Não fique ansioso. Eu estou indo, mas pode levar um tempo para eu achar o caminho.

– Eu quero ir para casa, mamãe.

Ele desatou a chorar novamente.

– Eu estou indo buscar você, Olav. Estou indo buscar você agora mesmo.

Então ele ouviu o clique do outro lado da linha.

Ela tinha que arranjar um carro, e o da mãe era a única opção. Sentiu um peso no coração e, por um segundo, avaliou a possibilidade de um táxi, mas achou muito arriscado. Agora que haviam noticiado na TV o desaparecimento do garoto, era perigoso demais envolver outras pessoas. Então teria que ser o carro da mãe.

Na realidade, o plano correu mais tranquilo do que ela havia previsto. Deu uma desculpa esfarrapada, disse que tinha um horário na delegacia de polícia, e a mãe estava bêbada demais para considerar o quão improvável era o fato de a polícia querer falar com ela tarde da noite de uma sexta-feira. Quarenta e cinco minutos depois do telefonema do garoto, ela chegou ao cruzamento no bairro Grefsen. O conjunto habitacional era repleto de casas isoladas do último pós-guerra, com uma ou outra casa dos anos 1970 construída no jardim dos pais, todas delimitadas por cercas baixas. O cruzamento era bastante iluminado, mas o garoto fora esperto o suficiente para recuar um pouco. Estava debaixo de arbustos de lilases suspensos, com seu aspecto invernal enegrecido, ao lado de um dos jardins. Ele se agarrou a um portão, encolhendo-se na escuridão, mesmo assim ela logo o avistou, porque estava à procura dele.

Ele reconheceu de pronto o carro da avó, pois se esgueirou dos arbustos antes que ela tivesse a chance de parar o veículo. Grande e desajeitado, ele contornou correndo a frente para abrir a porta do passageiro. Ofegante, desabou no assento sem tirar a mochila, entrando com as pernas e batendo a porta com muita força.

Eles não disseram nada. Ele não estava mais chorando. Uma hora depois, ele estava tomando banho, e depois comeu com gosto antes de adormecer. Eles mal trocaram uma palavra.

*Meu Deus, o que vou fazer? É claro que eu poderia entrar com ele no apartamento às escondidas; por segurança, usamos a entrada do subsolo atrás do prédio e não encontramos ninguém na escada. Mas e agora?*

*A polícia me telefona todos os dias, embora isso não seja um problema. Disseram que eu vou ser interrogada mais uma vez. Na próxima semana, provavelmente. Isso não tem a menor importância, pois eles não virão aqui. Mas é óbvio que não posso mantê-lo escondido para sempre.*

*Agora ele está com medo. Ele odeia aquele orfanato, e isso me dá certo controle sobre ele, pelo menos por enquanto.*

Como da vez em que ele demoliu a casinha do parque infantil. Foi quando vivíamos em Skedsmokorset. Ou era Skårer? Não, deve ter sido em Skedsmo, pois ele só tinha 6 anos. Só por um segundo, alguns trabalhadores deixaram um rolo compressor parado, sem supervisão, com o motor ligado. De algum modo ele conseguiu subir e entrar no enorme monstro, que começou a avançar. Eu vi isso com meus próprios olhos, da janela. Ele havia acabado de voltar da creche e queria sair. Eu fiquei ali, paralisada, vendo o rolo compressor a apenas dez ou doze metros da pequena estrutura pintada de azul. Ele nem mesmo teve a chance de desviar. Disseram-me isso depois. O volante é duro demais para uma criança pequena, disseram. Eu acho que ele queria. O rolo compressor estava posicionado em um ligeiro declive e tinha pegado velocidade quando atingiu a parede. Ouvi o barulho da máquina gigante empurrando a casinha até ela desmoronar. Ao mesmo tempo, os trabalhadores viram o que estava prestes a acontecer e foram correndo, mas era tarde demais para impedir. O barulho do impacto foi ensurdecedor. Graças a Deus, foi naquela hora do dia. O parquinho estava fechado havia horas. Se houvesse crianças na casa, só Deus sabe qual seria a consequência.

Os trabalhadores não foram indelicados. Era culpa deles, disseram. Não deveriam ter sido tão negligentes na possibilidade de uma criança usar o rolo compressor. Mas todos na rua sabiam que era ele o culpado, por isso novamente tivemos que nos mudar.

Por alguma razão, porém, o incidente o assustou. Por alguns dias, ele esteve tão dócil que quase me inquietou. Agora eu podia sentir a mesma coisa novamente. Ele parece extremamente aterrorizado.

Mas o que eu vou fazer quando o medo passar?

# 6

**Lá fora, nevasca e 10°C abaixo de zero**; ali dentro, uma manhã de segunda-feira transpirante e Billy T. tentando, sem sucesso, achar uma posição confortável na apertada cadeira do escritório de Hanne. Com o restante da Divisão de Homicídios trabalhando tenazmente em um caso de duplo homicídio no sofisticado West End e a mídia totalmente voltada para o assunto, restavam apenas os dois, com a ajuda de Erik Henriksen e Tone-Marit Steen, debruçados sobre o assassinato a faca de uma infeliz funcionária de orfanato.

– Pelo menos a imprensa nos deixará em paz – observou Billy T. – Há males que vêm para o bem.

O relatório da cena do crime estava na mesa da inspetora chefe um dia antes do previsto, apenas seis dias desde o assassinato, mas não revelava nada que já não soubessem. A informação decisiva viria do relatório da perícia forense, que ficaria pronto em quatro meses, na melhor das hipóteses.

– Mas eu já descobri muita coisa.

Billy T. esticou as pernas.

– Ficamos apenas com digitais conhecidas. No peitoril das janelas, no escritório da diretora, nas portas. Todas as impressões correspondem aos lugares onde foram encontradas. Aquela droga de simulação de incêndio atrapalhou demais. As pegadas são confusas, mas a equipe ainda trabalha na comparação dos calçados das crianças e dos funcionários. Provavelmente não vamos encontrar nada significativo aí também. Quanto às fibras, cabelos e similares, não há nada com que prosseguir por enquanto. O pessoal da perícia está desencorajado, para dizer o mínimo.

– E o corpo? – perguntou Hanne, tentando fingir interesse.

– A autópsia mostra que a faca acertou em cheio. Entre duas costelas, a terceira e a quarta, creio eu.

Ele mexeu nas anotações.

– O assassino ou teve sorte, ou tem um ótimo conhecimento de anatomia. A faca atravessou diretamente a aorta, penetrou o átrio esquerdo e acabou no ventrículo esquerdo. Para isso, é preciso uma força considerável. Fora isso, a mulher estava um pouco acima do peso, tinha algumas pedras no rim e um pequeno cisto benigno em um ovário. Mais um pulmão perfurado ao lado do coração. E um corte minúsculo no dedo indicador direito coberto por um Band-Aid. Em outras palavras, ela morreu por consequência da facada.

– Quem foi interrogado até agora?

A pergunta foi dirigida a Erik Henriksen, um oficial jovem, ruivo e de ombros largos, muito inteligente e que tinha uma grande queda por Hanne Wilhelmsen. Com o passar do tempo, isso se transformou em resignação. Haviam trabalhado juntos durante alguns anos, e ele ficou radiante com a promoção dela a inspetora chefe.

– Treze no total – respondeu ele, colocando os relatórios diante dela. – Onze da equipe de funcionários, o marido dela e o filho mais velho.

– Por que não todos os funcionários? Quem está faltando?

– Ainda não entrei em contato com o Terje Welby. Nem com Eirik Vassbunn, que estava no plantão noturno. O rapaz que encontrou o corpo. Bem, para ser mais específico, eu falei com ele, mas apenas o suficiente para escrever um relato de segunda mão. Ele está em estado de choque. Não vejo razão para pressioná-lo mais.

Hanne Wilhelmsen se absteve de expressar sua opinião sobre esse julgamento e permaneceu sentada, imersa em pensamentos. Entrelaçando as mãos, levou-as ao rosto como se estivesse em oração silenciosa. Ninguém falou nada por vinte segundos, até que Billy T. soltou um bocejo sonoro e demorado.

– Encontramos alguém com uma motivação, pessoal? – perguntou a inspetora-chefe, concluída a oração.

– De certo modo, o viúvo tem uma motivação – respondeu Billy T. –, mas ainda não acho que tenha sido ele. Quanto aos outros, não vejo muita coisa. Ninguém lucra com a morte repentina daquela senhora. Ninguém que possamos ver, pelo menos. Ela era muito querida por toda a equipe de funcionários e pelas crianças.

– Menos por Olav, pelo que entendi – murmurou Tone-Marit constrangida com a necessidade de ter que se manifestar.

– Está certo, mas ele meio que odiava tudo e todos. Com exceção de Maren Kalsvik. Ela era a única que ele escutava.

Acendendo um cigarro, Hanne Wilhelmsen ignorou a tossida desaprovadora de Tone-Marit.

– Vamos começar de outro jeito, então – sugeriu ela, inclinando a cabeça para trás para baforar um anel perfeito de fumaça. – Que tipo de motivações levaria uma pessoa a matar uma senhora dona de uma lojinha, diretora de um pequeno orfanato e que é empregada pelo Exército da Salvação?

Billy T. sorriu irônico.

– Pergunta um pouco difícil, chefe! Homicídios costumam envolver sexo, dinheiro ou ódio puro e simples. Podemos ignorar o sexo neste caso...

– Agora você está mostrando seus malditos preconceitos, Billy T. – protestou Hanne. – Pelo que sabemos, ela poderia ter por aí um namorado rejeitado.

– Ou namorada – sorriu irônico novamente, negligenciando o olhar furioso da colega. – Tudo bem. Precisamos sair à procura do ex-amante apaixonado e sanguinário da gordinha de 45 anos. Ou então podemos nos concentrar no dinheiro.

– Quem é responsável pelas contas de um lugar como aquele? – indagou Hanne subitamente.

– Agnes. Mas o tal do Terje Welby também tinha acesso a todas as contas comerciais. Ele é o diretor assistente, pelo menos no papel. Maren Kalsvik, que ocupava o cargo de vice-diretora, não tem nenhum envolvimento em assuntos financeiros.

– Estamos falando aqui de grandes somas?

Era óbvio o crescente interesse dela.

– Bem, sim, acho eu. Pense em quanto deve custar a administração de uma casa como aquela! Com tantos funcionários! E oito crianças! Sou depenado vivo pelos meus quatro...

Ao pensar nas próprias responsabilidades financeiras, ele ficou sentado ali em soturno silêncio.

– Verifique isso com mais atenção, Tone-Marit. Dê uma olhada nas contas e veja se há alguma coisa. Pode muito bem haver...

Apoiando os pés na mesa, Hanne deu uma tragada profunda no cigarro.

– Matar para encobrir outro crime também é uma motivação frequente.

– Ainda assim, tudo tem a ver com sexo ou dinheiro – interrompeu Billy T., afastando-se de suas preocupações financeiras.

– É verdade, mas investigue mesmo assim. E mais uma coisa: e os pais das crianças? Há algo a investigar?

– A maioria é carta fora, mas vamos dar uma olhada mais atenta nisso, claro. Pelo que parece, a figura mais interessante é a mãe do garoto que fugiu.

Tone-Marit folheou um fichário bem cuidado que estava sobre os joelhos dela.

– Birgitte Håkonsen – leu ela em voz alta. – O garoto morava lá fazia apenas três semanas, mas a mãe já tinha conseguido assustar a maioria dos funcionários. Não que ela dissesse muita coisa. Aparentemente ela só ficava lá, uma enorme figura silenciosa com uma expressão estranha nos olhos.

– Besteira – murmurou Hanne Wilhelmsen.

– Como?

– Esqueça isso. O garoto foi colocado lá por vontade própria?

– Não, longe disso. A mãe brigou com o Serviço de Assistência ao Menor com unhas e dentes. E isso em si já é bastante curioso. Todas as outras crianças são disposições voluntárias. Apenas o Olav foi forçado a ir para lá.

– Já a interrogamos?

– Honestamente, Hanne – protestou Billy T. – Acha que a mãe de um garoto, três semanas depois de ser colocado lá, vai entrar de manso num orfanato e matar alguém?

– Certamente não. Mas temos que falar com ela.

– Na verdade, já fizemos isso – informou Erik Henriksen. – Na verdade, o cara que estava cuidando do desaparecimento do garoto falou com ela. Várias vezes. Um interrogatório adequado, e ele vem fazendo contato com ela diariamente para descobrir se ela teve alguma notícia do garoto.

– Está bem. Providencie cópias desses interrogatórios para mim. E o garoto? Ainda está desaparecido?

– Sim. Já estão começando a achar que pode ter acontecido algo com ele. Por quanto tempo um garoto de 12 anos consegue ficar escondido?

– Hanne, está falando sério? – perguntou Billy T. contrariado. – Vamos mesmo perder tempo com essa mulher?

– Uma coisa é certa – respondeu Hanne Wilhelmsen. – No que diz respeito a *crianças*, emoções apaixonadas afloram.

Billy T. deu de ombros, e os outros dois tentaram não olhar para nenhum deles. Todos perceberam que a reunião estava encerrada.

Antes de sair, Billy T. indicou a possibilidade de encontrar algo de interesse na lista telefônica que ficava sobre a escrivaninha barata da diretora do orfanato. Feito isso, a descoberta mais impressionante foram dois adesivos post-it amarelos recentemente colados na lista. Acabou que um era o número da Faculdade de Serviço Social da Universidade de Diakonhjemmet, o outro ele não tinha conseguido verificar ainda. Mas poderia haver algo de importante nisso.

– Duvido – disse Hanne com indiferença. Ela continuou perdida em seus confusos pensamentos muito depois de a porta ter batido atrás de seus três mal-humorados oficiais.

*\*\*\**

Apenas duas horas depois, ele já dava mais um sorrisinho arrogante. Como sempre, irrompeu no escritório dela sem bater e, como sempre, ela pulou de susto. Todavia, não havia razão para repreendê-lo. Ele se curvou com os braços estendidos, descansando as mãos sobre a mesa e inclinando a cabeça para a da colega. O couro cabeludo reluziu, mas Billy T. se afastou antes que Hanne Wilhelmsen pudesse admirar o reflexo dele.

– O bom e velho penteado – declarou ele com ar satisfeito. – Sinta!

Ela acariciou o topo da cabeça dele, quente, limpo e agradável com a palma da mão.

– Como seda, não?

Satisfeito, endireitou-se e assegurou-se com as próprias mãos de que o couro cabeludo ainda estava um bumbum de bebê.

– O mais belo crânio da delegacia. De toda a Oslo! Mas tenho que raspar duas vezes por dia. Duas vezes!

Hanne sorriu, balançando a cabeça.

– Às vezes, seu ego foge totalmente do controle – comentou ela. – Veio até aqui para me mostrar isso? Aliás, eu achava que um pouco de cabelo lhe cairia bem. Nada muito másculo, de certo modo.

Ele continuou postado, com uma expressão de triunfo nos olhos intensos, como se os comentários dela sobre sua imagem viril fossem um elogio, e não uma crítica. Ela nunca conseguiria compreendê-lo inteiramente. Sua figura imponente era ao mesmo tempo assustadora e atraente. Suas proporções eram tão bem equilibradas que abrandavam o tamanho impressionante. Se tirasse as joias – uma cruz invertida em uma orelha, uma corrente de ouro longa e robusta no pescoço e um bracelete largo de metal batido no pulso esquerdo –, ele poderia muito bem ser vestido com um uniforme da SS e apresentar o protótipo perfeito da máquina de propaganda de Goebbels no fim dos anos 1930. O nariz reto e talhado, os lábios finos, mas mesmo assim sensuais, o tom de pele, os olhos azuis intensos, tudo estava de acordo com a caricatura distorcida de Hitler do autêntico ariano. Billy T. era generoso, mas acima de tudo muito leal, e tinha uma intuição tão boa que nem a dela conseguia superar.

– Veio até aqui para se gabar ou para me dizer algo importante?

– Vim para conversar! – rugiu ele. – A aparência de um homem é importante, você sabe disso!

– Eu não teria tanta certeza se fosse você – disse ela, abanando as mãos, cujo gesto indicava que ele devia ir direto ao ponto.

– Ao que tudo indica, o nosso garoto ficou em Grefsen por alguns dias – informou ele, sentando-se na ponta da mesa. – Estou falando de Olav. O garoto que fugiu.

– Como? Ele foi encontrado?

– Não, mas uma família que estava de férias na Áustria voltou para casa e teve uma surpresa bem desagradável. Alguém esteve lá comendo o mingau deles, por assim dizer. Acabou com metade do suprimento de comida enlatada, usou todo o papel higiênico, arrancou o papel de parede de metade da cozinha, mas a casa está quase intacta.

Hanne apagou o cigarro em uma profusão de cinzas.

– Grefsen? Deve ser a mais de dez quilômetros do orfanato, não?

– Dezesseis, para ser exato. Fez todo o caminho com aquelas pernas grossas dele, se é que ele não tinha mesmo nenhum dinheiro. Se bem que, a esta altura, um taxista já teria nos avisado, com todas aquelas reportagens. O pior de tudo é que, se ele estava tentando chegar em casa, pegou a direção totalmente oposta.

Hanne sentiu um leve aroma de loção pós-barba, apenas um resquício de fragrância sob as narinas. Será que ele usou loção pós-barba na cabeça?

– Bem – concluiu Billy T., levantando-se para sair –, ele ao que parece saiu para outra etapa da jornada, e a mãe diz não saber de nada. Mas é quase certeza de que foi ele que esteve lá; estão checando as digitais neste momento. Será fácil averiguar as impressões do garoto no orfanato. Tivemos um pouco de sorte aí.

Alongando-se, ele tocou o teto com as palmas das mãos. Um momento depois, abaixou os braços, e Hanne pôde ver a impressão sutil de suas mãos ir desaparecendo da superfície pintada de cinza-claro.

Quando ele saiu, ela ficou sentada ali, olhando para as marcas de mãos, com uma sensação de prazer que jamais conseguiria explicar.

*  *  *

Terje Welby transpirava no abafado e úmido apartamentinho de dois quartos para o qual ele havia se mudado havia um ano, depois do divórcio que lhe custara dois filhos, um sobrado e 2,5 mil coroas ao mês. Ele deu azar quando Eva, uma jovem e elegante funcionária de verão lá do orfanato, arrastou a asa para ele. Ela só tinha 19 anos e parecia finlandesa. Pelo menos era como ele imaginava que fossem as finlandesas. Ela ria de tudo e despertava o melhor e o pior dentro dele. O assombro de que ela tivesse se deixado seduzir tão facilmente logo deu lugar a uma crença exagerada no próprio mérito. Ela não prometeu nada, mas ele tomou como certo que eles ficariam juntos. Seis fantásticos e agitados meses depois, ele estava para se mudar com ela quando foi desbancado por um rapaz de 21 anos, ombros largos e espinhas na cara. Com o rabo entre as pernas, Terje implorou à esposa, uma mulher da sua idade, uma segunda chance. Todavia, ela tinha usado os seis meses para emergir da catástrofe e adquirir uma satisfeita convicção de uma existência plena sem o mulherengo que lhe causara tanta dor. Agora ele via os filhos em fins de semana alternados, mas eles pareciam cada vez mais desinteressados, reclamando de terem que dividir um quarto com o pai.

Problemas financeiros aumentaram sua depressão. Ele executava seu trabalho, bebia algumas cervejas no bar da vizinhança às quartas-feiras e aos sábados e descobriu, para seu desgosto, que a esposa havia tomado posse de todos os amigos em comum.

Naquele momento, suas mãos tremiam, e os papéis que o confrontavam farfalhavam ameaçadoramente toda vez que os tocava. Acendendo um isqueiro, moveu a chama cintilante até o canto do primeiro papel e, segurando-o com o braço estendido sobre a pia da cozinha, viu o fogo se espalhar mais rápido do que imaginava. Ele queimou os dedos e praguejou antes de colocar a mão debaixo da água corrente. Pouco tempo depois, todos os papéis haviam sido reduzidos a pó e água.

Abrir a janela não ajudou em nada. O frio tomou conta do lugar, mas ele ainda suava.

\* \* \*

Hanne Wilhelmsen não sabia muito bem para onde estava indo, embora tivesse um endereço em um adesivo post-it amarelo colado no *airbag* do volante. O endereço de Birgitte Håkonsen. A mãe de Olav. Mas por algum tempo Hanne Wilhelmsen dirigiu no sentido oposto.

Ela demorou no trevo ao lado do edifício Postgiro e, depois de dar três voltas ao som de buzinas cada vez mais altas de motoristas irritados, ela deixou que o veículo escolhesse a própria rota.

Vinte e cinco minutos depois, estava em um dos subúrbios mais antigos de Oslo, um monumento à política habitacional equivocada que lhe dava arrepios. Prédios baixos, cinzentos, erguiam-se como tijolos de construção difusos, casuais e desbotados, decorados com cortininhas tristes da loja Hansen & Dysvik, emprestando às casas a aparência de jazerem prostradas com os olhos fechados. Um ou outro parquinho infantil havia sido erguido em alguma época de um passado distante, sem que se pensasse na necessidade de manutenção futura. Todas as superfícies que pudessem ser alcançadas por adolescentes estavam cobertas de assinatura em grafite, letras ilegíveis e arrojadas: um código cifrado que apenas aqueles com menos de 20 anos poderiam entender. Latas de lixo, as poucas latas verdes gentilmente cedidas pela prefeitura, se encontravam tortas, com as bocas abertas entulhadas de sacos com cocô de cachorro. Uma névoa acinzentada e mormacenta pairava sobre aquela área da cidade.

Havia um shopping center bem no centro. Uma peça de Lego gigante que talvez tivesse sido branca, mas que agora era mais ou menos fundida ao seu entorno. Foi claramente construído sob o princípio do maior espaço possível com o menor desembolso necessário. Do interior dessa enorme peça, você poderia sair de uma discussão com o Serviço de Assistência ao Menor para receber dinheiro do Departamento de Serviços Sociais e então continuar andando para gastá-lo em uma cafeteria suja e enfumaçada do piso térreo. Devia ser onde todo mundo passava o tempo, já que a vizinhança ali fora estava deserta.

A inspetora chefe estacionou o carro, trazendo consigo o adesivo amarelo. Conferindo duas vezes se o veículo estava trancado, ela atravessou o estacionamento por uma pequena passagem com uma placa quadrada mostrando o conhecido pictograma de adulto e criança andando de mãos dadas, pouco visível sob todos os grafites. Estava torta e envergada nos cantos. A passagem era asfaltada e pontuada de cascalho.

Apartamento 14b, 1º andar.

A cabeça de Hanne Wilhelmsen era uma confusão de ruídos: todos os seus alarmes soavam, já que este seu ato era muito irregular. Para abafar o barulho, ela se esforçou para lembrar se já tinha feito algo parecido no passado. Visitar uma testemunha para interrogatório fora da delegacia.

Nunca.

Não melhorava em nada que ela estivesse completamente sozinha.

Por um segundo, ela considerou a possibilidade de não apresentar o distintivo policial. Tornar aquela uma visita particular, apenas uma visita casual de alguém comum. Loucura. Ela era da polícia.

Foram feitas algumas tentativas para proteger a porta de entrada instalando um pequeno telhado feito de manta asfáltica com uma pequena calha correndo por todo o beiral, mas sem grandes resultados. A porta era gasta e sem pintura, decorada com as onipresentes iniciais em vermelho e preto, e as campainhas ficavam à direita da porta, embora ninguém tivesse se dado ao trabalho de inserir placas com nomes debaixo da vidraça. Alguns nomes estavam cuidadosamente afixados com fita Scotch, ao passo que outros foram colados displicentemente com fita adesiva. Em quatro campainhas não tinha nada escrito.

B. Håkonsen ao menos tentara fazer do jeito certo. Via-se um cartão adornado com o nome dela, escrito em letras claras e elegantes, caprichosamente colado com fita. Pouco antes de Hanne Wilhelmsen apertar a campainha, ela recuou vários passos, passando o pequeno telhado e erguendo os olhos para a fachada do prédio.

Era um edifício de quatro andares, com provavelmente dois apartamentos por andar. Ela tentou adivinhar qual era o lado dos Håkonsens, mas era impossível dizer. Ela decidiu voltar para casa. Em seguida, avançando decidida e pressionou o botão.

Como estava bastante tranquilo na vizinhança, o único som era o zumbido distante do tráfego na autoestrada e um ruído monótono vindo de um canteiro de obras próximo, conseguiu ouvir a campainha tocar em algum lugar no prédio. Bem fraquinha, mas ainda assim um toque diferente. Sentiu-se aliviada quando não houve resposta e estava prestes a desistir quando uma voz surgiu pelo interfone.

– Pois não?

– Olá, é... Meu nome é Hanne Wilhelmsen. Sou da polícia. Será que eu poderia entrar?

– Pois não?

Hanne se aproximou da placa de metal cinza.

– Meu nome é Hanne Wilhelmsen – gritou ela com voz exageradamente pausada. – Sou da polícia. Será que eu poderia...

Um clique na parede assustou Hanne Wilhelmsen, mas o som não veio seguido de um zumbido do mecanismo que libera a porta. Bastante irritada, ela tocou a campainha mais uma vez.

Desta vez ninguém respondeu e, após um minuto, ela apertou novamente o botão, segurando-o com raiva durante dez segundos.

Ainda assim, nenhuma voz surgiu, mas em seguida ela ouviu o ruído indicando que a porta tinha sido liberada. Segurando a maçaneta de metal frio, ela puxou com força a porta. Estava aberta.

Nenhum comitê de boas-vindas esperando para cumprimentá-la. O habitual odor de prédio no hall de entrada, uma concentração de todos os tipos de jantares e sabões em pó misturados a um sutil cheiro de lixo. Ao atravessar o andar térreo, ela reconheceu o fedor de fraldas de bebê vindo de um saco plástico muito bem amarrado sobre o capacho. Subiu as escadas até o primeiro andar.

Olhando em volta, viu um pequeno cartão com bordas floridas escrito com letra de mão idêntica à daquele ao lado da campainha lá embaixo. Soltando um suspiro, ela tocou a campainha, e a porta se abriu imediatamente.

A mulher na entrada oferecia uma visão lamentável. Apesar de enorme, o agasalho de corrida falhava em disfarçar a forma peculiar de seu corpo, que era quase tão largo nos quadris quanto a extensão de sua altura, e o par de chinelinhos de pele de foca fornecia mais do que uma indicação de que o tamanho dos pés não tinha nenhuma relação com o volume do corpo. Os cabelos pretos e lisos emolduravam um rosto redondo com uma boca vermelho-escura.

O mais estranho de tudo, porém, eram os olhos, que aparentavam ser minúsculos e instalados tão lá no fundo que eram difíceis de distinguir. Os cílios longos enrolando-se quase um centímetro em volta das órbitas gorduchas davam a impressão de que tinham brotado de duas fendas estreitas e vazias na cabeça.

Ela não fez nada, não disse nada. Hanne Wilhelmsen avançou um passo, esperando que a mulher se afastasse, mas foi em vão.

– Será que eu poderia entrar por um instante? Estou sendo inconveniente?

Em vez de responder, a mulher virou de costas e foi andando pelo corredor. Como havia deixado a porta aberta, Hanne interpretou como algum tipo de permissão para entrar e, hesitante, foi atrás dela. O corredor alongado estava escuro, fazendo o retângulo quase branco da porta da sala de estar assomar-se em um final difícil de enxergar. Ela quase tropeçou em um tapete de pano escorregadio.

A sala com poucos móveis era arrumada, e as janelas brilhavam, com cheiro de limpeza recente. O aspecto mais impressionante da sala era a luz em geral. Acima de uma mesinha de jantar com uma peça de centro florida criada a partir de tecido e papel, via-se pendente o que fazia lembrar uma lâmpada de oficina de carpinteiro, mas com um quebra-luz mais atraente. O bulbo devia ter pelo menos 200 Watts. Na parede mais comprida, não havia menos que seis luminárias de parede, cada uma com duas luzes. Além disso, a sala tinha quatro lâmpadas comuns e três lâmpadas tubulares fluorescentes longas e sem sombra ao longo da janela. Era um arranjo ofuscante.

O sofá velho era estofado em tecido quadriculado azul e parecia ter sido muito usado em uma das pontas, onde havia uma almofada mais baixa que as outras. Hanne observou que até a estrutura começava a afundar. Sobre a mesa de café de pinho envernizado, várias edições da revista de fofocas *Se og Hør*. Com exceção delas, não havia outro material de leitura em toda a sala, fora algumas brochuras em uma estante escura. Hanne não conseguiu determinar sobre o que tratavam.

Sentando-se em seu assento habitual, a mulher indicou a Hanne uma cadeira dos anos 1960, revestida de tecido áspero vermelho com detalhes de teca ovais em cada um dos descansos de braço. Hanne Wilhelmsen aceitou o convite.

– Posso lhe oferecer um café?

A voz dela era inesperadamente grave, com uma entonação monótona e agradável que poderia indicar algum tipo de dialeto secreto. Já que ir buscar café exigiria que a mulher se desse ao trabalho de se levantar e deixar a sala, Hanne recusou, mas, ao perceber certa decepção no rosto normalmente impassível, mudou de ideia.

– Na verdade, aceito, sim. Talvez uma pequena xícara.

Apesar da forma corporal de difícil manejo, ela se movia suavemente, quase graciosa, andando como um gato com os chinelos de pele de foca silenciosos sobre o linóleo no caminho até a cozinha. Logo retornou, trazendo uma bandeja vermelha de metal esmaltado, com duas xícaras de café, um prato de biscoitos simples e uma jarra térmica. Servindo o café, ela empurrou convidativamente os biscoitos para o lado de Hanne na mesa.

– Por favor, sirva-se – encorajou ela, tomando um gole de café.

– Você deve estar se perguntando o motivo da minha visita – falou Hanne indecisa quanto a como começar a conversa.

A mulher não respondeu nem se moveu em seu lugar no sofá, olhando para ela com um rosto inexpressivo.

– Eu vim para falar sobre o seu filho, o Olav.

Ainda nenhuma contração no rosto.

– Pelo menos agora sabemos que nada de grave aconteceu com ele – acrescentou ela em tom otimista. – Tudo indica que ele ficou em uma casa em Grefsen onde teve comida e abrigo.

– Sim, eu soube – disse finalmente a mulher. – Telefonaram hoje cedo.

– Você não teve nenhuma notícia dele?

– Não.

– Faz alguma ideia de para onde ele poderia ter ido? Ele tem algum familiar... avós, por exemplo?

– Não. Bem, sim, mas ninguém que ele visitaria.

Isso não era especialmente edificante. Hanne bebeu um pouco de café, achando-o bom e muito quente. Seus alarmes haviam se aquietado um pouco, mas ela ainda se perguntava por que tinha ido até aquele lugar. Pousou a xícara. Uma gota de café caiu no pires, e Hanne por um instante olhou em volta à procura de um guardanapo. A anfitriã continuava indiferente.

– Deve ter sido difícil para você, pois eram apenas vocês dois... Porque o pai do garoto, ele...

– Ele está morto.

A mulher falou sem amargura, sem sofrimento, no mesmo tom melódico. Neutro e agradável, como um locutor de rádio.

– Eu não tenho filhos, então não sei realmente como dever ser exaustivo – disse Hanne, perguntando-se se teria permissão para fumar ali. Nenhum cinzeiro à vista, mas ela ousou perguntar mesmo assim, e a mulher sorriu pela primeira vez, embora sem revelar os dentes. Levantando-se novamente, desta vez ela retornou com um cinzeiro do tamanho de um prato.

– Parei faz anos – comentou ela. – Mas talvez eu possa fumar um dos seus!

Hanne inclinou-se para acender o cigarro que tinha oferecido à mulher. Quando Birgitte Håkonsen tocou sua mão, Hanne se impressionou com a maciez da pele. Macia, seca e quente. A mulher deu o primeiro trago como uma fumante inveterada.

– Nem eu sei como é exaustivo – comentou ela calmamente, a fumaça esvaindo-se pelo nariz e a boca. – Olav tem DCM, então não é culpa minha que ele seja tão diferente.

– Não, creio que não é mesmo – concordou Hanne, esperando ouvir mais.

– Eu pedi ajuda bem cedo. Já no hospital, quando ele nasceu, eu sabia que ele não era como os outros. Mas não acreditaram em mim. Quando eles finalmente...

Agora o rosto impassível ganhava vida.

– ... Quando eu finalmente consegui convencê-los de que havia algo errado, quiseram tirá-lo de mim. Depois de eu ter passado tudo o que passei para cuidar dele por quase onze anos. Veja bem, eu não queria que ele fosse para nenhum orfanato. Eu só queria uma ajuda. Existem remédios. Ritalina. Eu pedi apoio. Talvez um lar temporário.

Hanne não tinha certeza, mas a impressão era que os profundos buracos onde deviam estar os olhos se encheram de água. A mulher piscava energicamente.

– Mas isso não é do seu interesse, eu já devia saber – concluiu ela calmamente.

– Na verdade, é, sim. Estou tentando construir uma imagem do garoto. Não o conheço pessoalmente, só o vi por fotografia. Ele se parece com você.

– Sim, que sina, para dizer a verdade.

Ela apagou o cigarro com um movimento experiente. Hanne ofereceu-lhe mais um e teve a impressão de que a mulher ia aceitar, ela, contudo, balançou a cabeça, dispensando com um gesto de mão.

– Ele parece comigo por fora, mas é completamente diferente interiormente. Ele inventa as coisas mais inacreditáveis. Tem algo a ver com o modo como percebe as coisas. É como se ele... Ele vê algo bom naquilo que os outros veem como algo ruim, e ruim naquilo que os outros veem como bom. Quando alguém tenta ser gentil com ele, ele acha que estão sendo sórdidos. Quando tenta ser educado e agradável, as outras crianças ficam com medo. E então ele fica bastante assustador. É exatamente como se ele fosse... o oposto de todos os outros. Uma criança às avessas, por assim dizer.

A mulher puxou os pés para baixo do corpo, afastando o cabelo do rosto com um gesto inesperadamente feminino.

– Quando todas as crianças aguardam ansiosamente o Natal, ele não quer que chegue porque só dura um dia. Quando é verão e todas as crianças querem sair e nadar, ele fica sentado dentro de casa comendo, dizendo que está muito gordo para sair. Em uma situação em que uma criança comum choraria e ficaria triste, ele sorri e não quer que eu o conforte. Você já leu *A rainha da neve*?

Hanne balançou negativamente a cabeça.

– De Hans Christian Andersen. É sobre um espelho gelado que distorce tudo. Ele se quebra em mil pedaços, e os estilhaços se tornam diamantes de gelo com os quais a rainha acerta as pessoas ao redor. Quem leva um estilhaço no olho vê tudo estranho e deformado, tudo mau e feio. Se leva um no coração, torna-se frio como gelo.

Ela se inclinou para a frente, talvez se perguntando se seria possível mudar de ideia sobre aquele cigarro. Porém não pediu mais cigarro a Hanne, apenas continuou:

– Olav tem um bom coração. Ele só quer ser gentil. Mas foi atingido no olho por um diamante de gelo daquele monstruoso espelho.

A inspetora chefe Hanne Wilhelmsen estava confusa. Ela corou de vergonha, felizmente o vapor do café quente ajudou a disfarçar. Sem pensar com mais atenção sobre isso, ela esfregou o olho direito.

– Todos temos no olho um pequeno estilhaço que nos impede de ver as coisas como realmente são. Você também.

Naquele momento, ela sorriu de verdade. Os dentes eram irregulares, mas brancos e bem cuidados.

– Você achou que eu era estúpida, não foi? Uma cliente do Serviço Social que perde o filho para o Serviço de Assistência ao Menor! Que não tem emprego nem família, e que não possui um único livro na estante!

– Não, não, absolutamente – mentiu Hanne.

– Sim, você achou – insistiu a mulher. – Em muitos aspectos, eu sou mesmo. Fui idiota ao ter me casado com o pai dele. Eu era fraca e estúpida e não...

As lágrimas escoavam dos pequenos poços no rosto, e ela usou o dorso rechonchudo e macio da mão para secar as faces. Em seguida se recompôs e voltou ao início, os pés deslizando novamente até o chão e o rosto adquirindo uma expressão impassível e morta.

– O que você quer de mim, afinal?

– Para ser sincera, eu realmente não sei. Estamos trabalhando exaustivamente nesse caso, e eu sinto que existe algo sobre o Olav que devemos saber.

– Ele não matou a diretora.

A voz dela não era mais agradável. Havia subido meia oitava, tornando-se quase estridente.

Hanne ergueu a mão na defensiva.

– Não, não, não é isso o que pensamos. É que ele pode ter visto ou ouvido algo. Realmente estamos muito ansiosos para falar com ele, mas não imagino que demore muito até ele reaparecer.

— Eu *sei* que ele não matou. E ele não viu nem ouviu nada também. Afaste-se do meu garoto! Já basta o Serviço de Assistência...

Os olhos surgiram nas órbitas. Talvez porque a pressão de dentro tenha sido tão grande que quase os fizeram saltar. Ou talvez apenas porque ela os tenha arregalado ao máximo. Surpreendentemente, eram azul-claros.

— Senhora Håkonsen — arriscou Hanne.

— Sem essa de "senhora Håkonsen" — se interpôs a mulher. — Você não sabe *nada* sobre Olav. Você não faz a menor ideia de como ele é ou como vivencia o mundo. Ele fugiu porque odiava ficar lá. Ele queria vir para casa! Para *casa*, entende? Aqui! Pode não parecer muito uma casa, mas eu sou a única pessoa que Olav ama no mundo. *A única pessoa em todo o mundo!* Mas é claro que você não liga para isso, de modo nenhum, você quer levar o garoto embora como um pacote e espera que eu coopere! "Você tem que entender, senhora Håkonsen, que Olav precisa de ajuda para superar o conflito de sentimentos que ele vai ter com a mudança de casa, e é importante que você coopere."

Ela repetiu em tom desdenhoso o que alguém do serviço social lhe havia dito, com um vinco deformando-lhe o rosto.

— Entender? Cooperar? Quando levam de mim a única coisa pela qual eu vivo? E quanto a *Agnes*...

Ela usou o mesmo tom desagradável.

— ... Não lamento nem por um segundo a morte dela. Não venha com essa de que ela era uma espécie de mãe de todos. *Olav já tinha mãe! Eu!* Você sabe o que ela fez antes da fuga do meu garoto? Ela o castigou dizendo que eu não poderia visitá-lo durante quinze dias. Quinze dias! Nem a lei permite uma coisa dessas! Olav me telefonou e...

Ela afundou no sofá, calando-se.

Limpando a garganta, Hanne ergueu a xícara do pires. O fundo estava molhado de café, e ela ficou com a mão embaixo, na tentativa de evitar que pingasse e manchasse algo. Foi inútil, porém, e uma gota grande caiu no tapete creme.

– Eu não sei nada sobre o caso no Serviço de Assistência ao Menor, sra. Håkonsen – foi o único comentário que ela conseguiu fazer.

A mulher pareceu estar se preparando para continuar o desabafo, depois mudou de ideia. Talvez o pouco de força que tinha tivesse se esvaído. Ela afundou no sofá e continuou sentada ali em completo silêncio.

– Eu não queria aborrecê-la – desculpou-se Hanne. – Não foi mesmo a minha intenção.

A mulher não respondeu, e Hanne percebeu que deveria ir embora. Levantando-se, agradeceu o café e desculpou-se mais uma vez pelo incômodo. Ao entrar no corredor, ela teve quase certeza de ter ouvido algo através de uma porta fechada que parecia dar para o quarto. Considerou perguntar se havia alguém lá dentro, mas achou melhor não. Ela já tinha forçado demais os limites com aquela mulher que não nutria sentimentos particularmente amigáveis para com servidores públicos. Em uma estante ao lado do guarda-roupa, havia uma pilha de livros encapados de biblioteca. Foram os últimos itens que ela notou antes de a porta bater atrás de si.

Enquanto descia as escadas de concreto, observando que ninguém tinha ainda se dado ao trabalho de colocar as fraldas na rampa de lixo, ocorreu-lhe mais uma vez a graciosidade dos movimentos da mulher. Birgitte Håkonsen era totalmente diferente de como a imaginara.

Ainda estava cinza, úmido e deserto lá fora, mas felizmente o carro não foi vandalizado. Nem sequer o mais ínfimo grafite.

*Para a minha surpresa, ele conseguiu ficar calado. Isso só mostra o quanto está assustado. A policial ficou aqui por pelo menos meia hora. Não me lembro de ele ter ficado tão quieto por tanto tempo antes.*

*Muito tempo atrás, quando ele tinha uns 8 anos provavelmente, havíamos nos mudado para Oslo pela primeira vez, e ele ficou sentado no quarto dele durante esse mesmo tempo. Eu acho. Sem ter ouvido nenhum barulho por mais de uma hora, entrei para lhe dar comida. O apartamento era no andar térreo, e o sol nunca entrava. Na penumbra, não o localizei e me perguntei se ele tinha caído no sono. Mas ele havia desaparecido. Fiquei apavorada e não sabia o que fazer. Por isso simplesmente fiquei sentada lá, na cama dele, e aguardei. Pouco antes da meia-noite, a polícia apareceu à porta e o trouxe de volta. O garoto sorria de orelha a orelha e fedia a álcool. Ele entrou cambaleando no quarto, enquanto o policial, educado, me contava que ele havia sido embebedado por alguns garotos mais velhos. Seria melhor eu chamar um médico para dar uma olhada nele, sugeriu o homem. Não se sabia ao certo a quantidade de álcool que ele havia ingerido.*

*Eu não liguei para médico nenhum, mas fiquei sentada a noite toda no quarto dele. Ele vomitou como um porco e ficou sóbrio depois de dois dias. Na verdade ele me deixou ajudá-lo com algumas coisas, e ficou bem quieto. 8 anos e bêbado de cair. Por outro lado, ele havia herdado esses genes, creio eu.*

*Dizem que não acham que ele fez aquilo. Assassinado a Agnes. Mas só dizem. Embora a policial parecesse uma boa pessoa, sei o que esperar desse tipo de gente. Tagarelam sem parar e então acabam fazendo algo totalmente diferente.*

*Eu sei que ele não matou. Eu sei que preciso mantê-lo escondido. Mas por quanto tempo vou conseguir?*

# 7

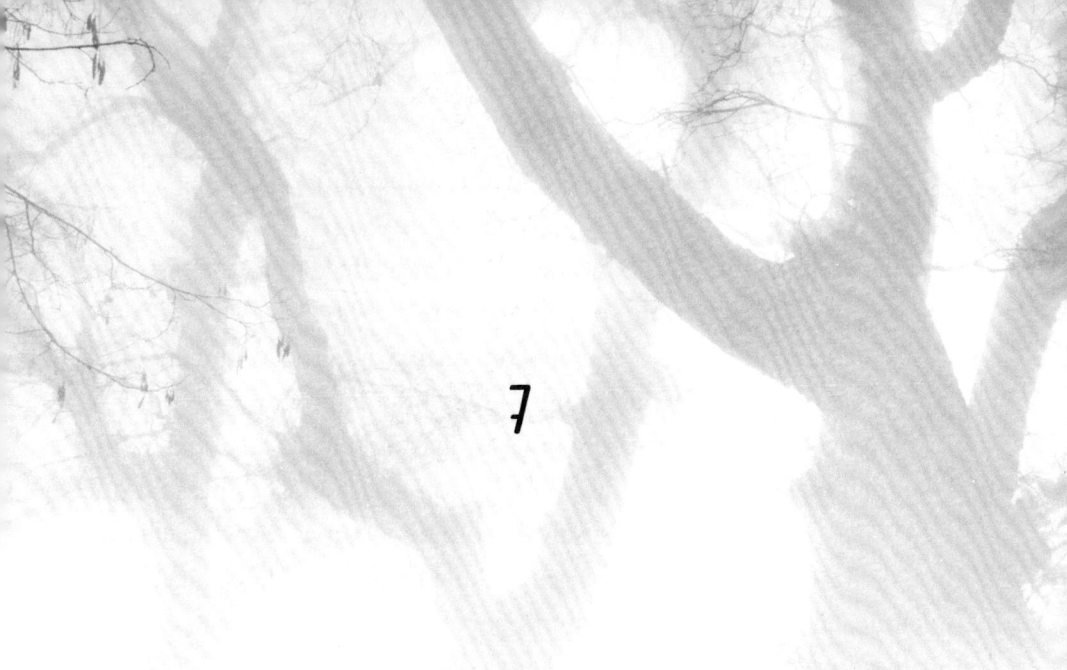

— Quantas vezes tenho que dizer que este é um interrogatório de rotina?

Billy T. estava visivelmente irritado. Do outro lado da mesa, estava um homem grande e gordo, de 33 anos, comportando-se como um pirralho.

– Este é o número do seu telefone, não?

Ele acenou um bilhete amarelo dentro de um saco plástico com fecho de correr.

O homem ainda não respondeu.

– Pelo amor de Deus, cara, tenho que apelar para o exame judicial ou o quê? Acha que seria do seu interesse? Eu sei que este é o seu número. Não dá para simplesmente responder a pergunta? Não pode ser tão perigoso responder a algo que já sabemos.

– Por que perguntam quando já sabem a resposta? – murmurou o homem bruscamente. – Não preciso fornecer mais que o meu nome e endereço. Também não consigo entender por que estou aqui.

Billy T. sentiu que era hora para uma pausa. Sua paciência estava quase se esgotando e, por amarga experiência, sabia que valia a pena contar até cem. Em algum outro lugar que não ali. Instruindo o homem a permanecer sentado, ele rapidamente esquadrinhou a sala para ter certeza de que não houvesse nada ali que outros olhos não pudessem ver. Ele colocou duas pastas na gaveta, trancou-a e desapareceu pela porta.

– Que droga, Hanne, aquele amantezinho vai me deixar louco. Ele não vai responder absolutamente nenhuma pergunta. Isso que é se fazer suspeito!

Deixando-se cair pesadamente sobre a mesa de Hanne, ele passou as mãos pelo crânio e deu um puxão no nariz.

– Estritamente falando, sabemos com certeza que eles tiveram um caso?

– Deixe-me explicar claramente – disse Billy T., contando nos dedos. – Primeiro, ele falou sobre uma nova amiga aos colegas de trabalho. Ele é vendedor de carros. Segundo, ele contou a esse mesmo pessoal que estava descolando uma grana saindo com uma coroa. Terceiro, ele acabou de mudar de casa, o que significa que tinha alterado o número do telefone, então ela o anotou em um papel. Quarto, o número dele foi o último número de telefone que Agnes discou na vida.

– Como sabe disso?

– Muito simples, apertei o botão *repeat* no telefone dela. O último número. O daquele *idiota*.

Ele deu um murro na mesa.

– E quinto, o marido comentou que ela andava distante e irritável nos últimos meses.

– Não é exatamente uma prova cabal que você tem aí – sentenciou Hanne.

– Não, eu concordo. Mas aquela besta quadrada poderia ter me dito o que estava havendo, e eu não ficaria fantasiando! Estou disposto a ouvir absolutamente tudo; já é difícil pensar em Agnes Vestavik sentada no colo daquele sujeito, um vendedor de carros gordo e careca. Esperava-se que ela fosse convencional e cristã!

– Preconceito e presunção novamente, Billy T. Religiosos têm os mesmos desejos que eu e você. Você terá que achar uma fissura na armadura dele.

Ela usou as duas mãos para desencostá-lo da mesa.

– Pode ir, tenho trabalho a fazer. E mais: se eles eram amantes, por que raios ele a mataria? Não seria cuspir no prato em que se come?

– Claro – murmurou Billy T., arrastando-se de volta ao obstinado vendedor de carros.

– E então, você reconsiderou? Está disposto a ser um pouco mais cooperativo?

– Isso é o que você diz – exclamou furioso o homem. – A polícia vai ao meu local de trabalho e mete o nariz em tudo, faz perguntas e dificulta a minha vida, depois me arrasta para um interrogatório no meio do expediente e me acusa de matar, assassinar e até de coisa pior!

Billy T. não moveu um músculo do rosto.

– Em algum momento o acusei de assassinato?

O homem ficou olhando para os sapatos. E Billy T. conseguiu perceber um toque de incerteza no rosto largo e masculino.

– Ouça bem – continuou ele em tom quase amigável. – Por enquanto, só estou acusando-o de ter um caso com a Agnes Vestavik. Isso certamente não é crime. Quando "metemos o nariz" nisso, não é para puni-lo, e sim para construir o quadro mais completo possível de como era a vida dela. O que fazia, quem conhecia e como vivia. Para ser bem sincero, estamos empacados. Não é tão fácil propor uma motivação para o assassinato de uma funcionária de orfanato certinha e correta que levava uma vida certinha e correta. Quando descobrimos que nem tudo é assim tão certinho e correto, é óbvio que ficaremos interessados. Isso não significa, porém, que achamos que você tenha matado sua amiga.

Bingo. Aquela era uma tática muito melhor. Apelar para o bom caráter do sujeito.

Inclinando-se, o homem colocou a cabeça nas mãos e ficou sentado ali, sem mover um único músculo. Billy T. deu-lhe todo o tempo necessário.

Finamente, ele levantou a cabeça, acariciando os pelos da face enquanto respirava fundo.

– Tínhamos um relacionamento. Meio que um relacionamento. Quero dizer, não transamos. Mas ela era... Nós estávamos... apaixonados.

Era como se ele nunca tivesse usado a palavra antes e a achasse bonita demais para sua boca grande e grosseira. Ele mesmo reconheceu isso.

– Estávamos envolvidos um com o outro – corrigiu-se. – Saíamos para conversar, ficar juntos. Passeávamos. Ela era...

Ele não conseguia explicar o que ela era, pois estava lutando contra as lágrimas, e saiu vitorioso. Mas isso demorou vários minutos.

– Você tem que entender que eu jamais assassinaria Agnes! Meu Deus, ela foi a melhor coisa que me aconteceu em muitos anos!

– Como é que vocês se conheceram?

– Como você acha? Ela foi comprar um carro, é claro. Chegou com o marido, um idiota insosso. Ele não sabia nem a diferença entre cilindrada e potência. Era evidente que era Agnes quem controlava o dinheiro e foi ela quem fechou o negócio. Nós nos demos bem, e então... bem, a partir daí foi indo.

– E a sua conversa no trabalho? Sobre estar descolando uma grana saindo com uma coroa?

– Ah, aquilo... foi só conversa de homem.

Ele nem ao menos se mostrou constrangido. Billy T. ficou com vontade de comentar que homens com mais de 16 anos não deveriam contar mentiras sobre esse tipo de coisa, mas deixou quieto.

– Sobre o que vocês estavam conversando na noite em que ela foi morta?

– Conversando? Eu não a vi naquela noite!

Ele olhou alarmado para Billy T. e agarrou com mais força os descansos da cadeira.

– Relaxe. Eu me refiro à conversa telefônica que vocês tiveram. Ela ligou para você do escritório. Em algum momento daquela noite.

O homem pareceu genuinamente assustado.

– Não, ela não ligou, não – declarou ele, balançando vigorosamente a cabeça. – Eu estava em Drøbak com um carro e só voltei depois da meia-noite. Encontrei um velho amigo e tomamos umas xícaras de café em uma cafeteria antes de voltar. Posso provar isso também!

Billy T. fez uma careta e fitou o outro homem diretamente nos olhos, sem dizer nada. O vendedor de carros não conseguiu sustentar aquele olhar duro e baixou os olhos.

– Bem – disse Billy T. –, ela não sabia que você não estaria em casa?

– Eu não lembro, mas *eu* sabia que ela estaria trabalhando. Ela estava com alguns problemas no trabalho. Alguém tinha feito algo errado e ela estava desapontada. Ela não disse muita coisa sobre isso, mas estava extremamente aborrecida.

– Alguém? Homem ou mulher?

– Não faço ideia. Ela era muito reservada quanto ao sigilo profissional. Falava muito pouco sobre as crianças de lá também, ainda que elas ocupassem a maior parte do tempo dela.

Billy T. foi buscar uma xícara de café queimado para o homem e começou a escrever. Durante meia hora, o único ruído que se ouvia no pequeno escritório era Billy T. digitando com os dedos grandes no teclado do computador. Quando julgou terminado, ele só tinha mais uma pergunta a fazer.

– Haveria algo mais entre vocês? Ela falava em divórcio?

Foi impossível decifrar a expressão no rosto do homem.

– Não sei se daria em alguma coisa. Mas ela me contou que tinha se decidido há muito tempo sobre o divórcio e que havia falado sobre isso com o marido.

– Ela foi bem clara sobre isso?

– Sim.

– Ela disse com todas as palavras: "Eu disse ao meu marido que quero o divórcio", e não "Meu marido não quer o divórcio" ou "Ele vai ficar triste se nos divorciarmos"?

– Sim, com todas as palavras. Várias vezes. Pelo menos...

Ele lançou os olhos para o teto, considerando cuidadosamente.

– Pelo menos em duas ocasiões.

– Está bem – disse Billy T. sumariamente e estendeu o depoimento para obter a assinatura da testemunha antes de dar por encerrada a sessão.

– Não saia de Oslo, está bem? – acrescentou enquanto abria a porta do corredor.

— Para onde mais eu iria? – replicou o homem enquanto desaparecia de vista.

*  *  *

Tone-Marit não era boba. Ela estava na polícia havia quatro anos e nove meses e só precisava de mais três meses para se autoproclamar sargento e acrescentar mais uma fita àquela que já possuía no uniforme que raramente ou nunca vestia. Embora não estivesse há mais de um ano na divisão, Hanne já se impressionava com a oficial de 26 anos. Ela era eficiente, em vez de inovadora, e diligente, em vez de realmente esperta, mas eficiência e diligência já haviam forjado muitos investigadores excepcionais.

Porém naquele instante estava desnorteada. Não tinha muita noção de financeiro e estava sentada com três fichários grossos diante de si, meio zonza com termos como "ativo circulante", "ativo fixo", "lucro operante" e "balanço patrimonial" girando em sua cabeça por duas horas.

*Algo* tinha chamado a atenção dela naquele meio-tempo. Um número incomum de recibos havia sido autorizado por Terje Welby. Até onde ela entendia, o papel dele como diretor assistente havia sido em grande medida assumido por Maren Kalsvik. É verdade que *ela* não tinha poder para autorizar pagamentos, mas nesse caso teria sido natural que Agnes Vestavik assumisse a maior parte da responsabilidade econômica.

— Pergunte aos rapazes da Contabilidade – orientou Billy T. após folhear as pastas ao acaso. – Por ora, vou espremer esse Terje Welby.

Ele abriu um largo sorriso com essa ideia, e Tone-Marit, agradecida, arrumou os fichários para seguir a orientação.

— Você descobriu alguma coisa sobre os 30 mil que sumiram da conta de Agnes?

Colocando as mãos sobre os fichários, Tone-Marit fez que sim com a cabeça.

— Apenas que foram sacados de três locais diferentes da cidade. E que a conta foi bloqueada dois dias depois. No mesmo dia, aliás, em que Agnes foi assassinada. Pedi aos bancos que procurassem os cheques apresentados, assim podemos ver o que está havendo. Mas isso pode levar tempo; tudo o que não está no sistema de dados demora uma eternidade, naturalmente.

– Então veja tudo o que está no sistema de dados – murmurou Billy T.

* * *

Fazia apenas uma semana desde o assassinato de Agnes Vestavik, mas Hanne tinha a sensação de que tinha se passado uma eternidade. Pouca atenção vinha do superintendente, que era normalmente um homem atencioso, com grande sensibilidade para os problemas dos subordinados. Mas naquele dia ele não queria nem saber. O duplo homicídio em Smestad ocupava todos os recursos dele: um armador e a esposa um tanto dipsomaníaca e decrépita haviam sido encontrados com a cabeça estourada no que parecia ser o roubo seguido de assassinato mais grotesco da história criminal da Noruega. Os jornais se empanturravam na fronteira entre pornografia social e coluna de fofocas, misturando tranquilamente à habitual campanha de difamação contra policiais incompetentes, e o comissário de polícia estava impaciente, para dizer o mínimo. O destino de Agnes Vestavik havia despertado uma centelha de interesse no primeiro dia, mas agora era história antiga. Para todos, menos para o grupinho de quatro oficiais ainda à procura da motivação e oportunidade para o crime.

– Meu Deus – murmurou Hanne. – Os tempos mudaram. Há dez anos, um assassinato como este teria virado o departamento de cabeça para baixo. Teríamos recebido vinte homens e todos os recursos necessários.

Erik Henriksen não sabia como receber o desabafo. Será que ela quis dizer que ele não dava conta do recado? Decidiu manter a boca fechada.

– Mas... – ela sorriu de repente, como se tivesse acabado de perceber que ele estava sentado ali. – O que você descobriu?

– O amante – começou o jovem oficial. – Ele teve sérios problemas financeiros.

"Problemas financeiros. Quem no mundo não tem problemas financeiros?", pensou Hanne Wilhelmsen, abstendo-se de acender o cigarro que ela tanto desejava.

– Pessoas não saem matando outras só porque têm problemas financeiros – ela suspirou. – Provavelmente todo mundo diria ter problemas dessa natureza se perguntássemos. Temos que descobrir algo mais! Algo mais... intenso! Ódio, desprezo, medo, algo nessa direção. O cara estava perdido de amores pela mulher. Eles não eram casados, então ele não tinha nenhum interesse financeiro para estar com ela.

– Mas os rapazes do trabalho dizem que ele andava muito calado recentemente. Nas duas últimas semanas, mais ou menos. Disseram que ele parecia quase deprimido.

– E daí? – desafiou Hanne enquanto fazia um formato de tenda com os dedos. – O que isso insinua? Mesmo se Agnes tivesse terminado com ele, ou seja lá o que devemos usar para descrever o fim de um relacionamento platônico, ele ainda não teria nenhum motivo para matar a mulher! Com uma faca, ainda por cima! E mais: seria incrível se ninguém notasse ou ouvisse uma discussão calorosa entre ex-amantes acabando em assassinato.

Ela balançou a cabeça, desencorajada, e endireitou-se na cadeira do escritório.

– Não... Agora eu estou sendo injusta, Erik.

Ela sorriu.

– Eu não quero descontar em você. Mas não é um caso estranho? Ninguém está preocupado. O superintendente mal se dá ao trabalho de falar comigo. Os jornais estão completamente desinteressados. O orfanato continua como se nada tivesse acontecido. As crianças berram e brincam, o marido continua morando onde sempre morou, o mundo continua girando sobre seu eixo e, uma semana depois que Agnes Vestavik foi mandada desta para melhor, é quase como se eu não estivesse me preocupando também. Dentro de um mês, dificilmente alguém se lembrará do caso. Sabe de uma coisa?

Ela se interrompeu ao descobrir uma edição do *Arbeiderbladet* em uma pilha de jornais no chão.

– Aqui – disse ela, apontando para uma manchete. – Agora há mais homicídios cometidos em Oslo na vida real do que em romances policiais! Pela primeira vez na história. Meu Deus do Céu!

Ela bateu a palma da mão contra a testa.

– Os romancistas não conseguem nos acompanhar! Um assassinato aqui, um homicídio ali, quem se importa? Agora tem que haver dois ao mesmo tempo para ganhar alguma atenção. Ou então o cadáver estar profanado, ou a vítima ser rica, ou ser uma prostituta, ou um jogador de futebol, ou uma celebridade, ou um político, ou, ainda melhor, o *perpetrador* é rico ou uma celebridade. Uma mulher anônima sem nenhuma qualidade especial a não ser uma vida pacata com uma espécie de "amante", oras, ninguém vai ficar entusiasmado com isso. Você chega a se preocupar?

Hanne se inclinou sobre a mesa, fitando Erik diretamente nos olhos, quando fez a interrogação final.

Erik Henriksen engoliu em seco ruidosamente.

– É claro que isso me preocupa – murmurou ele, engolindo novamente. – É o meu trabalho me preocupar.

– Exatamente! Nós nos preocupamos com isso porque é o nosso trabalho. Mas o superintendente não está preocupado, ele está é feliz de poder empurrar tudo para o nosso prato. Os jornais não estão preocupados, pois não encontraram fofoca suficiente no caso. E nós não nos preocupamos também, já que somos capazes de voltar para casa de coração leve todas as noites e comer nossas almôndegas com molho de carne sem ao menos pensar na criança de 4 anos que perdeu a mãe de uma maneira que é tarefa nossa impedir. *Impedir!* Essa é a nossa principal tarefa! Impedir crimes. Quando foi a última vez que você impediu um crime, Erik?

Ele teve vontade de explicar como havia impedido um amigo de dirigir bêbado na última noite de sábado, mas sensatamente achou melhor ficar quieto.

O telefone tocou, sobressaltando Erik Henriksen. Hanne Wilhelmsen deixou tocar quatro vezes antes de atender.

– Wilhelmsen – disse ela bruscamente no fone.

– É a Hanne Wilhelmsen?

– Sim! Quem está falando?

– É Maren Kalsvik. Do Orfanato Spring Sunshine.

– Ah, pois não.

– Estou ligando porque estou preocupada com Terje Welby. Lembra, o diretor assistente? Aquele com o problema nas costas.

– E qual o motivo da preocupação?

Hanne Wilhelmsen colocou um dedo nos lábios enquanto fazia sinal para que Erik ficasse em silêncio, apontando para a porta e fazendo um gesto para que a fechasse. Ele entendeu mal e já saía pela porta quando Hanne colocou a mão sobre o fone e sussurrou:

– Não, não, Erik, entre e feche a porta. Mas fique calado.

Depois, com cuidado, apertou o botão do viva-voz.

– Ele está de licença em meio período e terminou mais cedo hoje. Mas deveria ter voltado para acompanhar uma das crianças a um curso de mecânica. Ele deveria ter passado aqui há duas horas. Telefonei várias vezes e não obtive resposta, então decidi ir até a casa dele, já que não é longe daqui. A porta estava trancada, mas só na fechadura. A trava de segurança não tinha sido usada, e isso normalmente indica que ele está em casa.

Hanne Wilhelmsen não estava com cabeça para se preocupar com um homem adulto desaparecido havia apenas duas horas.

– Ele pode ter esquecido o compromisso – argumentou ela com ar cansado. – Ele pode ter tido outra coisa para fazer. Talvez tenha ido ao médico. Estar desaparecido há duas horas no caso de uma pessoa com mais de 5 anos não é caso de polícia.

Fez-se silêncio no outro lado da linha, e Hanne pôde ouvir sons que indicavam que a mulher estava chorando. Bem baixinho.

– Provavelmente está tudo bem – disse Hanne em tom um pouco menos indiferente, tentando tranquilizá-la. – Logo ele aparece.

– Não... É que... – começou novamente a mulher, antes de as lágrimas a impedirem. Levou bastante tempo até ela conseguir se recompor.

– Há muito mais do que isso – recomeçou mais uma vez. – Não posso explicar por telefone, mas realmente existe um motivo para a minha preocupação. Ele... eu não consigo falar sobre isso agora. Mas, *por favor*, você poderia ir até lá ver se está tudo bem? Por favor?

Erik Henriksen havia se aproximado da mesa, com os olhos fixos no telefone, e estava sentado com os braços cruzados e cotovelos apoiados na mesa. Ele olhou de relance para uma imitação barata do Rolex Oyster que trazia no pulso.

– Estarei com você em meia hora – disse ela, encerrando a conversa.

Erik olhou para ela com ar inquisidor, e ela fez que sim com a cabeça. Sim, ele poderia acompanhá-la.

– Meu Deus.

Hanne parou e olhou com desânimo para o jovem oficial.

– Eu aqui sentada, repreendendo-o porque ninguém mais se preocupa, e ainda assim tento dispensar alguém que está fazendo exatamente isso. Se preocupando.

Eles tiveram sorte e esperaram apenas dez minutos um veículo de serviço. Foi quase um recorde.

\* \* \*

A porta de entrada estava trancada, exatamente como Maren Kalsvik havia dito. No minúsculo vão entre a placa e a moldura da porta, dava para ver que a trava de segurança não havia sido usada, confirmando o relato de Maren. Enfiando a mão no bolso, Hanne Wilhelmsen retirou um lenço e tentou puxar a maçaneta para baixo sem tocar muito nela. Erik Henriksen olhou surpreso para a inspetora.

– Apenas uma medida de segurança – afiançou ela.

Diante deles, uma porta trancada e um adulto desaparecido mal fazia três horas. Não eram exatamente motivos para uma entrada forçada nos ditames da lei. Se o seu confiável colega, o advogado de polícia Håkon Sand, não fosse tão moderno a ponto de tirar um ano inteiro de licença-paternidade, o assunto já estaria resolvido. No momento, Hanne não fazia ideia de quem era o advogado em serviço, e ela precisava de uma permissão judicial para arrombar o apartamento.

Ela tinha que entrar. As informações que Maren Kalsvik, em meio ao choro convulsivo, passara meia hora relatando foram tão alarmantes que a prisão dele era quase iminente. Todavia, explicar a um advogado que uma tremenda motivação havia surgido e que um suspeito de fato estivera na cena da trágica morte de Agnes Vestavik em um momento para lá de crítico não era uma conversa que, em condições ideais, se tinha por telefone. Por outro lado, poderia ser questão de vida ou morte.

Instruindo Erik a manter posição, mas não tocar em nada, ela voltou ao carro e, depois de muita discussão, conseguiu entrar em contato com o advogado em serviço. Ela estava com sorte. O advogado era uma raposa velha e astuta – ainda que cansada. Anotando os argumentos, ele deu sinal verde e a transferiu para a divisão criminal. Prometeram-lhe reforço dentro de meia hora.

Acabaram levando quarenta e cinco minutos para chegar, mas a espera valeu a pena. Dois tipos calados, que sabiam o que estavam fazendo, se posicionaram sem mais delongas diante da porta com um substancial aríete que consistia em uma pesada chapa quadrada de ferro ligada a uma haste longa com empunhaduras para quatro pares de mãos. Hanne e Erik se postaram na retaguarda.

– Um, dois e TRÊS – gritou o primeiro oficial enquanto iam e vinham com o aríete no um e no dois, arrebentando a porta no três.

A madeira não teve a menor chance. A porta se partiu, soltando-se facilmente da moldura que fracamente a mantinha presa, e caiu para dentro da sala. Ficou em posição oblíqua, mas a parte superior se recurvava para a parede do hall, apenas um metro e meio de diâmetro. Abrindo caminho na frente dos dois oficiais assistentes, Hanne Wilhelmsen entrou correndo no apartamento.

O hall estava vazio e não havia ninguém na sala de estar também. Ela ficou parada por um segundo, esquadrinhando o que parecia ser um típico apartamento de solteiro: móveis improvisados, uma janela sem cortinas e nenhuma tentativa evidente de torná-lo atraente ou confortável. Não havia quadros nas paredes nem um único vaso de planta, e a pia da cozinha estava cheia de copos sujos.

– Hanne, venha cá – ouviu ela do corredor.

Três costas masculinas bloqueavam a entrada do banheiro. Ela colocou a mão nos ombros mais próximos, e os homens recuaram.

Ela assobiou baixinho.

Terje Welby encontrava-se sentado no vaso sanitário. Ou, mais precisamente, seus restos mortais estavam sentados ali. O cadáver estava de sapatos e trajava uma camiseta e calças jeans sem cinto. A cabeça estava caída sobre o peito, e os braços pendiam frouxos de lado. Visto assim, parecia de certa forma um homem que havia desmaiado depois de ter bebido demais, se fosse possível desconsiderar os pés plantados em uma enorme poça de sangue e os pulsos cortados.

Hanne entrou lentamente no recinto, onde mal havia espaço para duas pessoas. Sem tocar no corpo ou em qualquer outra coisa, ela se inclinou para cada uma das mãos dele, confirmando que apenas no lado esquerdo havia pegado a artéria principal. Mas ali ele certamente fizera um bom trabalho. Um corte de dez centímetros atravessou a parte inferior do antebraço e, apesar de todo o sangue, ela conseguiu ver o branco de tendões e ossos.

Uma garrafa vazia de uísque havia sido jogada na pia. Via-se no chão um estilete grande, com a lâmina toda para fora e coberta de sangue.

Com cuidado, ela colocou dois dedos no pescoço do homem. Ele já estava frio, não havia nenhum sinal vital.

– Está mortinho da silva – disse ela baixinho ao sair do banheiro.

– Mande para o laboratório forense.

O comentário final foi dirigido para um dos oficiais assistentes.

– Peritos criminais? Para um caso óbvio de suicídio?

– Peça a ajuda deles – insistiu Hanne agachando-se. Não tinha tempo de explicar sua decisão ao policial enviado para ajudá-la.

Por sua vez, ele encolheu os ombros, dirigindo um olhar expressivo ao colega, e saiu em silêncio para cumprir a ordem. Uma inspetora chefe era uma inspetora chefe, afinal de contas.

Primeiro tiraram fotografias. Hanne Wilhelmsen, que havia desocupado a área para dar espaço ao perito, ficou impressionada com a flexibilidade com que ele se movia pelo minúsculo ambiente sem nem por um momento entrar em contato com o corpo, o sangue ou as paredes. Ele saiu algumas vezes para trocar o filme, mas não conversava. Quando o banheiro havia sido fotografado de maneira compreensível, dois homens começaram a fazer medições precisas da posição do cadáver em relação ao teto, à pia e às quatro paredes. Trocaram um ou outro comentário, e um deles fazia anotações rápidas em um caderno espiral tão logo eram averiguadas as distâncias. Hanne percebeu que eles operavam dentro de uma precisão milimétrica.

Posteriormente, começaram a colher as digitais. Ocorreu a Hanne que já fazia muito tempo que ela não acompanhava uma análise de cena de crime, visto que, em vez de usarem apenas o pó preto ou branco com que ela estava habituada, eles não raro faziam uso de algum tipo de spray que depositava uma cor indefinível em determinados pontos.

Duas horas depois, os trabalhos estavam concluídos. O corpo foi cuidadosamente colocado em uma maca e levado ao hospital, onde logo repousaria sobre um banco de metal gelado em uma sala amarela para que procedessem à limpeza do cadáver.

– Evidente caso de suicídio, se me perguntarem – observou um dos peritos enquanto arrumava o estojo. – Quer que lacremos o apartamento?

– Sim, mas ainda precisamos recolocar a porta – replicou Hanne.

Não muito tempo depois, a porta estava mais ou menos no lugar, pois dois parafusos olhais foram fixados à moldura e à placa da porta. Um fio fino de metal foi passado por eles e as pontas unidas no centro com um pequeno selo de chumbo.

– Muito obrigada, rapazes – agradeceu Hanne sem nenhuma empolgação na voz enquanto despachava Erik no veículo dos peritos.

– Estou indo para casa. Avise que vou ficar com o carro até amanhã de manhã.

Ela estava profunda e sinceramente desolada.

\* \* \*

Felizmente, Erik Henriksen teve a perspicácia de chamar um pastor. Ele mesmo não se sentia maduro suficiente para dar à ex-mulher e aos dois filhos pequenos a notícia de que o pai estava morto. O clérigo prometeu cuidar disso também. Isso mais ou menos uma hora e meia antes, então supostamente tudo já tinha sido comunicado. Ocorreu-lhe que era preciso contar a Maren Kalsvik que a ansiedade dela não havia sido infundada. Não era exatamente algo que se fazia por telefone, então, a caminho de casa, ele passou no orfanato.

Era hora do jantar e podiam-se ouvir sons vindos da cozinha: o tinir de copos, o raspar de talheres na porcelana, e muitas vozes, de adultos e de crianças. Como sempre, foi Maren Kalsvik que o recebeu, e ela se enrijeceu ao bater os olhos nele.

– O que houve? – perguntou ela assustada. – Aconteceu alguma coisa?

– Podemos conversar em um lugar mais privado? – pediu o policial meio sem jeito, evitando contato visual com a mulher.

Ela o escoltou para uma espécie de sala de conferência adjacente à cozinha, cuja porta dava para a sala de recreação. Deixando-se cair em uma cadeira de escritório, ela puxou com força a franja.

– O que houve? – repetiu ela.

– Você estava certa – começou ele, mas se conteve. – Quero dizer, havia motivos para a preocupação. Ele tinha...

Ele olhou ao redor e foi até a porta para garantir que estivesse devidamente fechada.

– Ele está morto – disse ele baixinho, depois de se sentar no lado oposto da enorme mesa de conferência.

– Morto? Como assim?

– Bem, morto – disse o oficial um tanto desencorajado. – Ele tirou a própria vida. Prefiro não entrar em detalhes.

– Meu Deus – sussurrou Maren, o rosto empalidecendo mais do que nunca.

Ela fechou os olhos e balançou-se violentamente na cadeira, que não tinha descanso de braço. Rápido como um raio, Erik Henriksen arrojou-se para pegá-la antes que Maren caísse no chão. Ela piscou os olhos e gemeu baixinho.

– É tudo culpa minha – disse ela, rompendo em um choro frenético. – É tudo culpa minha.

Maren se inclinou para o perplexo oficial, que não era especialmente treinado para lidar com o que estava acontecendo. Mas ele a segurou nos braços por um tempo.

*\*\*\**

– Pelo amor de Deus – sussurrou Christian com agitação enquanto saía atordoado da sala de arquivos para o escritório adjacente. Erik Henriksen havia levado Maren Kalsvik da sala de conferência para o primeiro andar.

– Isso está ficando assustador! *Assustador pra cacete!*

Ele ajeitou as roupas e esfregou um ponto no pescoço onde, por experiência anterior, sabia que uma mancha na pele estava prestes a surgir.

Catherine, a terapeuta magrinha beirando os 30, foi atrás dele. Eles haviam entrado furtivamente na sala de arquivos enquanto todos faziam a refeição e, por estarem aos amassos, não ouviram a campainha. Quando Maren e a polícia entraram na sala vizinha, ficaram presos.

Eles tinham ouvido tudo.

– Tirou a própria vida! Meu Deus!

Catherine estava chocada, mas não a ponto de deixar de aproveitar a oportunidade para se inclinar para o espelho ao lado da janela e conferir a maquiagem. Ela fez uma careta de boca aberta enquanto passava o dedo indicador sob cada olho.

– Isso significa que foi ele que esfaqueou Agnes, certo?

– Provavelmente – disse Christian com prazer cada vez maior, sorrindo amplamente.

– Olhe para você – ela o repreendeu delicadamente, passando a mão na boca do rapaz. – Apague esse sorriso. Isso é horrível!

Pegando-a pelo pulso, ele a empurrou para uma cadeira e sentou-se na ponta da mesa, ao lado dela.

– Eu realmente nunca teria acreditado – comentou ele.

– Quem você achou que fosse, então?

Distanciando-se na mesa, ele colocou os pés no assento de uma cadeira. Depois escorou os cotovelos nos joelhos e apoiou o rosto nas mãos em concha. O sorriso desaparecera, e ele pareceu imerso em pensamentos.

– Quem *você* achou que fosse? – esquivou-se ele.

Catherine deu de ombros hesitante.

– Bem, depende, eu realmente não acreditava que fosse alguém em particular, sei lá.

– Mas *alguém* deve ter feito – insistiu Christian.

– E Olav?

– Ah!

– Não seja tão arrogante, é claro que pode ter sido ele! Ele fugiu e tudo o mais!

– Você não achou mesmo que aquele garoto pudesse ter feito algo assim, né? Ele só tem 12 anos, poxa.

– Bem, quem *você* achou que fosse? – insistiu ela mais uma vez.

– Eu achava que tivesse sido Maren.

– Maren?

Ela pestanejou rapidamente, pensando por um instante de confusão que talvez tivesse escutado errado. Será que Maren, a gentil, esperta, eficiente e quase modesta Maren, poderia ter matado Agnes? Christian era meigo, mas poderia não estar batendo muito bem da cabeça.

– O que raios o levou a pensar isso?

– Veja – disse ele avidamente, tomando-lhe as mãos –, quem ganha mais com a morte da Agnes? Começando com...

Soltando-a, ele bateu de leve o dedo indicador na ponta do nariz dela.

– ... era Agnes quem cortava a ideia toda vez que Maren achava que alguma coisa devia ser mudada. Toda vez. Lembra-se de que Maren apoiou as crianças quando quiseram que a hora de dormir fosse atrasada meia hora? Agnes simplesmente disse que o assunto estava fora de questão. E a vez que a gente conseguiu arranjar uma viagem ao exterior para todas as crianças pelo mesmo preço do aluguel daquela cabana horrível na costa sul? Agnes bateu o pé e disse não.

Antes que ela conseguisse se opor à sugestão de que horário de dormir e excursões ao exterior canceladas pudessem ser motivo de assassinato, ele bateu no nariz dela mais uma vez.

– Segundo, foi Maren que se tornou a chefe daqui quando Agnes se foi. Você viu como ela logo assumiu. Terje é apenas um tolo com papéis imaginários, todo mundo sabe disso.

– Era – corrigiu Catherine, sentindo-se um tanto nauseada.

A agitação com a notícia bombástica começava a recuar diante do fato desolador da morte de Terje.

– Além disso, ele não era tolo – acrescentou ela.

– Terceiro...

Ela conseguiu proteger o nariz de uma nova investida.

– ... Terje era uma criatura fraca e covarde e eu nunca na minha vida poderia acreditar que ele pudesse criar coragem para matar quem quer que fosse.

Com os braços erguidos acima da cabeça e no meio de um enorme bocejo, ele continuou:

– Mas eu estava enganado, querida. Deve ter sido Terje. Caso contrário, por que então ele cometeria suicídio? E apenas alguns dias depois do assassinato. Caso solucionado.

Pulando para o chão, ele se refugiou atrás da cadeira onde Catherine estava sentada e apertou o corpo franzino dela.

– Por que temos que ser tão reservados? – sussurrou ele ao pescoço dela.

Desvencilhando-se do abraço, ela respondeu com desânimo:

– Você tem 19 anos, Christian. Apenas 19.

Balançando a cabeça e momentaneamente irritado, ele a deixou se esquivar. Depois recobrou a tranquilidade e desapareceu da sala para conferir se a notícia do suicídio era oficial.

Catherine continuou sentada com uma vaga sensação de que faltava alguma coisa. Apenas agora ela percebia que a janela estava entreaberta. As cortinas esvoaçavam suavemente, admitindo uma refrescante rajada de ar que parecia mais fria do que realmente era, trazendo um aroma obscuro de terra molhada, neve suja e vegetação apodrecida. Ela se levantou para fechá-la, mas imprensou a cortina no vão entre a moldura da janela e a saliência. Quando conseguiu abrir a janela para resgatar o tecido, teve a sensação de que algo importante havia lhe fugido à memória. Era como se um pensamento tivesse passado tão ligeiro por sua mente que ela não o tivesse visto muito bem, não o tivesse captado propriamente, e ela ficou parada ali durante muito tempo, fazendo um esforço para recobrá-lo. Até fechou os olhos para se concentrar. Será que era algo que ela tinha visto? Ouvido?

Ouvido por acaso, talvez?

– Catherine, você pode me ajudar a lavar o cabelo?

Jeanette estava na entrada puxando os cachos desgrenhados, que pareciam bastante oleosos.

O pensamento desaparecera. Mas era importante, e Catherine tinha esperança de que retornasse em outra ocasião. Ela arrumou a cortina florida antes de subir até o banheiro com a gordinha de 11 anos.

*\*\*\**

– Você já se apaixonou por um rapaz? – perguntou Hanne Wilhelmsen no escuro. Aproximava-se da meia-noite, e elas tinham acabado de ir para a cama.

Cecilie deu uma risadinha surpresa e reverberante.

– Que pergunta é essa agora? – indagou ela, virando-se de lado para ficar de frente para Hanne. – Eu nunca me apaixonei por ninguém além de você!

– Não brinque! É claro que já se apaixonou, só não foi adiante com isso. É óbvio que, aos 17 anos, tenha ficado um pouco apaixonada. Lembro-me daquele seu professor, por exemplo. Fiquei morrendo de ciúmes.

Na penumbra, Cecilie podia ver a silhueta de Hanne delineada no papel de parede listrado azul, e ela correu o dedo pela testa e nariz da parceira, até que parou e foi recompensada com um beijo.

– Isso quer dizer que *você* já se apaixonou alguma vez?

– Estamos falando de *você* no momento – insistiu Hanne. – Você já se apaixonou por um rapaz? Um homem?

Cecilie endireitou-se na cama, enrolando-se com força no edredon.

– Sinceramente, o que isso tudo tem a ver?

– Nada sério. Só estou perguntando. Já se apaixonou?

– Não. Em toda a minha vida eu nunca me apaixonei por um rapaz. Na adolescência, algumas vezes até achei que estava, mas na verdade eu só estava apaixonada pela ideia de estar apaixonada. Era libertador. E a alternativa me fazia morrer de medo.

Hanne tinha chutado para o lado metade do lençol e estava deitada com as mãos sob a cabeça. Todo o tronco, metade da coxa e uma perna inteira estavam expostos. Os seios fitavam o quarto e logo acima do umbigo Cecilie pôde ver um pulsar calmo e uniforme.

– Mas você nunca sentiu algo especial... um tipo de *benevolência* para com algum homem que você queira particularmente bem? O tipo de sentimento que faz você querer estar na companhia dele o tempo todo, fazer coisas divertidas, conversar, brincar, o tipo de coisa que você deseja quando está apaixonada?

– Sim, às vezes. Mas essa não é uma descrição do estar apaixonado. Não lembra mais como era, Hanne?

Com cuidado, ela colocou a mão no ponto delicadamente pulsante na barriga da amada.

– Quem está apaixonado quer fazer muito mais que isso!

Hanne virou-se, olhando seriamente para ela. Faróis de automóveis formavam um padrão no teto e, na tremulação efêmera de luz, Cecilie vislumbrou uma expressão desesperada que ela não reconheceu bem.

– Nunca me deixe!

Hanne se aninhou perto dela, quase em cima, e repetiu:

– Você tem que me prometer que nunca vai me deixar. Nunca, nunca, nunca.

– Nunca neste mundo, neste universo, em toda a eternidade – sussurrou Cecilie com o rosto encostado aos cabelos dela.

Era um ritual antigo. Mas fazia séculos que não recorriam a ele. Cecilie compreendeu do que tudo se tratava.

Estranhamente, porém, ela não se sentiu minimamente ameaçada.

# 8

**Embora aquele fosse apenas o oitavo dia de Billy T. no novo cargo de detetive,** a sala dele já parecia um chiqueiro. Havia papéis por toda parte, alguns importantes, outros apenas rascunhos e jornais velhos. No chão, ao lado da porta, havia uma pilha de garrafas vazias de Coca-Cola e, pelo menos três, tombavam toda vez que alguém entrava na sala. Acima da porta pendia uma cestinha de basquete, e duas bolas de espuma alaranjadas jaziam no centro da sala. Além disso, ele havia pendurado um quadro de avisos em uma parede, bem de frente para a mesa, com vários instantâneos de quatro garotinhos fixados com grampeador. Para piorar as coisas, a sala era totalmente desprovida de qualquer item que pudesse trazer o mínimo traço de conforto, e as janelas estavam imundas, embora isso fosse algo de que Billy T. não pudesse ser culpado.

– Eu realmente não entendo o que você está fazendo – ele disse com resignação para Hanne Wilhelmsen, que por algum milagre tinha evitado derrubar as garrafas ou pisar em alguma coisa antes de tomar seu lugar. – O caso está resolvido agora, não? É um pouco decepcionante, se me permite dizer. Comum, simples e chato: um homem divorciado com problemas financeiros mergulha a mão no cofre, é pego, assassina a chefe e então corta os pulsos em um acesso de arrependimento e desespero.

Era como se ela mesma tivesse dito as palavras. Uma decepção. Maren Kalsvik havia dado um depoimento naquela manhã. Com a consciência pesada e destruída, forneceu uma explicação completa do desfalque do colega morto. Ela havia descoberto isso antes do Natal e impusera como condição de seu silêncio que ele resolvesse tudo antes da Páscoa. Todo o dinheiro haveria de ser restituído. Agnes descobriu. Não, ela não falara à diretora sobre isso, mas percebeu pela atitude da chefe que ela seguramente sabia. Terje admitiu que estivera lá. Insistiu que só estava à procura de alguns papéis. Mas ele havia dito mentiras deslavadas por tanto tempo que ela não tinha mais uma boa razão para acreditar nele. Nem a polícia tinha.

Ainda assim.

Não poderia ser tão simples.

– Não há carta de suicídio – comentou Hanne pensativamente, apanhando uma das bolas alaranjadas. Mirando a cesta acima da porta, arremessou a bola, que descreveu uma parábola sutil e acertou o alvo. A bola jazia imóvel no chão. Esticando-se da cadeira, ela a recuperou e tentou novamente. Mais dois pontos.

– Caramba, você é boa!

– Eu morava nos States, você sabe.

Billy T. ergueu a outra bola e arremessou-a. Girando em volta do aro por um segundo, caiu lentamente no lado direito.

– Dois pontos – gritou Hanne, tentando mais uma vez. – Bingo! Hanne Wilhelmsen lidera por quatro pontos!

Sorrindo, Billy T. tomou posição o mais longe possível da cesta, ao lado da janela. Por alguns segundos, ficou ali, subindo e descendo ao flexionar os joelhos, antes de a bola alaranjada flutuar em direção à cesta, acertando a tabela e caindo no chão sem ao menos chegar perto do aro.

– Eu venci – disse Hanne, apanhando as duas bolas e colocando-as debaixo da cadeira onde estava sentada antes que Billy T. tivesse a chance de continuar a partida. – Realmente sinto falta de uma carta de suicídio.

– Por quê? Você acha mesmo que...

– Não, não quero dizer isso. Eu sinceramente não acho que seja um assassinato. Mas temos que manter as possibilidades em aberto, não acha?

Entreolharam-se e caíram na risada.

– Está bem – sorriu Billy T. – Mas é muito tentador chegar à conclusão de que Terje Welby matou Agnes. Caso difícil solucionado dentro de uma semana cravada. Motivo de muito orgulho. Que venham novas tarefas! Novas e *emocionantes* tarefas.

– Eu não disse que não foi como foi. É bem possível que tenha sido o Welby. *Provavelmente* foi ele. Mas tem algo aí que não faz sentido. Apenas um pressentimento. E, se foi ele quem assassinou Agnes Vestavik, eu quero prova melhor do crime do que o roubo de algum dinheiro e o suicídio. E um ponto de interrogação paira sobre a reputação do sujeito se ele for para o túmulo à sombra de um assassinato não solucionado.

Billy T. tinha uma boa razão para levar a sério o pressentimento de Hanne Wilhelmsen. Particularmente quando refletia sobre o dele.

– Mas para onde vamos daqui, então? – perguntou ele um tanto desencorajado. – Estritamente falando, voltamos direto ao ponto de partida!

– Não é bem assim. Ainda temos questões pendentes. Uma série de questões.

Eles passaram meia hora discutindo. Primeiro de tudo, poderiam aguardar várias peças de laudo técnico. Além disso, havia o marido e uma espécie de amante que *poderia* ter sido rejeitado. Havia um garoto, forte como um boi, que tinha fugido. Se não fosse o bastante, havia ainda uma pessoa que tinha levado uma bolada da conta bancária da vítima, que entregou o dinheiro à pessoa em questão ou foi roubada. As duas possibilidades eram igualmente interessantes. Além disso, vários funcionários do orfanato haviam sido interrogados apenas superficialmente. Tone-Marit e Erik tinham garantido que nenhum era importante, mas Billy T. deveria ao menos investigá-los com mais atenção. Quatro empregados não haviam tentado apresentar álibis. Catherine, Christian, Synnøve Danielsen e Maren Kalsvik moravam sozinhos e estavam em casa na noite do assassinato. O álibi dos outros não havia sido checado devidamente.

– E devemos olhar com mais atenção para a mãe de Olav, Birgitte Håkonsen – comentou Hanne finalmente, sentindo um leve desconforto ao mencionar aquele nome. – Não há dúvida de que ela odiava Agnes.

– Como sabe disso? – Billy T. folheou os autos do processo que tinha diante de si, não achando nada sobre a mãe do garoto.

Hanne fez um sinal desdenhoso para ele.

– Conto depois. Mas garanto que ela não pode ser excluída.

– Parece um pouco forçado – murmurou Billy T., mas anotou algo em uma folha de papel recuperada de todo o caos na mesa.

– E tem mais uma coisa.

Hanne levantou-se e ergueu uma das bolas. Posicionando-se onde Billy T. havia se colocado antes, perto da janela, ela avaliou a distância até a cesta e perguntou:

– O número da Universidade de Diakonhjemmet, que estava anotado no post-it encontrado no escritório de Agnes. Você verificou sobre o que se tratava?

Balançando o braço direito em um movimento ascendente e curvo, Hanne soltou a bola com o membro quase todo estendido: ela voou graciosamente pelo ar, quase tocando o teto, e caiu direto na cesta.

– Vamos jogar qualquer dia desses? – sugeriu Billy T. impressionado.

– Você verificou aquele número?

– Não, ainda não consegui.

– Então deixe para lá, eu mesma vou fazer isso – avisou Hanne, jogando subitamente a bola para ele. – Você precisa praticar primeiro!

\* \* \*

Tone-Marit estava extremamente satisfeita consigo mesma e tinha toda a razão para estar. Ansiosa, procurou Hanne Wilhelmsen por toda a unidade, mas a chefe não estava em nenhum lugar. Nada, porém, estragaria o prazer dela, de modo que foi atrás de Billy T., sem se importar com o fato de que sempre ficava um pouco nervosa na companhia dele.

– O que foi agora? – perguntou Billy T. irritado, erguendo o olhar da bagunça da mesa.

– Descobri quem descontou aqueles cheques – anunciou Tone-Marit, esperando que a carranca do oficial se transformasse em expectativa e curiosidade.

– Caramba, não diga! – exclamou ele vigorosamente. – Foi aquele viúvo? Deixe-me ver!

Ele agitou os braços para tentar pegar a pasta de documentos que a jovem oficial segurava, mas ela abraçou a pasta junto do corpo e sentou-se.

– Não. Mas foi um homem, e ele se chama...

Ao fazer um movimento para colocar a pasta sobre a mesa do colega com um gesto triunfante, os documentos caíram no chão. Ruborizada, juntou tudo em tempo recorde.

– Eivind Hasle. Esse é o homem.

– Eivind Hasle? Temos alguma coisa sobre ele?

– Não, não no momento. Chequei todos os registros possíveis. Nenhum antecedente criminal, nascido em 1953, vive em Furuset e trabalha para uma empresa em Grønland.

– Em Grønland! – Billy T. riu alto.

– Detenha o sujeito imediatamente. Telefone e diga que é uma questão de extrema urgência que temos a obrigação de averiguar. Traga-o aqui! A propósito, quando foi que aqueles cheques foram descontados?

– Dois dias antes do assassinato.

Agora Tone-Marit sorria também.

– Tone-Marit, meu bem, que tal termos uma conversinha com esse tal Eivind Hasle?

*\*\**

Foi preciso apenas meia hora para tirar o quarentão de seu escritório em Grønland e trazê-lo à delegacia semicircular que se estendia centenas de metros pela rua. Ele se mostrou complacente, mas surpreso quando Tone-Marit telefonou. Firmemente colocado em uma cadeira na sala bagunçada de Billy T., era difícil determinar se ele se sentia inseguro ou irritado.

– Que história é essa?

– Tudo a seu tempo – comentou Billy T. ao pedir os dados pessoais do sujeito. – A primeira coisa que eu gostaria de saber – ele então falou com o tom de voz mais indiferente que seria possível exibir na atual emoção –, é qual a relação que você tinha com Agnes Vestavik.

O homem mudou de posição na cadeira, claramente se sentindo desconfortável sob o olhar severo e penetrante do oficial.

– Agnes Vestavik? Eu não conheço ninguém com esse nome. Agnes Vestavik?

Em seguida se pôs a pensar e lentamente um rubor se espalhou ao redor das orelhas. Por fim os lóbulos, singularmente grandes e estranhos, viram-se iluminados como semáforos.

– Espere um minuto. É a tal senhora que foi morta naquela creche? Eu li a respeito no jornal.

– Orfanato. Era um orfanato. E a cobertura foi bem pouca nos jornais. Você é um leitor voraz, não?

O homem não se dignou a responder.

– Você não a conhecia, então?

O homem parecia estar amedrontado.

– Diga-me, o que você quer? Por que eu estou aqui?

Desta vez, foi Billy T. quem não respondeu. Ele ficou sentado ali, com o imenso corpo jogado displicentemente na cadeira, de braços cruzados e olhos fixos.

– Escute aqui – começou o homem, agora a voz dele estava trêmula. – Não sei nada sobre essa mulher, eu apenas li o nome dela no jornal, e seguramente estou no direito de saber o que você quer de mim.

– Deixe-me ver sua carteira de motorista.

– Carteira de motorista? O que quer com isso?

– Você precisa parar de me fazer uma pergunta toda vez que faço uma a você.

Billy T. levantou-se abruptamente. Funcionou desta vez também. O homem encolheu-se e tirou do bolso uma carteira elegante de couro marrom. Ele procurou e procurou.

– Não, não está aqui – murmurou ele finalmente. – Talvez tenha deixado no carro.

– Ah! – Billy T. sorriu irônico. – Quer dizer que perdeu a carteira de motorista, mas só descobriu neste exato momento?

– Eu não uso a carteira de motorista todos os dias da semana! Nem lembro a última vez que a vi. Sempre fica na minha carteira.

Como se aquilo fornecesse alguma prova, ele retirou mais uma vez a carteira, abriu-a de maneira quase ofensiva e apontou para um dos compartimentos.

– Bem aqui!

Billy não olhou para ele.

Em vez disso, deu início a um interrogatório de duas horas tão desagradável que Eivind Hasle ameaçou entrar com uma ação indenizatória.

– Acho que você deveria fazer isso, Hasle. Processe a gente. Virou passatempo nacional. Mas seja rápido, pois, antes que consiga piscar, estará batendo caneca nas grades de uma prisão.

Nada profissional, embora falado em tom de brincadeira. Assim mesmo, Billy T. poderia ter se dado mal. E, em duas horas, ele nada avançou na questão sobre quem matou Agnes Vestavik.

Hasle foi autorizado a ir embora. Não havia nenhum advogado no Ocidente que tivesse coragem de detê-lo por pelo menos 24 horas.

O homem estava sem a carteira de motorista e não sabia nada de Agnes nem dos cheques. Achou parecida a assinatura nos formulários, mas conseguiu, muito plausivelmente, apontar um par de diferenças entre a assinatura dele e a que ele alegava ser falsificada. E ele não se entregou em nada. Então foi embora.

Depois de Billy T. ter quase destruído o interfone de tanto pressionar o número do apartamento de Hanne Wilhelmsen, sem nenhum sinal dela, o dia dele estava completamente arruinado.

* * *

Mais da metade da igreja estava ocupada pela congregação sentada em silêncio devoto e decoroso. A maioria escolhera assentos próximos ao fundo, como se fosse desejável manter certa distância das circunstâncias trágicas cercando a morte do personagem central. O marido e filhos de Agnes Vestavik estavam sentados na fileira da frente, com mais quatro pessoas. Parentes próximos, imaginou Hanne Wilhelmsen. Os dois garotos adolescentes vestiam ternos novos e não pareciam à vontade neles. A garotinha não parava quieta no banco e, retorcendo-se, escapou do colo do pai, conseguindo correr até o caixão branco enfeitado de flores antes de o irmão mais velho alcançá-la e arrastá-la de volta ao lugar, acompanhado de gritos de protestos que ecoaram pelas paredes nuas. Atrás da família imediata, viam-se cinco fileiras de bancos vazios, depois uma dispersão de enlutados de cabeça baixa, antes das fileiras do fundo, quase lotadas. Um vigário da igreja, que tentava discretamente persuadir algumas pessoas a passar para a frente, foi recebido com recusas sussurradas e movimentos negativos de cabeça.

Hanne Wilhelmsen manteve a posição, parada ao lado da porta, debaixo de uma saliência onde ela presumia se localizar o órgão. O rosto longo e pálido do vigário exibia uma expressão feita para o ofício. Ele a abordou, mas ela o dispensou com um aceno sem dizer uma única palavra.

Em vez de um retábulo, a parede frontal era decorada com uma montagem enorme tão moderna que Hanne levou algum tempo para entender que deveria simbolizar a Ressurreição de Jesus. Via-se uma cruz simples e vazia diante da enorme imagem, bem como uma mesa bastante larga coberta com um pano branco, sobre a qual estava um castiçal prateado com uma vela gigantesca. Fazia séculos que Hanne Wilhelmsen não chegava perto de um local de culto, e ela não sabia bem como interpretar o que testemunhava. As vozes baixas, a imensa imagem de Cristo estendendo os braços para o Pai celestial, o caixão decorado com flores, a garotinha geralmente feliz tentando fugir da situação, e as pessoas vestidas de cinza e preto, todas transmitindo uma espécie de reverência pela morte.

A pastora entrou por uma porta lateral bem à frente. Pelo menos Hanne achava que era uma pastora, embora o vestido fosse branco e adornado com um lenço comprido e bem colorido indo até pouco abaixo do joelho. Na realidade, não recordava a última vez em que vira um pastor com todos os ornamentos do ofício. Devia fazer muito tempo, visto que ela se lembrava vagamente de um velho de preto com uma gola rufo.

A maioria dos funcionários do orfanato estava presente. Hanne reconheceu alguns e também reparou que as crianças mais velhas estavam lá: Raymond, Glenn e Anita. A jovem trajava um vestido; ela puxava a aba da saia e evidentemente se sentia um pouco desconfortável. Glenn e Raymond estavam sentados lado a lado, cochichando. Quando Maren Kalsvik mandou que se calassem, eles se endireitaram.

Não houve púlpito comum. A sacerdotisa de cabelos loiros estilizados presos em um rabo de cavalo irreverente postou-se de costas para a congregação, enviando suas preces para a imagem de Cristo pregado à cruz. Hanne Wilhelmsen sentia as pernas pesadas e cansadas, por isso avançou lentamente até o banco de trás da igreja e sentou-se junto da nave lateral. Ao lado dela estava sentada uma senhora idosa com um uniforme do Exército da Salvação que parecia realmente devastada; chorando enquanto cantava, ela sem dúvida não precisava da letra.

No banco da frente do outro lado da nave lateral, estava o amante. Ou seja lá qual fosse o nome dele. Hanne ficou surpresa ao vê-lo e perguntou-se se estaria enganada. Viu-o de relance apenas uma vez na delegacia, a caminho do interrogatório com Billy T. Mas era ele mesmo, ela tinha quase certeza. Ele estava sentado na ponta, ao lado da parede, e mantinha certa distância das pessoas mais próximas. Hanne não havia reparado nele antes. Talvez tivesse acabado de chegar. Era difícil ter uma boa visão dele sem ter que se inclinar muito para a frente e para o lado, e fazer isso parecia bastante inadequado, considerando que a pastora havia começado um discurso fúnebre retratando Agnes Vestavik como alguém de caráter entre Madre Teresa e Evangeline Booth. A mulher do Exército da Salvação ao lado dela chorava, fazendo que sim com a cabeça a cada palavra, totalmente de acordo com a sacerdotisa de que era vontade de Deus que a garotinha ruiva, correndo de um lado para outro na nave, crescesse sem mãe.

Finalmente a pastora preparava-se para encerrar. Um dos garotos, provavelmente o mais velho dos dois, levantou-se e aproximou-se do caixão da mãe, com olhos baixos. Na mão levava uma rosa com o botão começando a curvar por falta de água ou talvez porque também demonstrasse respeito pela morte. Virando-se para as pessoas ali reunidas, diante de um pedestal de microfone, o rapaz conseguiu, mesmo gaguejando, concluir um discurso memorial. Foi um discurso estranho, forçado e cheio de frases que não soavam naturais na boca de um garoto de 19 anos. Todavia, era a saudação final de um filho à sua mãe, e por essa razão Hanne achou muitíssimo comovente. Ele terminou colocando a rosa sobre a tampa do caixão, antes de fazer uma pausa silenciosa e virar-se para retornar ao lugar, onde o pai o abraçou antes que ele retomasse o assento.

Percebendo que a família desceria a nave lateral antes de os outros deixarem a igreja, ela saiu rapidamente do lugar e, quase toda curvada, contornou discretamente o banco, onde se posicionou abraçando a parede lateral para evitar ser a primeira pessoa a passar pelos familiares enquanto saíam.

Eles se posicionaram na entrada. O pai pegara no braço de Amanda, e ela parecia tranquilizada com a ideia de ir para casa. Um a um, os enlutados passaram pelos quatro membros da família. Por que será que estavam tão constrangidos? Era a morte em si que os impedia de olhar a família sobrevivente nos olhos ou era inconveniente a mãe de uma criança pequena morrer assassinada? Hanne sentiu-se triste e tentou recordar a atmosfera positiva que encontrara na chegada, antes que a pastora começasse o sermão, antes que todos tivessem sido afetados pelo contato próximo com o que haviam tão elegantemente tentado evitar tomando os lugares nos bancos de trás.

Quase todo mundo tinha ido embora, apenas Maren Kalsvik e os demais do orfanato continuavam na entrada. Hanne aproximou-se dela e colocou a mão no ombro dela. A mulher deu um pulo tão brusco que a mão foi literalmente arremessada de volta. Maren girou boquiaberta, com a mão no coração.

– Meu Deus, que susto você me deu – reclamou ela um pouco alto demais e em seguida hesitou com a ideia de ter violado o segundo mandamento na própria casa do Senhor.

– Sinto muito – murmurou Hanne. – Poderia me esperar lá fora? Gostaria de ter uma palavra com você.

Maren Kalsvik não pareceu satisfeita com a ideia, mas fez que sim com a cabeça, cingindo Anita com o braço e saindo para cumprimentar a família em luto. Deu um abraço longo e solidário no viúvo e beijou Amanda na face. Os dois garotos recuaram, e ela respeitou os sentimentos deles oferecendo-lhes a mão.

Enquanto descia os degraus, Hanne avistou o amante manobrando uma Mercedes cinza-prateada com placa verde. Sem olhar para trás nem para o lado, ele facilmente engatou a marcha e avançou com o veículo sobre a pista esburacada, saindo pelo portão a centenas de metros adiante.

"Pobre coitado", pensou Hanne, erguendo os olhos para o céu.

O dia estava claro e esfriara mais. O sol brilhava fraco e desmotivado sobre o átrio, com pouco calor a oferecer. O murmúrio de vozes em conversa, atenuadas, se erguia dos pequenos amontoados da humanidade. Hanne Wilhelmsen aproximou-se do viúvo.

– Você aqui também? – perguntou ele em tom esganiçado.

– Pois é, como você pode ver.

Ela sorriu hesitante. Os garotos já haviam seguido para o estacionamento, e ele permitiu que Amanda fosse correndo atrás deles. O olhar do pai acompanhou a filha até que ela alcançasse os irmãos, e então ele voltou a atenção para a inspetora chefe.

– Você costuma comparecer aos funerais de vítimas de assassinato, inspetora? – a voz encerrava uma nota de acusação e um bom tanto de frieza.

– Não. Mas este não é exatamente um assassinato comum.

– Não é? O que tem de tão diferente?

O rosto dele não revelou nenhuma expectativa de que a pergunta fosse respondida. Puxou discretamente a manga do terno, e ela reparou que ele usava um relógio caro.

– Não precisamos falar sobre isso aqui – declarou Hanne, indicando que ela gostaria de descer para conversar com Maren Kalsvik, que estava sozinha a quinze metros de distância, olhando para eles com ar impaciente.

– Espere!

Ele estendeu a mão para ela, segurando-lhe o braço quando começava a se retirar. Quando ela parou, ele a soltou imediatamente.

– Eu estava pensando em telefonar, mas, você sabe... Tanta coisa para resolver. Coisas práticas. Os garotos. Amanda.

Ele se endireitou e respirou fundo. O sol iluminou-lhe o rosto. Havia algo terrivelmente triste em toda a figura daquele homem, com o terno perfeito e o cabelo recém-aparado, fixado com gel, como se a única coisa que possuísse para fazê-lo seguir em frente fosse uma aparência formal.

– Aquela faca – disse ele finalmente. – A que foi usada para matar Agnes. Era uma faca comum de cozinha? Uma espécie de... faca de trinchar, é assim que chamam?

– Isso – confirmou Hanne um tanto surpresa. – Ou pelo menos uma faca grande de desossar. Mas por que a pergunta?

– Talvez seja uma das nossas.

– Como?

– Pode ter sido uma faca nossa. No dia em que Agnes foi... no dia em que morreu, ela tinha levado quatro facas para o orfanato.

– Mas para quê?

Esquecendo-se de que estava em um funeral, Hanne erguera a voz.

– Ei, calma!

Ele ergueu as mãos e acenou-as repetidamente para o chão, várias vezes, na tentativa de refrear o entusiasmo dela.

– Eles têm um amolador excelente no orfanato. De vez em quando, ela levava as próprias facas para lá... as nossas facas, quero dizer, para amolar. Naquela manhã ela havia levado quatro, talvez cinco. Eu me lembro disso porque ela precisou lavar duas facas antes de sair e acabou se cortando de leve, então eu lhe dei um Band-Aid.

– Por que não nos contou isso antes?

– Porque eu tinha certeza de que ela tinha trazido as facas naquela tarde, ela nunca as deixava lá. E...

Ele fez uma pausa, reparando que as pessoas ao redor haviam se calado e a atenção de todos estava fixada nos dois, então puxou Hanne enquanto se aproximava da parede da igreja.

– Para ser honesto, é minha sogra quem está fazendo os trabalhos domésticos desde a morte da Agnes. Ela veio imediatamente. Foi somente ontem à noite, quando ela reclamava de que havia poucos utensílios de cozinha, que eu me dei conta. Acho que havia quatro facas. Talvez cinco, como eu disse.

– Da Ikea?

– Não, não faço ideia. Eu não sei onde minha esposa compra facas... quero dizer, comprava.

– Mas imagino que você reconheceria a faca se a visse...

Ele estava cansado demais para perceber o tom cáustico.

– Creio que sim.

– Então acho que você deve comparecer ao meu escritório amanhã bem cedo, às 9 horas. Em ponto. Deixo minhas sinceras condolências.

Ela se virou e foi andando. Achou melhor não levar o homem naquela hora, não porque ele havia acabado de assistir ao funeral da esposa, e sim porque três crianças haviam acabado de assistir ao da mãe.

Maren Kalsvik estava com os lábios azulados e batendo os dentes. Ela havia mandado as crianças para o carro, uma minivan azul.

– O que você queria? – perguntou ela, tiritando.

– Isso pode esperar – respondeu Hanne. – Mas precisamos conversar com você amanhã. Ao meio-dia está bom?

– Inconveniente como em qualquer outra hora do dia – sentenciou Maren, encolhendo os ombros. – No seu escritório?

Hanne Wilhelmsen fez que sim com a cabeça enquanto subia o capuz do casaco de baeta. Depois correu para o veículo de serviço, soltando um monte de xingamentos.

*\*\**

Billy T. não estava em nenhum lugar. Uma ou duas pessoas pensavam tê-lo visto saindo havia meia hora, mas não tinham certeza. Alguns podiam afirmar que ele estava à procura dela. A recepcionista abriu os braços desesperada, reclamando que ninguém via a razão de ser do sistema de informação de paradeiro de pessoal, recentemente implantado e frequentemente ignorado.

– E eu acabo levando a culpa – desabafou ela aborrecida, esperando alguma empatia da inspetora chefe Wilhelmsen.

Mas a inspetora chefe estava preocupada. Primeiro ela irrompeu no escritório de Billy T. para procurar o número de telefone que estava colado na lista telefônica de Agnes Vestavik, mas foi impossível localizá-lo em meio a toda aquela baderna. Desistiu depois de quatro ou cinco minutos, reassegurando-se de que ele havia dito que era o número da Faculdade de Serviço Social da Universidade de Diakonhjemmet.

Voltando ao escritório dela, pegou a lista telefônica antes de sentar. "Diakonhjemmet, o norueguês" foi o mais próximo que ela encontrou, mas havia uma longa lista de números adicionais com aquele nome, de uma Escola de Assistência Social, um hospital, algo chamado Centro Internacional e uma fundação. Em seguida localizou "Universidade de Diakonhjemmet" e então discou os números, sem saber exatamente o que diria ou como conduziria aquilo.

Decorreu um tempo considerável antes que alguém atendesse à chamada. Finalmente uma voz indefinível, quase mecânica, surgiu: "Universidade Diakonhjemmet, em que posso ajudar?", e Hanne ficou se perguntando por um momento se era um serviço de atendimento automático. Por falta de uma ideia melhor, pediu o gabinete do reitor e, quando foi transferida, falou com uma secretária cuja voz era cheia de entusiasmo e riso, em total contraste com a mulher mecânica da mesa telefônica central.

Hanne apresentou-se e tentou explicar o que ela queria, sem revelar demais. A moça era tão ligeira no entendimento como sugeria sua voz e foi capaz de confirmar, de modo inequívoco, que, sim, Agnes Vestavik, aquela pobre mulher, havia ligado várias vezes na semana passada. Ou talvez na semana anterior a essa. Em todo caso, ela se lembrava das ligações, e todos ficaram chocados ao lerem nos jornais as notícias sobre o assassinato dela. Como estava a família?

Hanne pôde tranquilizá-la pelo menos nesse ponto e perguntou o que Agnes queria com eles. Infelizmente, a secretária não pôde ajudá-la nisso, mas, pelo que recordava, certa ocasião ela havia dito que queria falar com alguém da secretaria de avaliação. Como não tinham uma secretaria de avaliação, ela quis falar com o reitor. Isso na primeira vez, acreditava ela. Sobre o que haviam conversado, ela *lamentava muito*, mas não poderia ajudá-la nisso. Era possível também que o reitor a houvesse transferido para outra pessoa, porém ela não sabia nada a respeito.

Hanne quis falar com o reitor, mas soube que, lamentavelmente, ele estava em um seminário na Dinamarca e não retornaria até sexta-feira.

Hanne Wilhelmsen tentou não expressar seu aborrecimento, uma vez que a mulher havia sido realmente de grande ajuda. Recusando a oferta de auxílio para descobrir em que local da Dinamarca ele estava, ela terminou a conversa. Todavia, antes de devolver o fone ao gancho, pediu à secretária que descobrisse, o mais breve possível, se Agnes Vestavik já havia trabalhado na Faculdade de Serviço Social da Diakonhjemmet. A secretária prometeu, rindo, e gorjeou um "até logo" depois de ter anotado o nome e telefone de Hanne Wilhelmsen.

Ao pousar o fone, o ouvido de Hanne ainda estava tomado pela voz da feliz secretária. Levantava o astral falar com gente assim, mas apenas por alguns segundos.

Ela precisava encontrar Billy T.

\* \* \*

A inquietação havia se apoderado novamente de Olav. Era verdade que ele ficava calmo quando comia e dormia, duas atividades que consumiam um tempo razoável de seu dia, mas estava tendo cada vez mais dificuldade entre as refeições. A mãe lhe dera algumas revistas em quadrinhos, mas não serviram para prender a atenção dele por mais que alguns minutos seguidos. O medo inicial que o subjugava obviamente o abandonara, e ele não mais a escutava.

– Se você sair, eles vão encontrá-lo. Você foi dado como desaparecido. Na TV, no rádio e nos jornais.

Ele sorriu aquele estranho sorriso dele.

– Igualzinho nos filmes. Ofereceram recompensa?

– Não, Olav, eles não estão oferecendo recompensa. Eles não estão procurando você por ter feito algo errado. Eles só querem que você volte para o orfanato.

Ele franziu a testa.

– Nem fodendo – disse ele com veemência. – Prefiro *morrer* a voltar para aquele lixão.

Ela não conseguiu conter um leve sorriso, um sorriso cansado, aborrecido. Percebendo isso, ele descarregou sua fúria.

– Você está rindo, sua cadela! Mas vou lhe dizer uma coisa: *Eu não vou voltar para lá! Entendeu?*

Ela tentou desesperadamente acalmá-lo fazendo gestos para que se calasse e apontando para a parede do apartamento vizinho, mas isso não o perturbou nem um pouco. Mesmo assim, ele era incapaz de pensar em algo para dizer, em vez disso, foi até a cozinha e começou a arrancar as gavetas. Puxou todas até sair, despejando o conteúdo no chão e soltando um grito agudo a cada gaveta que segurava.

Ela sabia que aquele acesso passaria. Não havia nada a fazer senão ficar sentada, imóvel, esperando de olhos fechados. Lágrimas escorriam pelas faces dela. Ela só precisava esperar. Vai passar. Em pouco tempo, vai passar. Sente-se como uma estátua. Não diga nada. Não faça nada. Não toque nele, pelo amor de Deus. Logo, logo, vai passar.

Levou algum tempo para esvaziar todas as gavetas. Não dava para vê-lo, mas pelos ruídos ela sabia que ele estava chutando os utensílios de cozinha por todo lado e fazendo uma balbúrdia apavorante. Os vizinhos perceberiam. Ela mal havia começado a pensar em uma explicação quando a campainha tocou.

Assustado, o garoto parou imediatamente. De repente estava na soleira, e o medo havia voltado aos seus olhos. Olhou para ela, não em um apelo por ajuda, mas com uma ordem para que esperasse até ele ter se escondido antes de abrir a porta. Sem nenhuma palavra, ele desapareceu dentro do quarto. Ela foi lentamente atrás dele, fechou a porta e foi secando os olhos a caminho da porta da frente.

Era a vizinha de baixo, uma senhora idosa que sabia a maioria das coisas que ocorriam no edifício. Isso não era minimamente estranho, já que ela passava o tempo todo ou sentada à janela da cozinha, de onde tinha uma excelente visão de todas as idas e vindas, ou na porta dos vizinhos, reclamando: do barulho, da música, das pessoas que não seguiam a rota para a lavanderia no subsolo ou que não lavavam as escadas quando era a vez delas.

– Que baderna pavorosa – reclamou ela desconfiada. – Seu filho voltou para casa?

Ela esticou o pescoço seco, na tentativa de olhar o apartamento. Birgitte Håkonsen se fez o mais alta e larga possível.

– Não, ele não voltou para casa. Fui eu, derrubei uma coisa no chão. Desculpe.

– Derrubou uma coisa no chão por meia hora? – exagerou a velha. – Sim, claro que acredito. Está com visitas?

Ela esticou o pescoço ainda mais e, como era mais alta que a mãe de Olav, conseguiu enxergar o retângulo branco ao final do sombrio corredor. Isso, porém, não lhe dizia nada.

– Não, não estou com visitas. Estou totalmente sozinha. E me perdoe pelo barulho. Não vai acontecer novamente.

Quando estava prestes a fechar a porta na cara da vizinha, a velha murmurou sobre chamar a polícia. Ela hesitou por um instante antes de bater a porta, girando também a trava de segurança.

Olav estava sentado na cama com as pernas na posição de lótus. Ele era extraordinariamente flexível para alguém tão robusto. Ele parecia um Buda mais do que nunca. Ela ficou ali observando o filho e nenhum dos dois disse uma palavra. Daí ele gemeu, quase um uivo baixo, antes de estender os braços e erguer o rosto para o teto, fazendo sua pergunta ao espaço vazio:

– O que é que eu vou fazer?

Ela não respondeu, pois ele não estava falando com ela. Virando-se, ela voltou se arrastando para a cozinha para colocar tudo em ordem. O mais silenciosamente possível.

*Era impossível fazer alguém me escutar no que dizia respeito ao DCM. Tentei discutir o assunto primeiro com a creche, mas eles sorriram e disseram que passaria com a idade. Novamente achei que deveria falar com o Serviço de Assistência ao Menor, já que eles não me deixariam escapar uma terceira vez.*

*Então ele começou a escola. Não tinha como não dar errado. Logo no primeiro dia, quando todos os pais estavam presentes, ele se levantou da carteira no meio da primeira aula e saiu da sala. Uma expressão estranha passou pelo rosto da professora, e ela olhou para mim, esperando que eu fizesse alguma coisa. Eu sabia que, se alguém tentasse impedi-lo, o mundo viria abaixo. Então eu dei a desculpa de que ele precisava ir ao banheiro e inventei uma infecção urinária imediatamente. Pouco tempo depois, saí de fininho para encontrá-lo, mas ele não estava em nenhum lugar. Mais tarde constatou-se que ele havia entrado em outra sala de aula, declarando que preferia ficar naquela classe.*

*Não que ele fosse estúpido. Pelo contrário, ele tinha cabeça boa para matemática. E inglês. Ele era excepcionalmente bom em inglês, mas só oralmente. Diziam que talvez fosse porque ele estava vendo televisão demais. Sempre quando ele demonstrava ser bom em algo, dominar alguma coisa, eles conseguiam transformar em algo negativo que geralmente era culpa minha.*

*Antes do fim do 1º ano, ele era o excluído da escola. Os outros aluninhos o excluíam e os alunos do 5º e 6º ano o provocavam e persuadiam a fazer as coisas mais inacreditáveis. No dia 17 de maio, Dia Nacional da Noruega, ele conseguiu descer a bandeira no mastro da escola enquanto todos escutavam um discurso proferido por uma aluna do 5º ano, loira e meiga, que falava sobre o poeta norueguês Wergeland, sobre o desfile, a liberdade de crianças e a guerra, até que ela subitamente ficou em silêncio e apontou para a enorme bandeira hasteada a meio mastro. Cortada em longas tiras, a bandeira esvoaçava livremente com Olav ao lado do mastro, pulando de alegria e brandindo uma tesoura enquanto olhava triunfante para um grupo de alunos do 6º ano que estavam na parte de trás da multidão, dobrados de tanto rir. Eu não aguentava mais e simplesmente fui embora. Horas depois, ele chegou em casa trazendo cem coroas. Ele tinha feito uma aposta com os grandalhões. Quando tentei explicar que ele poderia ter me pedido o dinheiro em vez de fazer aquilo, ele me olhou surpreso, com aquele sorriso estranho que eu nunca fui muito capaz de compreender.*

No começo, ele era convidado para festas de aniversário. Pelo menos durante o 1º ano. Ele sempre voltava para casa feliz e de bom humor, mas eu realmente nunca descobri como as coisas tinham sido. Então de repente ninguém mais o convidou, e partia meu coração ver a cara dele observando as outras crianças do bairro saindo arrumadinhas em bando para as festas e levando presentes. Inicialmente, ele ficava sentado à janela e, todas as vezes em que tentei sugerir que encontrasse algo divertido para fazer, ele me afastava e ligava a TV.

Essa era a única coisa que, estritamente falando, não se ajustava bem ao diagnóstico de DCM. Ele podia ficar sentado por horas diante da TV. Ele ficava totalmente absorvido, e era impressionante o quanto entendia. Quando bebê, ele era completamente desinteressado de programas infantis, mesmo que eu tentasse fazê-lo assistir. Quando começou o 2º ano, ele assistia de tudo. A impressão que dava era que ele tinha a mesa satisfação em assistir a desenhos voltados para crianças bem pequenas quanto noticiários e filmes de ação. Eu sabia que ele não deveria ver todos os tipos de filmes, mas parecia que ele nunca ficava com medo. Exceto em uma ocasião. Eu já estava indo para a cama, mas ele, como tinha começado a ver um filme, se recusou a ir dormir. Tentei convencê-lo subornando-o com dinheiro, pois ele tinha que levantar cedo para ir à escola no dia seguinte. Mas estava fora de cogitação. Assisti ao filme, *Alien*, durante alguns instantes. Pelo que eu vi, a personagem principal era uma mulher, então achei que não poderia ser tão perigoso e fui me deitar.

No meio da noite, ele entrou e me acordou. Apesar de não estar chorando, estava evidentemente nervoso e perguntou se poderia dormir na minha cama, algo que não fazia desde pequeno. Eu o deixei se aconchegar em mim e passei os braços em torno dele. Ele me afastou, mas aceitou que eu ficasse deitada perto dele. Ele mal dormiu a noite toda.

No dia seguinte, tudo foi completamente esquecido. Perguntei a ele o que tinha visto de tão horripilante, mas ele apenas sorriu.

Na escola haviam determinado que ele cumprisse quinze horas semanais com um professor assistente. Embora ele tivesse conseguido acompanhar o trabalho na maioria das disciplinas no 1º ano e no começo do 2º, a inquietação dele era tão prejudicial que tinha começado a ficar para trás. Acima de tudo, o papel do professor assistente era fazê-lo ficar quieto na sala de aula, mas também trabalhavam individualmente durante algumas horas.

Olav gostava do assistente, um jovem que também era simpático comigo. Fiquei receosa no começo, mas ele ria muito e me passava a impressão de que gostava do meu garoto. Às vezes, acompanhava Olav até em casa, e o garoto ficava quase irreconhecível, não a ponto de me escutar ou obedecer, mas quando o assistente lhe dava instruções ele aceitava sem reclamar.

Certa vez o jovem assistente me ligou tarde da noite. Olav já tinha ido dormir, pois estava cansado e com febre. Foi mais ou menos na época em que tinha começado o 5º ano. O assistente queria saber se eu achava difícil estabelecer limites para o meu filho. Ele estava tentando me dizer que eu não estava "educando direito", nas palavras dele. Se eu quisesse, ele poderia vir conversar comigo pela manhã, quando ele não tinha aula com Olav e eu estaria sozinha em casa. Ele tinha entrado em contato com o Serviço de Assistência ao Menor, admitiu ele, e tentou adotar um tom de voz ameno enquanto me informava que haviam visto com bons olhos o fato de ele se encarregar da tarefa como uma espécie de consultor particular.

Serviço de Assistência ao Menor. Consultor particular. As palavras eram como facas no meu coração. O assistente, que era um convidado em minha casa, fazia refeições ali, ria, bagunçava o cabelo do meu filho e era tão agradável e gentil comigo... Ele havia falado com o Serviço de Assistência ao Menor.

Eu apenas desliguei o telefone.

Dois dias depois, os representantes do Serviço de Assistência ao Menor estavam na minha porta.

Diante de Billy T., havia meio litro de cerveja em um copo que cintilava com as gotas escorrendo, com um delicioso colarinho de espuma no topo. Hanne se contentou com uma Munkholm. Sem vida e sem brilho, o topo era uma camada fina e branca que mal podia ser honrada com o nome de espuma.

– Fale-me sobre ocultação de informação importante – pediu Hanne em voz baixa, para não ser ouvida pelas mesas vizinhas.

Haviam sentado a uma mesa mais ao fundo e em uma área elevada nas reentrâncias mais ocultas do bar. Um proprietário mais pretensioso provavelmente chamaria de mezanino, mas ali o espaço era conhecido como plataforma.

– Sim, é bastante grave, para dizer o mínimo – admitiu Billy T., bebendo um gole amplo da cerveja. – Estúpido da minha parte não ter perguntado quando estava interrogando o cara.

Hanne não fez nenhum comentário sobre a falha do colega.

– Isso significa que a probabilidade de o perpetrador *não* ter ido para matar a Agnes é alta – continuou ela. – Essa questão da faca andava me perturbando. É uma arma desajeitada. Nada confiável. Incomum.

– Bem, há muitos crimes com faca neste país – observou Billy T.

– Sim, mas não são assassinatos premeditados! Quem planeja um assassinato com antecedência provavelmente não escolhe uma faca como arma. Facas têm a ver com... o centro da cidade em uma noite de sábado, brigas, bobagens de bêbado, festas, férias em chalés debaixo de uma chuva torrencial quando pessoas começam a discutir. E geralmente um acusado ferido ainda por cima.

– Então você acha que a pessoa em questão foi até lá por algum outro motivo, as coisas degringolaram e ele ou ela pegou a faca quase que em um impulso? Por falta de coisa melhor, por assim dizer?

– Precisamente. É exatamente o que eu quis dizer.

A comida foi servida. Hanne pediu salada de frango; a Arca de Noé era o único lugar na cidade onde o frango na salada era servido chiando de tão quente. Billy T. se lançou em um *kebab* duplo.

Comeram em silêncio por vários minutos. Hanne ajeitou a faca e o garfo no prato e sorriu ironicamente, olhando de forma oblíqua para o colega:

— Como estão as coisas com aquela mulher que você conheceu nas Ilhas Canárias?

Ele não se dignou a responder e continuou comendo com o mesmo entusiasmo.

— Aquele seu bronzeado dourado está começando a desbotar. O mesmo acontece com o seu romance?

Ele a espetou de lado com o garfo e falou com a boca cheia de comida.

— Não seja inconveniente logo agora. Eu não quero falar sobre isso.

— Qual é, Billy T. Conte mais.

Ela aguardou com paciência até que Billy T. terminasse a refeição. Em pouco tempo, ele finalmente limpou a barba com o antebraço, esvaziou o meio litro de cerveja do copo e, pedindo mais uma com um sinal de mão, bateu os punhos na mesa.

— Não significou nada.

— Não?! Mas você estava tão empolgado uma semana atrás!

— Estava, não estou mais.

Ela reconsiderou e assumiu uma expressão séria.

— O que há de errado, Billy T.?

Parecendo irritado, ele colocou uma quantidade desnecessária de energia na tentativa de chamar a atenção do garçom, já que ele não havia respondido ao gesto anterior.

— Como assim?

— O que há de errado com você e as mulheres?

Billy T. tinha quatro filhos. Todos de mães diferentes. Ele não tinha ficado com nenhuma delas tempo suficiente de ter o menor vislumbre para tomar a decisão de morar juntos. Mas ele amava os filhos apaixonadamente.

— Eu e as mulheres? Dinamite, é isso!

Ele finalmente recebeu outro copo de cerveja. Permanecendo sentado, desenhou corações na superfície úmida do copo.

— Não suporto encheção – acrescentou ele.

— Encheção?

— Isso.

– Que tipo de encheção?

– Toda aquela encheção de mulher. Tipo "não dá para prestar um pouquinho de atenção em mim também?". Gosto de fazer tudo o que eu quero. Se uma mulher quiser agir dessa forma comigo, ótimo. Só que depois de um tempo, elas não querem mais fazer isso. Daí a encheção começa. Simplesmente não sei lidar com isso.

– Trauma de infância – concluiu Hanne com um sorriso.

– Provavelmente.

– Mas você... Por quê... – ela se deteve com um sorriso constrangido.

Ele nunca soube o que ela estivera prestes a perguntar, pois algo subitamente lhe ocorreu. O olhar dele se tornou distante e, talvez para evitar mais perguntas sobre sua vida pessoal tortuosa, voltou à informação mais recente do viúvo.

– O que será que aconteceu com as *outras* facas?

– O que... – ela parou ao perceber a implicação da pergunta.

– Sim, deveria haver outras três ou quatro facas amoladas em algum canto. Você está certo. Será que o assassino levou as facas com ele?

– Talvez tenha levado. Mas por que, raios, ele faria isso?

Hanne ficou olhando para a garrafa de Munkholm com uma expressão vaga, sem receber nenhuma ajuda em troca. Então ela voltou a atenção para um bate-boca que se agravava em uma das entradas, onde duas figuras exaustas vindas do parque queriam entrar. O garçom de cabelos escuros empregava todas as suas reservas de diplomacia e discrição e, em troca, recebia uma enxurrada de comentários grosseiros e racistas. Imune a isso, conseguiu mandar os velhos embora.

– Acho que eu sei – exclamou ela. – Se eu estiver certa, podemos realmente estreitar a busca pelo assassino.

Hanne estava pensativa em vez de triunfante. Correndo os olhos pelo recinto, ela conseguiu chamar atenção do garçom mais uma vez.

– Oi, será que você poderia me emprestar quatro ou cinco facas da cozinha? Apenas por um instante. É para... uma aposta.

O garçom pareceu surpreso, mas deu de ombros e voltou com quatro facas grandes e gastas mais ou menos um minuto depois.

Levantando-se, Hanne colocou as facas sobre a mesa à direita de Billy T.

– Vamos supor que elas estivessem desse lado. O princípio é o mesmo. Sente-se como se estivesse concentrado em algo na sua frente.

Billy T. contemplou atentamente as migalhas no prato. Colocando-se atrás dele, Hanne pegou a faca maior da mesa, puxou-a para trás em um movimento de grande efeito e simulou outro em câmera lenta na direção da espinha dorsal do colega, permitindo que a ponta da faca o golpeasse nas costas.

– Ai!

Ele girou e tentou massagear o local dolorido com a mão direita, mas o movimento lhe causou dor no ombro. O local havia ficado muito mais silencioso, e espectadores curiosos das mesas em volta olhavam alarmados para os dois.

– Você viu isso? – perguntou Hanne ansiosamente, recolocando a faca na mesa. – Reparou no que aconteceu? Quando eu peguei a faca?

– Claro que reparei – respondeu Billy T. – Caramba, claro que reparei. Hanne, você é um gênio!

– Tenho total consciência disso – replicou a inspetora chefe com ar presunçoso.

Completamente entusiasmada, ela pagou a despesa dos dois, embora Billy T. tivesse consumido muito mais álcool.

– Mas, Hanne – disse Billy T., parando subitamente ao chegarem à calçada –, se isso que você está pensando tiver alguma relevância, então podemos esquecer tanto o amante quanto aquele tal do Hasle sem a carteira de motorista.

– Bem, Billy T. – disse Hanne Wilhelmsen –, embora a gente tenha agora uma teoria muito boa, nunca devemos nos limitar. Ainda precisamos explorar todas as possibilidades. É elementar!

– Está bem, Sherlock – brincou Billy T. com um sorriso galhofeiro.

Não conseguindo se conter, ele plantou um beijo nos lábios dela.

– Eca – exclamou Hanne, enxugando a boca expressivamente, embora sorrisse amplamente.

***

Em um apartamento triste em um bairro mais triste ainda, um vendedor de carros extremamente assustado estava sentado bebendo cerveja. Havia doze garrafas em um círculo diante dele na mesa, de pé como estúpidos soldados de chumbo. Ele as organizou em padrões, alterando a disposição a cada cinco minutos. Sua habilidade de movê-las em posições diferentes sem derrubá-las o convenceu de que ainda não estava suficientemente bêbado para tentar dormir um pouco.

Bem no centro do círculo, havia um talão de cheques. O talão de cheques de Agnes Vestavik. Faltavam apenas quatro folhas. Uma havia sido usada quando roubou o talão da bolsa dela, de maneira espantosamente fácil, quando ela estava no banheiro. Ele nem pensou; as mãos simplesmente agiram de comum acordo. Ele sabia que estava enfiado lá dentro porque ela o usara ao pagar a refeição deles pouco antes. Sem hesitação, tirou a carteira de couro da bolsa e escondeu-a no bolso amplo do casaco. Bem no momento em que reconsiderava a ideia, ela apareceu sorrindo do toalete, perguntando se estavam prontos para partir.

Os três outros cheques haviam sido usados para sacar três somas idênticas de dinheiro, de três agências bancárias diferentes, em três locais diferentes de Oslo. Primeiro em Lillestrøm. Correu tudo muito bem, embora a patética barba falsa tivesse quase caído porque ele suava feito um porco. Ele usou a carteira de motorista que alguém havia deixado dentro de um carro que ele emprestara para um test-drive. Idade e feições de certa forma correspondiam, e a mulher no guichê mal lhe dispensara um olhar antes de contar dez notas de mil coroas sobre o balcão e soar a sineta para o próximo cliente. Ele quase não conseguiu reunir ousadia para pegar o dinheiro, mas a mulher olhou para ele com impaciência, empurrando as notas em sua direção com um gesto de irritação. Esforçando-se para controlar o tremor das mãos, murmurou algumas palavras de agradecimento e saiu do banco o mais devagar possível. Ele havia estacionado o carro a alguns quarteirões, mais perto da estação de trem. Escolhera um estacionamento discreto, onde o veículo dele era apenas mais um entre vários outros.

De fato, ele era vendedor de carros e às vezes também vendia um ou dois carros usados. Ele havia feito uns cortes de gastos aqui e ali e, de vez em quando, se dava conta de que era um tanto patife, mas nunca na vida havia cometido um crime. Tinha sido fácil demais. E absolutamente desagradável. Com dez notas de mil coroas farfalhando na carteira, ele dirigiu até Sandvika para descontar o cheque seguinte. Ele teria que agir rápido, antes que ela percebesse a perda do talão e bloqueasse a conta.

Na segunda agência, o procedimento também correu tranquilamente. Ele tinha secado o rosto e não suava tanto sob a barba falsa, que conseguira posicionar melhor. Escolheu estacionar no enorme shopping e ir a pé até o banco no centro de Sandvika. A agência ficava a cinco minutos de caminhada dali. A moça olhou um pouco severamente para ele, mas podia ter sido porque ele hesitou quando ela pediu que mostrasse o documento de identidade. Na confusão, ele quase entregou o próprio documento, mas percebeu a tempo e o guardou de volta. No nervosismo, sem saber ao certo se ela tinha visto as duas carteiras de motorista, ele manuseou tanto a outra que seu comportamento se tornou suspeito. Todavia, obteve o dinheiro e decidiu que era hora de parar.

20 mil coroas. Quanto Agnes realmente teria? Será que os caixas verificavam se havia saldo suficiente na conta antes de entregar o dinheiro? Ele tentou puxar pela memória, mas foi em vão.

Ele estava se dirigindo para Asker. Em um momento, persistia na decisão de dar um fim em tudo, no outro cobiçava mais. O carro manteve o mesmo percurso, impassível ao caos que o devastava.

Ao entrar na agência, ocorreu-lhe que todos os bancos tinham câmeras de segurança. É óbvio que ele já sabia disso, por isso era tão conveniente que o homem na fotografia ostentasse uma barba. Além disso, estava usando um boné velho que ele tirou de um baú no sótão.

Todavia, ao entrar na terceira agência bancária, foi subitamente tomado pelo medo, talvez porque fosse a única pessoa no local.

– Em que posso ajudá-lo? – perguntara um jovem sorridente, fazendo sinal para que se aproximasse.

Era tarde demais para voltar atrás, então ele pôs sobre o balcão o último cheque.

– Infelizmente, os computadores estão fora de serviço, terei que fazer uma ligação – avisou o jovem, abrindo um sorriso ainda mais largo enquanto examinava o cheque.

– Posso voltar depois – gaguejara ele enquanto estendia a mão para reaver o cheque.

– Não, não – protestou gentilmente o homem, retraindo o braço. – Só vai levar um instante.

E foi isso mesmo. No minuto seguinte, ele deixava o prédio com mais dez notas de mil coroas e uma dor lancinante sob o esterno.

E agora ele estava ali sentado, bebendo. A décima terceira garrafa de cerveja estava vazia, e ele moveu as garrafas em um novo padrão: uma forma angular, ou um voo de ganso seguindo para o sul, ou uma ponta de flecha gigante. A garrafa da frente apontava diretamente para ele.

– Puf – disse baixinho. – Já era.

Abriu a décima quarta. Será que ele não podia derrubar logo uma garrafa?!

Agnes havia descoberto, ele tinha quase certeza, pois ela perguntou se, por acaso, ele havia visto o talão dela. Assim, de súbito, sem absolutamente nenhum tipo de conotação. Algo que o convenceu de que ela suspeitava dele. Claro que ele negou, e claro que ela sabia. Ela comentou que pedira ao banco que investigasse se o talão havia sido utilizado e que receberia um retorno no dia seguinte.

Mas que merda! Ele tinha certeza absoluta que ninguém sabia sobre o relacionamento dos dois. Nunca havia escrito para ela porque ele nunca escrevia nada que não fossem contratos.

Quanto tempo levaria até que a polícia descobrisse os cheques?

Levantou-se abruptamente, derrubando duas garrafas. Uma caiu no chão, mas não quebrou.

Finalmente, podia tentar dormir um pouco. Cambaleando até o quarto, desmoronou na cama, ainda de roupa. Demorou um tempo até que ele finalmente apagasse.

O talão ainda estava lá na mesa, rodeado por treze garrafas vazias.

# 9

**Aquele era o primeiro dia verdadeiramente bonito em séculos.** Embora ainda estivesse frio e a temperatura não ultrapassasse 0° Celsius, havia certa promessa flutuando na brisa, indicando que a primavera não estava absurdamente distante. Os grandes gramados ao redor da piscina de Tøyen começavam a perder a cobertura de neve, e um ou outro tufo de grama arriscava surgir acima do solo, embora as flores de dente-de-leão ainda tivessem o bom senso de manter a cabeça baixa. O azul-celeste do céu era intenso e, embora o sol tivesse apenas acabado de despontar no horizonte, Hanne Wilhelmsen lamentou não ter levado os óculos escuros.

Na pequena colina entre uma enorme e pesada estátua de pedra clara e Finnmarksgata, ao abrigo de alguns arbustos e a uma altura suficiente da estrada pela qual os motoristas trafegavam sem prestar especial atenção ao que estava em andamento, vários colegas do Departamento de Trânsito haviam se posicionado e instalavam um radar de velocidade. "Maldosos", pensou Hanne sorrindo. Havia duas pistas de tráfego nos dois sentidos, com uma barreira substancial entre elas, quase parecida com uma via expressa. Qualquer motorista com certa experiência presumiria automaticamente que o limite de velocidade fosse de pelo menos 60 km/h. Portanto, dirigiam a 70 km/h. O que eles não percebiam é que não havia placas no local e que o limite normal de velocidade era de 50 km/h, como em qualquer outra área urbana.

Finnmarksgata era uma das fontes de rendimento mais confiáveis do estado.

Demorando-se para vê-los autuar os dois primeiros infratores, ela então continuou seu caminho, balançando a cabeça. Atravessou Åkebergveien às 7h20 e, meio minuto depois, estava no elevador da delegacia. Por acaso o superintendente estava lá na mesma hora. Grande e musculoso, ele era um homem firme, mas acima de tudo extremamente viril. A roupa era deselegantemente justa, algo que parecia sinal de desleixo, mas a força do rosto largo e a cabeça calva o tornavam de certa forma atraente, uma impressão intensificada pela disposição singularmente calma e agradável. Geralmente. Naquele instante ele nem ao menos lhe dispensou um olhar.

– Deus ajuda quem cedo madruga – murmurou ele para o próprio reflexo no espelho.

– Sim, muita coisa para fazer – replicou a inspetora chefe Wilhelmsen, ajeitando o cabelo no mesmo espelho.

– Poderia dar um pulo no meu escritório?

O elevador tilintou ao abrir das portas, e os dois saíram para a galeria que circundava o enorme *foyer*.

– Agora?

– Sim. E traga um café para mim.

Ela se sentiu pegajosa de suor, antecipando algo desagradável, quando entrou em sua sala para pegar a xícara decorada com seu signo do zodíaco. Na recepção, ninguém havia ainda ligado a máquina de café. Sem nenhuma pressa, ela encheu o reservatório com água e colocou as oito colheres de medida necessárias. A recepcionista apareceu quando a máquina começava a gorgolejar.

– Muuuito obrigada, Hanne – a gratidão que ela exibiu foi tamanha que Hanne achou ter detectado um toque de ironia. Era feitas tantas jarras de café na recepção que Hanne às vezes se perguntava se era essa a razão para nunca estarem em dia com todas as coisas de que realmente deveriam se encarregar.

Depois de servir café para si mesma e pegar outro em um copo de papel descartável para o chefe, ela bateu na porta adjacente à recepção. Não ouvindo resposta, bateu mais uma vez e, ainda não vindo nenhuma reação, embora tivesse certeza de que ele estava lá dentro, arriscou abrir a porta cautelosamente. Tarefa difícil com um copo em cada mão, por isso derrubou o copo de papel no chão. O café respingou-lhe nas pernas, queimando-a mesmo através dos jeans grossos.

O superintendente riu animadamente.

– É o que acontece quando se dispensam as boas maneiras – disse ele, depositando o fone. – Astrid! ASTRID!

A recepcionista apareceu com a cabeça na porta.

– Apanhe isso aí e seque o chão, por gentileza.

– Mas eu posso... – começou Hanne, mas foi interrompida.

– Sente-se.

Ela olhou para a secretária como quem se desculpa. A moça, com os lábios firmemente pressionados, desperdiçou meio rolo de papel-toalha, absorvendo o café com movimentos curtos e revoltados antes de fechar a porta para os dois policiais. Nenhum deles havia dito uma palavra enquanto ela limpava. Hanne sentiu-se extremamente desconfortável.

– Está gostando de ser inspetora chefe, Hanne? – perguntou ele, fazendo contato visual com ela.

Ela encolheu um pouco os ombros, sem saber ao certo para onde a conversa estava indo.

– É bom. Às vezes, muito; outras, nem tanto. Não é assim que a banda toca?

Ela sorriu com cautela, mas ele não retribuiu a gentileza.

Ele tomou um gole do café que Astrid, irritada, havia colocado diante dele com tanta força que derramou um pouco. Percebendo um leve círculo marrom sobre o bloco de rascunho, ele passou o dedo rechonchudo, transformando a mancha em uma cara parecida com a do Mickey Mouse.

– Você era uma detetive fora de série, Hanne. Você sabe disso, assim como eu e muitos outros aqui da unidade.

Um *mas* colossal pairava, trêmulo, no ar entre eles.

– Mas – disse ele finalmente – você deve ter em mente que ser inspetora chefe é diferente. Você tem que comandar. Você tem que coordenar. E você deve *confiar* em seus subordinados. Esse é o propósito. Se Billy T. foi nomeado investigador principal no caso do assassinato no orfanato, então é ele quem tem que fazer a investigação. Tudo bem e louvável que você esteja interessada e queira acompanhar as coisas, mas tome cuidado para não enfraquecer seu pessoal.

– Billy T. certamente não se sente enfraquecido – objetou Hanne, sabendo que o chefe tinha certa razão.

– É claro que ele não se sente – observou o superintendente, surpreendentemente cansado e rendido, considerando a hora do dia. – Vocês dois são amigos. Ele adora trabalhar com você. Meu Deus, o homem nunca teria se candidatado a um cargo fora da Unidade de Intervenção às Drogas se não fosse por você. Mas você tem outros detetives trabalhando na equipe também. Pessoas inteligentes, ainda que jovens e inexperientes.

– Eles reclamaram?

Hanne percebeu que ele poderia muito bem achar que ela estava se sentindo injustiçada e esperava que compreendesse que não era o caso.

– Não, eles não reclamaram. Mas sinto que tem alguma coisa. E percebo que você socializa demais. Por outro lado, é difícil encontrá-la. Você está quase sempre fora fazendo alguma coisa.

Ele bocejou interminavelmente, coçando a orelha com uma caneta.

– Apoiei você para esta função, Hanne. Não há muitos oficiais na sua idade que cheguem a cargos de inspetor chefe. A única razão de não ter havido mais reclamação é que todos sabem quanto você é inteligente. Não permita que essa crítica piore as coisas, está bem? Eu ainda acho; na verdade, sei, que você pode se tornar uma inspetora chefe tão boa quanto era detetive. Mas você precisa dar uma chance ao trabalho. Evite ser tanto uma inspetora chefe apagada quanto uma oficial de luxo, está bem?

Dava para ouvir conversas e risadas altas lá da recepção. A sede da polícia estava cada vez mais cheia de pessoas que aceitariam o emprego de Hanne Wilhelmsen sem pestanejar. Um emprego que ela, naquele exato momento, gostaria acima de tudo de atirar pela janela. Sentia-se desanimada, não porque odiasse ser repreendida, mas porque sabia, no fundo do coração, que ele estava certo. Ela nunca teria concordado em se candidatar. Foi aquele *idiota* do Håkon Sand que havia feito a cabeça dela. Repentina e inesperadamente, ela sentiu uma imensa falta dele.

Billy T. era um grande sujeito e eles estavam bem entrosados, entendiam um ao outro, não raro antes que qualquer um dos dois tivesse dito uma palavra.

Håkon Sand, o advogado de polícia com quem ela havia trabalhado por tanto tempo, entre outros casos, em uma meia dúzia de assassinatos dramáticos e sensacionalistas, era um pateta que avançava trôpego pela vida um ou cinco passos atrás de todos os outros. Mas ele era prudente. Ele escutava. Ela o desapontava repetidas vezes, mas ele continuava simpático e prestativo. Na semana anterior, ele havia ligado para ela convidando-a para jantar em casa e ver o filho dele, com quase três meses de idade. O garoto tinha o nome dela; na verdade, uma versão masculina de seu nome; chamava-se Hans Wilhelm. Håkon a convidara para ser a madrinha do filho, uma oferta que ela, embora lisonjeada, teve de recusar, pois não poderia contar mentiras em uma igreja. Todavia, ela participou do batismo, que tinha acontecido no mês anterior, embora tivesse precisado sair mais cedo. Apesar da decepção, Håkon sorriu e encorajou-a a telefonar em breve para ele. Ela havia se esquecido completamente disso, até que ele, feliz como sempre, ligou na semana anterior. No entanto, ela não conseguiu remanejar nenhum dos dias que ele havia sugerido.

Ela sentia falta de Håkon. Telefonaria para ele naquele mesmo dia.

Mas primeiro ela tinha que elaborar algo para dizer ao seu não muito satisfeito chefe. E não fazia a menor ideia de como começar.

– Vou fazer um esforço – começou ela. – Assim que este caso estiver resolvido, vou realmente fazer um esforço.

– E quanto tempo isso vai levar, Hanne?

Ela se levantou, mas, percebendo um brilho irritado nos olhos dele, sentou novamente.

– Na melhor das hipóteses, um dia e meio. Na pior, uma semana.

– Como é que é?

Hanne conseguira impressioná-lo, e com isso o humor dela havia se elevado alguns níveis.

– Se morderem a isca que eu lancei, a maior parte do caso estará concluída no fim da semana.

– Sim, sim, tudo bem então – concordou ele. – Então pelo menos você terá provado o que nós já sabemos. Você é boa em *investigação*!

Ele indicou que ela poderia ir, e Hanne fez uma oração silenciosa quando fechou cuidadosamente a porta.

"Só espero não ter sido linguaruda demais dizendo isso..."

\* \* \*

Uma hora depois, o parceiro sobrevivente do casamento de Agnes Vestavik chegou à delegacia de polícia na Grønlandsleiret 44, às 9 horas em ponto. Ele estava vestido formalmente, como na visita anterior, mas a difícil última semana havia lhe custado alguns quilos no peso. Desta vez Billy T. tinha mais simpatia pelo homem, algo que ele admitiu para si mesmo com certa irritação.

Todavia, a figura diante dele teria obrigado o cínico e rígido detetive a exibir um toque de simpatia. As mãos do homem estravam trêmulas, e seus olhos haviam adquirido uma cor vermelha permanente, desde a pele macia em volta até o branco dos globos oculares. A pele estava pálida e úmida, e Billy T. convenceu-se de que os poros do rosto não estavam tão proeminentes no primeiro encontro.

– Como vai, Vestavik? – perguntou ele em tom tão amistoso que o homem olhou surpreso para ele. – As coisas estão muito difíceis?

– Sim. À noite é pior. Durante o dia, tenho muita coisa para fazer. Os garotos estão em casa novamente; o mais velho tirou uns dias de afastamento da Folk High School para me ajudar com a Amanda. Embora minha sogra seja fora de série, não é tão fácil assim... Você sabe, sogras...

Billy T. nunca na vida havia precisado se relacionar com uma sogra, mas mesmo assim fez que sim com a cabeça. Provavelmente elas não eram nem um pouco melhores que as filhas quando as coisas davam errado.

– Então agora você preferiria que ela fosse embora, é isso?

O homem concordou com a cabeça, grato por toda aquela inesperada compreensão.

– Bem – disse Billy T. –, isso pode ser conseguido facilmente.

Inclinando-se para a esquerda, ele abriu uma gaveta e tirou um grande saco plástico transparente onde havia uma faca de cozinha com cabo de madeira. Ele o colocou diante de Odd Vestavik, que instintivamente recuou na cadeira.

– Foi lavada. Não tem sangue nela – tranquilizou-o Billy T.

O outro homem estendeu uma mão magra para o saco, mas parou no meio do gesto, olhando inquisitivo para Billy T.

– Está tudo bem – falou o policial. – Apenas olhe mais atentamente.

O homem examinou o objeto por muito tempo. Desnecessariamente muito tempo. Billy T. encolheu os ombros compadecido de Odd. Sentado ali, aquele pobre homem tinha que examinar a faca que havia sido cravada nas costas da esposa. E que antes disso talvez tivesse cortado inúmeras fatias de carne para sanduíches que os filhos levariam à escola, usada em uma cozinha aconchegante, no cerne de uma simpática família nuclear.

– É de vocês?

– Não posso jurar que esta aí seja a nossa – respondeu o homem calmamente, sem tirar os olhos da faca. – Mas tínhamos uma igualzinha a esta. Absolutamente idêntica, até onde me lembro.

– Tente encontrar alguma marca particular – encorajou Billy T. – No cabo, por exemplo. É de madeira, então pode ter alguma característica especial. Há vários entalhes nela.

Para ser prestativo, ele se inclinou para a frente e apontou para a parte inferior do cabo.

– Aí, veja. É como se alguém tivesse entalhado algo nela.

O homem ficou olhando por um tempo para a ranhura antes de balançar a cabeça vagarosamente.

– Não, não posso dizer que me lembro.

Agora ele parecia quase constrangido.

– Eu nunca fui muito de cozinha. Éramos um pouco... um pouco antiquados nesse aspecto.

– Eu também não gosto de cozinhar – consolou Billy T. – Cozinho só porque preciso. Mas você ao menos tinha uma faca assim?

– Sim. Teria sido mais fácil se eu pudesse ver outras facas. Daí eu seria capaz de ter certeza absoluta.

Ele olhou para o policial com ar interrogativo. Billy T. aproveitou a oportunidade para fazer e manter contato visual.

– As outras facas se foram – ele disse brandamente.

O homem não mostrou surpresa, mas ergueu as sobrancelhas em uma expressão de perplexidade quase imperceptível.

– Suspeitamos que o assassino tenha levado as facas com ele.

– Levado com ele?

Agora seu espanto era mais nítido.

– Para que, diabos, alguém iria querer aquelas facas?

– Isso precisará continuar um segredo entre o assassino e a polícia. Pelo menos por enquanto.

Billy T. devolveu a faca à gaveta e levantou-se.

– Lamento que você tenha tido que vir novamente à delegacia – falou ele, estendendo a mão. – Espero que esta seja a última vez que tenhamos de importuná-lo.

– Oh, não foi nada – replicou o homem, levantando-se também.

Ele parecia tranquilo e muito mais velho do que seus quase 50 anos. Inconsolável, ele apertou a mão estendida.

– Vocês conseguirão resolver isso? – perguntou ele com um tom de voz pessimista.

– Sim, pode ter certeza disso. Muita certeza.

Enquanto o sr. Vestavik foi se afastando pelo corredor, Billy T. experimentou um dos agradáveis momentos em que era uma alegria ser policial. Uma verdadeira alegria. A próxima vez em que fosse falar com aquele homem seria para contar que eles sabiam quem havia assassinado a esposa. Ele tinha 100% de certeza disso.

– Está bem... 90%, vai – murmurou ele, corrigindo-se.

\*\*\*

Hanne Wilhelmsen não havia se recuperado totalmente daquela leve repreensão matutina, mas tentava não descontar em Tone-Marit e Erik. Os três estavam debruçados sobre a balaustrada, espiando o *foyer* lá embaixo, onde uma equipe de TV passava pelas grandes portas de metal, carregando uma quantidade enorme de equipamentos. Um homem discutia com um dos plantonistas no balcão, e Hanne imaginou que fosse a corriqueira discussão sobre a possibilidade de a emissora estatal, a NRK, estacionar em uma vaga de deficiente bem diante da entrada ou teria que encontrar uma vaga livre muito mais longe. O policial venceu, naturalmente, e o homem de TV desapareceu porta afora, balançando a cabeça, para tirar o veículo.

– Os plantonistas acham que são donos do lugar – comentou Hanne.

Tone-Marit pareceu prestes a defender os colegas, mas preferiu não fazê-lo.

– Bem, pessoal – começou Hanne, mudando de assunto com animação dissimulada. – Temos muito a fazer. Quero que você, Erik, intime todos os funcionários novamente. Novos interrogatórios. O mais importante é trazer esse Eirik não sei de quê, o tal que encontrou o corpo. Quero que isso seja feito imediatamente. Ele ainda está afastado por doença, então você poderia fazer isso hoje.

– Você mesma quer interrogá-lo?

Ela quase disse que sim, mas rapidamente mudou de ideia, sorrindo para a policial ruiva.

– Não, conduza você o interrogatório. Mas vou anotar alguns pontos fundamentais que precisamos esclarecer. Confio que você vai fazer um bom trabalho.

Tone-Marit foi orientada a se dedicar à intimação dos demais e foi informada que todos os interrogatórios deveriam acontecer antes do fim de semana, indicando que eles tinham um dia e meio para a realização. Os dois jovens trocaram olhares expressivos, mas, antes que pudessem protestar, Hanne acrescentou:

– Façam o melhor que puderem. Se houver muita coisa a fazer, podem recrutar alguns estagiários. Mas estou confiante de que vocês darão conta.

Billy T. chegou desajeitado do outro lado da galeria.

– Olá, Hanne!

Ela se virou para ele.

– Maren Kalsvik ligou, queria falar com você. Ela disse que tinha um horário para vir aqui hoje, às 12 horas. Confere?

– Sim.

– Está um caos lá no orfanato. Ela perguntou se poderia vir amanhã. Tudo bem?

Certamente não estava. Por outro lado, não era nada surpreendente que o trabalho estivesse exigindo muito da nova chefe, já que pessoas estavam caindo mortas como moscas ao redor dela.

– Tudo bem, mas você terá que falar com ela. Tenho outros planos para amanhã de manhã.

Ele ruminou por um momento e então fez que sim com a cabeça.

– Posso ligar e marcar um novo horário – sugeriu ele gentilmente.

Então todos eles deixaram a sala, seguindo caminhos diferentes.

\*\*\*

Foi fácil contatar Eirik Vassbunn, já que ele estava dormindo em casa. Erik Henriksen havia deixado o telefone tocar doze vezes antes que uma voz letárgica dissesse "alô" do outro lado. Como Eirik estava tomando sedativos, o policial autorizara pagamento para que um táxi o levasse à Grønlandsleiret 44.

Agora Erik Henriksen se perguntava se o homem estava em condições de ser submetido a interrogatório. Havia vários dias ele não chegava nem perto de uma gilete, e o rosto estava sujo. Ele cheirava mal, e o odor tomou conta tão rapidamente da salinha que Erik Henriksen cogitou abrir a janela.

– Estou horrível – reconheceu o homem, fungando um pouco. – E estou fedendo. Mas você disse que era urgente.

Ele estendeu a mão para um copo de água que o policial havia colocado diante dele.

– Minha boca fica muito seca por causa desses remédios – murmurou ele, bebendo toda a água de uma vez.

O policial serviu mais um pouco de água.

– Você está bem? Quero dizer, vai conseguir falar comigo?

O homem levantou o braço e fez um movimento de rastejo. Depois curvou a cabeça.

– Vou ficar bem. Pode mandar ver.

Eirik Vassbunn trabalhava no Orfanato Spring Sunshine havia apenas um ano. Até então, tinha experiência de quatro anos em serviço de primeira linha, algo que era um mistério para o policial, mas ele diligentemente registrou a informação com dois dedos hesitantes sobre o teclado, sem revelar a falta de conhecimento. Vassbunn era um assistente social qualificado, solteiro, com uma filha de 7 anos de um relacionamento anterior. Ele não tinha antecedentes criminais, mas lembrou que algum tempo atrás havia recebido uma multa por velocidade. Nascido em 1966, sempre morou em Oslo. Ele não conhecia nenhum dos funcionários do orfanato até começar a trabalhar lá. Exceto Maren Kalsvik, que conhecia ao menos vagamente, já que haviam cursado a mesma faculdade. Ele havia saído antes dela, pois estavam em anos diferentes e não haviam tido muito contato.

Dali em diante, o interrogatório foi conduzido de forma que ele descrevesse meticulosamente os eventos da noite em que Agnes Vestavik foi morta.

– Você estava sozinho de plantão?

– Sim, sempre fica apenas uma pessoa no plantão noturno. Passando a noite. Temos que ficar na casa, mas temos um quarto onde podemos dormir.

– Quando as crianças foram para a cama?

– Os mais novos, isto é, os gêmeos e Kenneth, devem estar na cama por volta das 20h30. Jeanette e Glenn vão mais ou menos às 22 horas, enquanto Anita e Raymond, em tese, deveriam dormir lá por 23 horas, quando têm aula no dia seguinte, mas Raymond em particular tem rédea um pouco mais solta.

– Mas e naquela noite em específico?

O homem pensou cuidadosamente e bebeu mais um copo de água.

– Acho que todos foram para cama bem cedo. Estavam esgotados por causa da simulação de incêndio e um tanto ociosos porque era dia de folga da escola. Além disso, Raymond não estava se sentindo muito bem, se não estou enganado. Acho que estavam todos dormindo antes das 22h30. Talvez até mesmo 22 horas.

– Quando foram para os quartos?

– Bem, os pequenos são acompanhados e colocados na cama. Quanto aos mais velhos, eu realmente não os vi depois...

Ele hesitou, e uma expressão, quase um olhar angustiado, cruzou o rosto dele.

– Agnes chegou por volta das 22 horas, acho que foi isso, e tinha se passado pouco tempo desde que dei boa-noite para a última criança. Se Raymond realmente estava *dormindo* naquela altura, eu honestamente não sei com certeza.

– Pelo menos ele disse que não ouviu Agnes chegar – informou o policial. – Então talvez estivesse. Dormindo, quero dizer. Você estava?

– Não, eu estava sentado vendo TV. Na verdade, eu tinha lido alguns jornais e jogado cartas sozinho, pelo que me recordo.

– Onde estava sentado?

O homem pareceu um tanto confuso e franziu a testa.

– Na sala de TV, claro.

– Mas em que lugar na sala de TV?

– Em uma poltrona. Uma poltrona!

Erik Henriksen colocou uma folha de papel em branco e uma caneta diante do seu quase xará.

– Desenhe para mim.

Vassbunn se atrapalhou com a caneta, mesmo assim conseguiu esboçar uma planta da sala de TV do orfanato, com portas e janelas mais ou menos no lugar exato. Daí acrescentou cadeiras, o sofá, a mesa e a televisão, fazendo alguns círculos ao acaso pelo "chão" para completar a imagem.

– Os pufes – explicou ele. – Eu estava sentado ali – e fez um xis na poltrona que tinha o encosto voltado para a parede.

– Ah, sim – comentou o policial, examinando o esboço com mais atenção. – A porta da sala de estar estava aberta?

– Sala de recreação – corrigiu o outro homem, engolindo consoantes. – Chamamos assim. Estava aberta.

– Tem certeza disso?

– Pelo menos estava aberta quando Agnes apareceu. Depois disso, eu só saí da sala para fazer a ronda. Nesse momento a porta com certeza estava aberta.

O policial indicou que deveriam fazer uma pequena pausa enquanto ele emparelhava a redação com o relato.

Isso era algo que Henriksen nunca tinha experimentado na vida. Ele estava assustado, sentindo que foi quase grosseiro acordar o homem. Por outro lado, eles realmente precisavam progredir. Ele ficou sentado ali, indeciso, observando por um tempo Eirik Vassbunn. Ele dormiu rápido, com a cabeça sobre o peito e a boca aberta. O policial começou a se perguntar que remédio o homem estava ingerindo.

Finalmente ele se inclinou sobre a mesa para sacudir o braço do outro homem.

– Vassbunn! Você tem que acordar!

O homem acordou assustado e secou um pouco de saliva do queixo com barba por fazer.

– Desculpe! São aqueles remédios. E daí não consigo dormir quase nada à noite!

– Tudo bem – tranquilizou o policial, quando algo subitamente lhe ocorreu. – Que tipo de remédio você está tomando?

– Apenas Valium.

– Por quê?

– Porque estou traumatizado, é claro!

Pela primeira vez, ele parecia irritado e indiferente.

– Você não faz ideia da cena que presenciei. Agnes com uma faca enorme saindo das costas, os olhos abertos, fixos... Foi apavorante.

Erik Henriksen poderia ter dito que vira a mulher, tanto sentada na cadeira dela como sendo colocada em um saco mortuário endereçado ao Hospital Nacional, mas deixou passar. Preferiu tirar um cinzeiro e apontar para o pacote de tabaco Petterøe's que se via no bolso da camisa do homem.

– Fique à vontade para fumar.

As mãos dele tremiam tanto que levou uma eternidade para enrolar um cigarro, mas pareceu muito agradecido.

– E foi somente agora, desde aquela experiência, que você começou a tomar esse tipo de medicação?

Bingo. O homem deixou cair os papéis e o tabaco, tremendo ainda mais.

– Como assim?

– Relaxe. Não diremos nada a ninguém. Mas gostaria de saber se tinha tomado Valium naquela noite. É algo que você toma há algum tempo?

A essa altura, Eirik havia conseguido se recompor um pouco, tanto que pareceu ser capaz de produzir algo parecido com um cigarro. Levou algum tempo para responder e aspirou profundamente, limpando a garganta antes de falar:

– Sofro dos nervos, sabe... Sou um pouco frágil. Não sei ao certo do que se origina, mas lido bem com isso. Uso apenas uma dosagem pequena.

O comentário não pareceu convincente. Erik Henriksen esperou receber uma resposta à questão que ele havia levantado.

– Sim, é de uso frequente. Provavelmente eu tinha tomado um ou dois comprimidos naquela noite. Eu havia discutido com a minha ex. A mãe da minha filha. Na verdade, eu devia ficar com ela durante as férias de inverno, mas daí...

– Um ou dois? – interrompeu o oficial. – Você tomou um ou dois comprimidos?

– Dois – murmurou o homem.

– Então, a verdade é que você pode ter adormecido na poltrona?

– Mas eu nem estava cansado, santo Deus! Eu precisava jogar paciência também antes que tivesse chance de dormir!

– Mas poderia ser o caso de que você *já* tivesse dormido? Cochilado? Talvez sem realmente lembrar?

O homem não respondeu. Não havia motivo para fazê-lo. Os dois continuaram em silêncio, e o policial passou o quarto de hora seguinte digitando vigorosamente, quase destruindo o teclado do computador. Desta vez a testemunha não adormeceu.

– Pois bem – disse Erik Henriksen tão subitamente que Vassbunn se encolheu no assento –, o que aconteceu então quando você encontrou Agnes?

Os olhos da testemunha quase vitrificaram, como se olhassem para dentro si mesmo.

– Eu fiquei totalmente histérico – respondeu ele calmamente. – Absolutamente histérico.

– Mas o que você fez?

– Sabe enrolar cigarros?

O policial sorriu de lado, encolhendo os ombros.

– Provavelmente melhor do que esse aí – disse ele, apontando para o deplorável enrolado em forma de trombeta apagado no cinzeiro.

– Faria a gentileza de enrolar um para mim?

Vassbunn empurrou o pacote de tabaco para o policial que conseguiu em tempo impressionantemente curto enrolar um cigarro aceitável.

– Eu realmente não sabia o que fazer. Eu já estava aborrecido com Olav, que tinha desaparecido, e então Agnes estava sentada lá, mortinha da s... Morta. Bem ali. Eu senti uma angústia, tive a sensação de que tudo aquilo era culpa minha e fiquei apavorado. Então liguei para Maren.

– Maren?

Surpreso, Erik Henriksen folheava ligeiramente os papéis para encontrar o que ele procurava. Ele interrompeu a testemunha, que queria continuar, e terminou de ler. Então bateu o maço de documentos novamente e fez um sinal para que o homem continuasse a falar.

– Sim. Ela mora perto e é muito mais... muito mais calma e contida que eu. Ela provavelmente seria capaz de me ajudar. E poucos minutos depois ela estava lá, e muito zangada porque eu não tinha ligado para a polícia. Então ela ligou.

– Tudo bem. E depois?

– Nada de mais aconteceu depois disso. Eu me sentei, pois não aguentava ficar no mesmo recinto que Agnes. Maren cuidou de todas as crianças, atendeu a polícia e tudo mais. Então eu fui para casa.

– Posso ir embora logo? – acrescentou ele depois de uma rápida pausa. – Estou completamente exausto.

– Eu sei como é isso. Mas também precisamos falar sobre o que aconteceu anteriormente, naquele mesmo dia. Consegue? Aceita um café?

O homem recusou fazendo um movimento com a cabeça.

– Mais água, então? Posso arranjar uma Coca-Cola, gostaria?

– Água, por favor.

Novamente, ele bebeu toda a água de uma vez, depois aguardou a pergunta seguinte com expressão resignada e olhos fechados.

– Quando chegou ao trabalho?

– Às 21 horas. Depois do jantar. Todos os mais novos já estavam na cama.

– Você esteve no orfanato mais cedo naquele dia?

– Sim.

Ele abriu os olhos, aparentemente surpreso de que isso pudesse ter algo a ver com o caso.

– Tivemos uma reunião. A maioria estava lá, pelo que me recordo. E então Agnes de repente decidiu que queria ter uma conversa com cada um de nós. Uma espécie de entrevista de avaliação ou algo do tipo. Não vi o propósito daquilo e continuei não vendo quando chegou minha vez. Terje foi o primeiro, e demorou bastante. Depois era para ser a vez de Maren. Mas ela teve que sair, porque tinha consulta no dentista. E então foi a Catherine, eu acho, e depois eu. Não levou muito tempo.

– Sobre o que falaram?

– Tudo e nada. Como eu achava que as coisas estavam indo, como eu lidava com Olav. Se o contato com a minha filha estava correndo bem. Minha ex e eu havíamos discutido sobre...

– Você lembra precisamente quanto tempo durou?

– Não... Talvez meia hora. Menos, provavelmente. Em todo caso, fiquei lá dentro bem menos tempo que Terje e Catherine.

O policial estava novamente pressionando com força as teclas do teclado, e a testemunha percebeu que isso implicava mais uma pausa.

– Reparou se havia facas em algum lugar na sala? – perguntou ele depois que algo (ele não fazia ideia do quê) fez o computador adquirir vontade própria.

– Facas? Não, é claro que não havia facas lá!

– O escritório nunca fica trancado?

– Preferimos a confiança. Ninguém está autorizado a entrar no escritório sem a permissão de Agnes. Além disso, há uma chave pendurada em um prego acima da porta, mas até onde sei ela nunca foi usada.

A tela diante de Henriksen estava se enchendo de fileiras de pontos finais, fileiras que aumentavam em velocidade alarmante. Ele começou a suar.

– Desligue o computador – sugeriu Vassbunn, e Henriksen,

concordando com a ideia, desligou e religou a máquina. Ele não havia, porém, se lembrado de salvar a última parte do depoimento e, frustrado, deu um tapa na testa. Levou algum tempo para corrigir o deslize.

– Por outro lado, deve ser tarefa fácil entrar no escritório – comentou ele finalmente. – Quero dizer, sem ninguém ver.

– Em uma casa com oito crianças e catorze funcionários? Não, posso garantir que não. Nunca se pode ter certeza de que alguém não vai aparecer. Exceto durante a noite, sozinho no plantão. Nesse caso, seria razoavelmente seguro, embora sempre haja uma ou outra criança acordada.

– Todo mundo trabalha no plantão noturno?

– Não, apenas três de nós. E ocasionalmente o Christian. Ele é muito jovem e inexperiente, se quer saber, mas às vezes alguém fica doente ou algo assim.

– O Terje Welby nunca fez plantão noturno?

– Não, pelo menos não enquanto estive lá.

– Como ele era?

– Era? O Terje?

– Sim.

– Bem, o que posso dizer? Ele tinha excelentes diplomas, sabe. Mestrado e outras coisas. Muito bom com os mais novos. Mas se envolvia muito facilmente em discussões com os adolescentes.

– Maren?

– Maren é a mais inteligente de todos nós. Ela vive por aquele orfanato. E exerce uma influência sobre os jovens que é completamente insondável. Agnes a considerava muito. Todos nós a consideramos. Ela é na verdade bastante antiquada, de certo modo. O trabalho dela parece ser um tipo de... vocação!

Ele saboreou a palavra pouco familiar.

– Você tem contato com ela fora do trabalho?

– Não, na verdade não. Como eu disse, eu a conhecia um pouco do tempo de faculdade, mas nós não nos encontrávamos fora do orfanato. A propósito, você não sabe mais nada sobre...

Ele fez uma careta e massageou o pescoço.

– Estou com uma dor de cabeça violenta. Você não sabe mais nada sobre Olav?

– Bem... sabemos que ele esteve em uma casa em Grefsen até o fim de semana. O garoto mostrou que é capaz de se cuidar sozinho. Mas obviamente temos receio de que algo possa ter acontecido com ele. Estamos na busca.

– Ele não bate muito bem da cabeça. Conheci muitas crianças problemáticas ao longo dos últimos anos, mas nenhuma chega perto daquele garoto.

– Entendo. Outras pessoas estão cuidando do caso dele. Podemos encerrar por hoje, Vassbunn.

A parte final do interrogatório foi escrita sem pontos finais. Ficou estranho, mas era o jeito. Eirik Vassbunn estava com aspecto tão exausto que o policial teve vontade de levá-lo para casa. Mas não tinha tempo.

– Pegue um táxi e nos mande o recibo – concluiu ele enquanto Vassbunn saía praticamente cambaleando pela porta. – Mande para mim. Espero que logo esteja se sentindo melhor!

Erik Henriksen tinha certeza de que Hanne Wilhelmsen ficaria muito satisfeita com o interrogatório. Apesar da ausência de pontos finais.

* * *

Era entediante ficar dentro de casa o dia inteiro. Particularmente de manhã, quando não havia nada na TV. Fazia quase uma semana desde que ele havia colocado o nariz para fora da porta. De certo modo, ele sentia um pouco a falta da escola. Pelo menos lá havia algo para fazer. Nada acontecia em casa. A mãe estava ainda mais calada que de costume. Ela era sempre muito silenciosa.

Antes de terem realizado aquela reunião no comitê do conselho, quando decidiram que ele não poderia mais morar em casa, ele havia falado com uma senhora que disse ser uma espécie de juíza no assunto. Ela podia muito bem ter lhe dito de uma vez. Ele sabia que ela era a presidente do comitê do conselho, pois a mãe havia explicado a ele tudo sobre o caso. Ele até conheceu o advogado da mãe, e também leu um monte de papéis a seu respeito.

A conversa havia durado bastante tempo. Eles não estavam na sede do comitê, e sim em uma salona com bancos e cadeiras apenas de um lado. Era onde a reunião havia de ser realizada, explicou ela. Ele achou que parecia uma sala de tribunal, e ela se mostrou surpresa com a menção dele. Ela não parecia particularmente norueguesa, estava mais para indiana, por causa da pele escura e cabelos completamente negros, mas ao menos falava com voz comum e tinha um nome norueguês.

Ela havia perguntado onde ele desejaria morar se lhe dessem escolha. Em casa, disse ele, naturalmente. Mas então ela quis saber por quê. Não era muito fácil explicar *por que* você queria morar na própria casa, de modo que ele disse que era o normal a fazer e não queria se mudar. Ela o aborreceu bastante fazendo as mesmas perguntas repetidas vezes. O propósito da conversa foi um tanto confuso para ele, pois não obstante decidiram que ele deveria se mudar. Finalmente ela perguntou se ele amava a mãe.

Que tipo de pergunta era aquela?! Todas as pessoas amam a mãe, seguramente, rebateu ele. Ele também amava, óbvio que amava.

Não foi difícil dizer aquilo. Era verdade. Além disso, ele sabia que a mãe o amava muito. Pertenciam um ao outro, como ela costumava dizer. Mas isso não parecia tão nítido quando eles estavam juntos. Ela tinha medo de tudo: dos vizinhos, da avó dele, dos professores. E daquele maldito Serviço de Assistência ao Menor. Até onde ele lembrava, ela ficava furiosa com aquele pessoal, especialmente se alguém reclamasse dele.

Ele queria sair. Ele precisava ver gente.

– Vou andar um pouco lá fora – disse subitamente, levantando-se do sofá.

A mãe abaixou lentamente o jornal que estava lendo.

– Você não pode, Olav. Sabe disso. Ou vai ter que voltar para o orfanato.

– Mas não aguento mais ficado socado aqui dentro – reclamou ele sem voltar para o assento.

– Eu compreendo. Mas primeiro temos que bolar um plano.

Ele colocou as mãos nas coxas e abriu as pernas. Uma pose cômica, mas ela não riu.

– Um plano, o que quer dizer com isso? Quando vai acontecer? Quando você vai bolar esse plano de que vem falando a semana toda?

Em vez de responder, ela convulsivamente agarrou o jornal, agora enrolado com força nas mãos.

– Você não vai bolar nenhum plano, mãe. Você nunca bola plano nenhum.

Ele não estava com raiva. O sorriso estranho e contraído era quase triste, e ele levou a mão na direção da dela, mas parou antes de tocá-la.

– Eu vou pensar em alguma coisa – sussurrou ela. – Só preciso de um tempo.

– Sinceramente, mãe.

Ele não disse mais nada, simplesmente se virou e caminhou para a porta. A mãe se levantou do sofá e correu atrás dele.

– Olav, meu garoto, você não *deve* sair!

Ela agarrou o braço do filho. Embora Olav Håkonsen tivesse apenas 12 anos, percebeu que a mãe estava com medo. Além disso, ele sabia que ela estava certa ao adverti-lo, era burrice sair. Ademais, ele tinha certeza de que a mãe ficaria extremamente preocupada todo o tempo que estivesse fora. Era quase o suficiente para que ele mudasse de ideia.

Mas ele *precisava* sair do apartamento. Sentia-o insuportavelmente pequeno demais naquele exato momento. Ele se desvencilhou da mãe e pegou 100 coroas de uma tigela no aparador. Ignorando a choradeira materna, saiu fechando a porta atrás de si.

Quando sentiu o ar frio de fevereiro bater em seu rosto, ele já tinha se esquecido da mãe e se sentia quase despreocupado. Precavido, usava um boné grande. E estava quase escuro ali fora, de modo que ninguém seria capaz de reconhecê-lo a distância. Além da nota de 100 coroas que havia surrupiado, tinha 50 coroas no bolso, a mesada para duas semanas em que ele ainda nem havia tocado. A mãe continuava lhe dando mesada, mesmo depois de ele ter se mudado para o orfanato. Olhando para ele com uma expressão estranha, ela havia entregado o dinheiro depois que ele havia pedido na manhã daquele mesmo dia.

Ele queria mais que tudo ir ao centro. O dinheiro dava para comprar uns doces ou talvez jogar nas máquinas caça-níqueis. Ele até podia fazer as duas coisas. Mas é claro que não poderia ir até lá. Muitas pessoas o conheciam. Todavia, ele poderia pegar o ônibus para outro lugar, em uma parte da cidade totalmente diferente. Ele havia estado em Storo uma série de vezes. A mãe conhecia uma cabeleireira lá dos velhos tempos, e ela cortava o cabelo dos dois por um preço bem acessível. Foi ela quem fez o corte estilo punk, que já estava sumindo; as laterais da cabeça não estavam mais completamente raspadas. Era bem maneiro, pensara consigo, enquanto a mãe o olhava com um olhar triste e cansado.

Ele iria a Storo. Mesmo sem lembrar se havia alguma máquina caça-níqueis por lá.

O ônibus chegou apenas alguns minutos depois de Olav ter chegado ao ponto. Ele entregou ao motorista a nota de 50 coroas sem nenhuma palavra e enfiou o troco no bolso antes de sentar bem lá no fundo do veículo quase vazio. Era fim de tarde, quase noite, mas como era quinta-feira, provavelmente haveria multidões no shopping center. Veio bem a calhar, pensando bem.

A viagem de ônibus não demorou muito. Ele tinha começado a entalhar o assento com o canivete, mas parou quando um homem sentou ao lado dele.

Olav torceu o tornozelo ao saltar do ônibus e deixou escapar um gemido. A dor o fez se lembrar da mãe, e o alto-astral diminuiu.

Não havia máquinas caça-níqueis decentes por lá, apenas uma estúpida máquina de loteria, na qual ele jamais ganharia, e uma espécie de "bandido maneta", que também não era lá muito divertido. Mas havia duas cafeterias no térreo, e ele estava morrendo de fome. Uma delas era bem elegante e servia refeições e cerveja. A outra estava mais para uma casa de chá. Escolheu a última, onde havia várias mesas livres, e pediu uma garrafa grande de Coca-Cola e duas fatias de bolo.

O Storo Center parecia mais antiquado que o centro de onde ele morava e consideravelmente menor. Mas bastante agradável. Na mesa ao lado, um homem muito velho estava sentado falando sozinho, e Olav sorriu com todas as coisas estranhas que o ouviu dizer. Ele ficava derramando café também, e a garçonete ficou irritada quando teve que vir secar a mesa pela terceira vez. Quando o homem descobriu que Olav estava escutando, aproximou a cadeira da mesa dele, tagarelando ainda mais sobre a guerra, o mar, a esposa que há muito morrera. Olav estava se divertindo, então comprou mais uma Coca-Cola e uma xícara de café fresco para o velho, que sorriu e agradeceu efusivamente.

O velho era tão divertido que Olav não conseguiu avistá-los a tempo. Dois policiais fardados se aproximavam da cafeteria.

O garoto permaneceu sentado, sem mover nenhum músculo. Não porque percebeu que fosse sensato, mas porque estava completamente apavorado. A chance de encontrar a polícia era apenas uma possibilidade distante e inconcebível.

A garçonete acenou na direção deles.

– Há quatro horas ele está sentado aqui, só tomando café. Fica derramando tudo e mexendo com outros clientes – reclamou ela, apontando para o velho.

O homem ficou calado pela primeira vez desde que Olav chegara, tentando se esconder atrás da xícara de café. Ele se aproximou de Olav, como se tentasse obter algum tipo de proteção. Quando o garoto se levantou lentamente para dar no pé, de costas para os dois policiais fardados, o velho agarrou o braço dele e sussurrou desesperado:

– Não vá, garoto! Não me abandone!

Para alguém tão miúdo, as mãos do homem eram fortes, ainda que trêmulas. Olav sentiu a ponta dos dedos na manga da jaqueta e precisou se agitar com força para fazê-lo soltar. Isso levou alguns segundos e, nesse meio-tempo, os policiais haviam chegado à mesa.

– Ele está com você? – perguntou um deles.

Olav ficou olhando para o chão, puxando o boné ainda mais para baixo.

– Não, não, eu não conheço – respondeu ele, começando a se dirigir para a saída.

Ele tinha quase chegado à floricultura ao lado das portas automáticas quando ouviu um dos policiais gritar. Enquanto pessoas entravam e saíam quase continuamente, ele já podia sentir o frio da liberdade acenando mais além da porta.

– Ei, você aí! Espere um minuto!

Ele parou sem se virar. A testa coçava em contato com o boné, mas ele não se atreveu a subi-lo. Sentia algo dentro de um dos sapatos, que foi se tornando cada vez mais incômodo e fincava tanto na sola que ele já estava com o pé quase paralisado. Sentia algo pressionando seus pulmões, impedindo-o de respirar. Viu todas as pessoas se aproximando e formando um círculo em volta dele, homens na companhia das esposas, empurrando pirralhos em carrinhos de bebê, todos sorridentes e movendo-se para todo lado. No entanto, ele não conseguia ouvir nada além da batida violenta do próprio coração. Sentiu náuseas. Violentas náuseas.

Então ele correu. Avaliou que era o momento perfeito, já que as portas estavam escancaradas, quase prestes a se fechar novamente. Todas as pessoas entrando e saindo subitamente pararam assustadas com a visão do garoto precipitando-se desesperadamente porta afora como uma enorme bala de canhão na direção do estacionamento. Consequentemente, os clientes bloquearam a saída quando os policiais foram correndo atrás de Olav, e as portas se fecharam. Quando voltaram a se abrir, bem lentamente, os dois policiais praguejavam do lado de dentro. Quando finalmente conseguiram sair, não viram mais o garoto. Optaram por ir atrás dele em dois sentidos diferentes, então cada um foi para um lado. Um deles deixou cair o quepe e teve que observar impotente um carro passar por cima antes de continuar correndo.

O outro teve mais sorte. Ao chegar ao edifício-garagem, viu uma figura subindo a escadaria externa. O boné e a jaqueta acolchoada, pouco visíveis por sobre a borda dos corrimões, correspondiam. Ele pensou em chamar o parceiro antes de continuar a perseguição, mas concluiu que havia muitas saídas no estacionamento, então não teria tempo. Saiu correndo atrás do garoto escadaria acima.

O colega, embora seguindo na direção do posto de gasolina Statoil, algumas centenas de metros estrada adiante, percebeu a situação e correu para a rampa de carros no fim do estacionamento para interceptar o garoto de lá. Ele chegou ao andar poucos segundos depois do parceiro, mas já tinham perdido o garoto de vista. O mais velho dos dois fez um movimento ziguezagueante com a mão, imitando uma caça a tubarões. Depois procuraram em todo o andar. Verificaram os veículos um por um, na frente e atrás, e até examinaram por baixo de cada carro, embora nenhum dos dois achasse que um garoto gordo como aquele conseguiria entrar embaixo de um carro comum. Finalmente tiveram que admitir o óbvio, por mais constrangedor que fosse para dois policiais bem treinados no auge da carreira: Olav Håkonsen, o garoto desaparecido, havia fugido sem deixar rastro.

Desanimados, continuaram a busca por mais meia hora, dentro e fora do shopping center. Envergonhados, sentaram-se na viatura para informar que o garoto havia sido localizado e perseguido, mas desaparecido. Como o último rastro dele havia sido encontrado em uma casa em Grefsen, a polícia concluiu muito erroneamente que ele tinha ficado o tempo todo na área. Assim, descartaram a suspeita inicial de que ele estivesse em casa com a mãe, suspeita reforçada por vários vizinhos, mediante anonimato total garantido, que se declararam convictos de que Olav Håkonsen se escondia na própria casa.

Mas pelo menos o garoto estava vivo. Isso oferecia certo consolo.

*Dois dias depois da ligação do assistente, os representantes do Serviço de Assistência ao Menor estavam ali. Olav tinha acabado de completar 11 anos. Eu não esperava que fossem até minha casa. Pensei que me chamariam para uma reunião e já tinha até procurado nas páginas amarelas um advogado. Todo mundo tem direito a um advogado gratuitamente, eu já sabia disso. Mas havia muitos tipos de advogado e pouquíssima informação sobre a especialização deles.*

*E então estavam parados ali na minha frente. Eram dois agentes, uma mulher e um homem. Eu não os conhecia, pois fazia muitos anos desde o meu último contato com a Assistência ao Menor. Até foram simpáticos, creio eu, apesar de eu não me recordar muito bem. Uma investigação havia sido iniciada, disseram-me, com base no que chamaram de "problemas reportados".*

*Problemas reportados! Eu tendo problemas contínuos com o garoto por mais de onze anos e somente agora eles aparecem! Perguntaram se podiam entrar e percorreram tudo com os olhos, do mesmo jeito que a senhora do Serviço Social havia feito muito tempo atrás, quando Olav ainda era bebezinho. Olhares furtivos, de certo modo, mas ao mesmo tempo descarados.*

*Era uma quinta-feira, e eu tinha acabado de limpar o apartamento. Certamente não poderiam me pegar por isso. Servi café e cookies, mas não tocaram em nada. Será que pensaram que eu os envenenaria?*

*Então me disseram tudo o que eu já sabia. Falaram sobre o comportamento introspectivo e a conduta agressiva do Olav e que as crianças mais velhas o levavam a fazer todos os tipos de coisas estranhas. Sobre sua assiduidade irregular na escola e que ele era um estraga-prazeres. Sobre ele estar excessivamente acima do peso. Queriam saber o que estávamos comendo. Fiquei furiosa, lembro-me bem disso. Arrastei a mulher comigo até a cozinha e abri a porta da geladeira. Leite, queijo, bolinhos de peixe do dia anterior. Margarina, cebolas e um pacote de maçãs.*

*Ela fez anotações rápidas em um bloco de papel, e eu pude ver que ela havia escrito "leite integral". Então eu desisti. O garoto se recusava* a tomar leite semidesnatado ou desnatado. Achavam que era melhor eu não lhe dar leite?

Ficaram bastante tempo e, como disse, não me lembro de muita coisa. Felizmente Olav não estava em casa, embora tenham olhado para o relógio quando escureceu e ele ainda não havia aparecido. Quiseram obter informações de várias fontes, disseram eles, e poderia levar vários meses. E então quiseram saber se eu tinha alguma objeção a uma avaliação conduzida por especialista. Uma psicóloga ou um psiquiatra falaria com nós dois, de modo que o Serviço de Assistência ao Menor "estaria em melhor posição para descobrir quais seriam as nossas necessidades".

Objeção? Eu havia tentado por mais de cinco anos convencer alguém a examinar a cabeça do garoto, sem receber ajuda de ninguém. É claro que eu não tinha nenhuma objeção. Eu já sabia que havia algo errado. Algo que deveria ter sido descoberto anos atrás. "Antes tarde do que nunca", disse eu e percebi que eles trocaram olhares. Mas por que uma psicóloga desejaria falar comigo era completamente incompreensível. Concordar com aquilo seria admitir que a culpa era toda minha. Então eu francamente recusei.

Quando a especialista finalmente começou a trabalhar com Olav e comigo, concordei com a presença dela no apartamento em algumas ocasiões. "Observações de interação" foi como ela denominou as visitas no relatório subsequente. Eu não me reconheci de modo algum, pois tudo foi deformado e distorcido. Tentei fazer meu advogado entender que não era culpa minha que Olav fosse para a cama tão tarde da noite. Eu certamente poderia tentar forçá-lo, mas isso apenas levaria a uma competição de gritos e, sem dúvida, era melhor que as coisas fossem calmas e agradáveis do que deixar o garoto agitado, pois assim não conseguiria dormir. "Problemas graves no estabelecimento de limites" foi o que a psicóloga escreveu.

Exatamente como eu esperava, o diagnóstico foi Disfunção Cerebral Mínima, DCM. Na verdade, disseram apenas que "foram encontrados sintomas consistentes com um grau menor de DCM", mas meu advogado me garantiu que essa era apenas a maneira como normalmente se referiam a ela.

Eu sabia disso havia muito tempo, mas ninguém me escutou. Agora, depois que estava cientificamente comprovado que havia algo errado com o meu garoto, o pessoal da Assistência ao Menor insistia que, em todo caso, eu não poderia cuidar dele. Ele era muito difícil. Além disso, não tinham certeza de que ele fosse doente, já que os sintomas de DCM também poderiam indicar falha no cuidado parental.

Eles foram insistentes na ideia de querer me sujeitar a um consultor doméstico. Eu disse que estava disposta a aceitar absolutamente tudo que pudesse ajudar Olav, mas que eu não precisava de nenhuma ajuda. Não era eu quem estava doente. Não é comigo que tem algo errado.

Finalmente, o caso acabou no comitê do conselho, com eles tentando tirar o garoto de mim.

Eu não dormia havia várias noites. Quando cheguei lá, percebi que estava cheirando mal, mesmo tendo tomado banho naquela manhã. A sensação era a de que minhas roupas eram pequenas demais, e lamentei ter escolhido a blusa azul de poliéster, e não alguma peça de algodão. Mas o advogado havia dito que era importante eu estar bem-vestida. Na primeira hora, fiquei completamente preocupada com a noção de que meu cheiro piorava pouco a pouco e que os círculos de transpiração debaixo dos braços ficavam cada vez mais visíveis. Eu fui ficando zonza. Uma mulher grande e gorda, de óculos e com os cabelos presos em um rabo de cavalo, falando uma mistura confusa de dialetos ficou de lenga-lenga sobre tudo o que tinha dado errado ao longo dos anos. Ela era a advogada do Serviço de Assistência ao Menor. Havia ali cinco pessoas que trabalhavam para o comitê, quatro mulheres e um homem. Três faziam anotações, enquanto o homem mais afastado à esquerda cochilou durante todo o processo. Uma das mulheres, que devia ter mais de 60 anos, ficou sentada me encarando o tempo todo, e aquele olhar me fez sentir ainda mais zonza. Precisei pedir um intervalo.

Meu advogado levou bem menos tempo que o advogado representante do conselho. Era provavelmente um mau sinal, mas não tive a audácia de perguntar por que foi assim. Além disso, o conselho tinha muitas testemunhas e eu não tinha nenhuma. Meu advogado disse que não era necessário. Eu também não consegui pensar em ninguém quando ele me perguntou se poderia haver alguém.

Dois dias depois, estava tudo acabado. A presidente do comitê, que havia sido simpática o tempo todo, perguntou se eu achava que tudo de importante havia sido discutido ou se eu queria acrescentar alguma coisa. Dentro de mim, havia um vasto repertório de palavras que não haviam sido ditas. Eu queria muito fazê-los entender. Eu queria levá-los de volta no tempo, mostrar todas as coisas boas, fazê-los enxergar o quanto Olav e eu nos amávamos. Eu queria que eles entendessem que eu havia feito tudo pelo meu garoto, que eu nunca havia bebido álcool nem usado nenhum tipo de droga, que eu nunca havia batido nele, que eu sempre tive medo de perdê-lo.

Em vez disso, balancei a cabeça e fiquei olhando para o chão.

Doze dias depois, fui informada que eles haviam levado o meu garoto para longe de mim.

Olav Håkonsen estava esparramado em uma caçamba de lixo atrás do edifício-garagem do Storo Center, perguntando-se há quanto tempo ele estava ali deitado. Com uma dor de cabeça violenta e sentindo o odor insuportável do lixo, ele tentou se levantar, mas caiu de costas sobre os sacos de lixo. Já estava completamente escuro. Quando tentou ver que horas eram, percebeu que seu Swatch havia desaparecido. Não conseguiu de jeito nenhum se lembrar se estava com o relógio antes. Ele foi tomado por uma náusea violenta quando tentou novamente se equilibrar em posição vertical e acabou vomitando o bolo e a Coca-Cola. Isso aliviou um pouco.

A caçamba estava quase cheia, mas o lixo estava distribuído de forma desigual, e ele estava deitado tão no alto que quase alcançava a borda fria de metal. As luvas também haviam sumido. Com muita dificuldade, finalmente ele conseguiu erguer o corpo, mas rapidamente perdeu o equilíbrio sobre a camada instável debaixo dele. Tentou recordar o que havia acontecido.

Ele havia pulado. Seis ou sete metros acima, ele viu a beirada do andar superior. Foi a única solução. O que aconteceu depois disso ele não se lembrava.

Preferiu se enterrar ainda mais em meio aos fedorentos sacos pretos de lixo e dormiu em um vazio abençoado e sem sonhos.

* * *

O expediente de Erik Henriksen daquele dia havia sido extenso e se arrastaria mais um pouco, pois restavam ainda cinco interrogatórios, e era quase uma ilusão acreditar que estariam finalizados até o dia seguinte, como havia solicitado Hanne Wilhelmsen. Pelo menos não se Tone-Marit e ele tivessem que conduzi-los sozinhos.

Só Deus sabia como Hanne e Billy T. de fato passavam seu tempo. Não que ele suspeitasse que os dois se esquivavam de seus deveres, mas teria sido animador saber o que estavam tramando. Poucas vezes estiveram no escritório e, até mesmo Billy T., que deveria ter se envolvido ativamente no despacho dos interrogatórios, foi impossível de ser localizado. Às vezes, Erik Henriksen tinha a sensação de que não estava devidamente *incluído*. Que não confiavam inteiramente nele. Nada especialmente inspirador. De quando em quando, sentia uma pontada de irritação, quase raiva, dirigida para Hanne Wilhelmsen. Era algo muito novo, e ele não sabia como lidar com isso.

Inclinando a cabeça de um lado para o outro, sentiu os músculos do pescoço se contraírem. Ele estava exausto, mal-humorado e de saco cheio. O que mais queria era ir para casa.

Tone-Marit estava parada na entrada, em silêncio e sorrindo.

Ela era muito comum. Uma moça muito meiga, de fato. Apesar de esguia, tinha o rosto redondo, e os olhos estreitos e assimétricos desapareciam completamente quando ela sorria. O cabelo mudava de cor de tempos em tempos; durante o último ano, desde que a conhecera, ela passou de loiro para vermelho acobreado e depois para castanho-escuro, que era o cabelo atual. Ele não sabia se os cachos eram naturais ou apliques.

Ela geralmente não falava muito, então ele não sabia muita coisa sobre ela. Mas agora estava parada ali, naquele fim de tarde. Billy T. estava sabe-se lá onde. Hanne Wilhelmsen era causa perdida. Tone-Marit estava na frente dele, sorrindo.

– Que tal um cineminha? – sugeriu ele em um impulso, sem ter tempo de considerar melhor a ideia, e ela nem por um segundo pareceu surpresa.

– Claro, seria ótimo – aceitou ela. – O que você gostaria de ver?

– Por mim, tanto faz – respondeu ele, já se sentindo menos cansado.

Foram sem pressa para o centro da cidade, muito atrasados para pegar a sessão das 19 horas e com todo o tempo do mundo para a das 21 h.

Tone-Marit caminhava graciosamente. Um andar de alguém determinado e seguro de si, com um balanço de quadris sutil e feminino que não parecia afetação. Trazia a cabeça ereta, embora fosse quase tão alta quanto ele, que tinha pelo menos 1,80 m. Ela trajava uma jaqueta curta de couro, estilo aviador, calça jeans aflitivamente justa, e sapatos de bico fino cujos cadarços desapareciam sob a bainha da calça. Ele não falava muita coisa agora também, mas isso era irrelevante.

Levaram meia hora para chegar a Klingenberg. Sobre ela, ele sabia apenas onde era a casa dela e também que morava sozinha. Ela contou que jogava futebol na liga principal, treinava cinco vezes por semana e havia jogado em seis partidas internacionais. Ele ficou extremamente impressionado e surpreso por não saber disso antes.

Enquanto contornavam os guichês ao lado da entrada do cinema, ele avistou Hanne Wilhelmsen. A sensação, antiga e familiar, do coração batendo um pouquinho mais acelerado pegou-o desprevenido, pela primeira vez combinado com algo negativo, quase deprimente, aquela raiva da qual ele não tinha conseguido se livrar completamente. Desacelerando o passo, coçou o rosto sardento e avaliou a possibilidade de ir ao cinema em Saga, e não naquele. Todavia, eles já haviam decidido que veriam um filme ali.

Hanne Wilhelmsen estava parada, manuseando o bilhete de entrada do cinema e conversando com três outras mulheres. Duas tinham cabelos curtos e eram muito parecidas, uma vestia um velho casaco impermeável com capuz, a outra usava uma jaqueta marrom bastante desproporcional para o corpo e botas de borracha com o cano dobrado, parecendo um velho lobo do mar. As duas usavam antiquados óculos de estudante. A terceira mulher destoava do grupo. Tinha cabelos loiros de comprimento médio e era quase tão alta quanto Hanne. Sob o maxicasaco aberto de algum tipo de tecido aparentemente caro, ela trajava um vestido vermelho-escuro com botões na frente. Os dois de cima estavam desabotoados, e a gola, levantada. Ela jogou a cabeça para trás e riu de algo que uma das mulheres de cabelo curto havia dito. Hanne, meio virada para Erik e Tone-Marit, cutucou o ombro dela e sorriu de um jeito que ele nunca vira antes. No rosto dela, havia uma expressão franca, e ela parecia mais jovem, mais feliz, mais livre, de certa forma. De repente, ela o avistou.

Erik estava ali. E Tone-Marit. Ela já havia tido aquela experiência em várias outras ocasiões. Colegas passeando pela cidade. Oslo não era um lugar tão grande. E tinha suas estratégias. Uma breve saudação de cabeça ou um ligeiro aceno de mão antes de se retirar às pressas rumo a algo que parecesse um destino muito importante. Algo urgente que impedia qualquer conversa íntima. Acontecia frequentemente, embora Cecilie costumasse ficar irritada ou, pelo menos, consternada.

Mas ali, na frente do cinema, faltando ainda vinte minutos para o começo do filme, casualmente reunida com as demais pessoas à espera e segurando os bilhetes de entrada, seria inútil. Eram seus subordinados imediatos. Pessoas com quem ela trabalhava em contato próximo diariamente. Ela precisava falar com eles.

Antecipou-se a eles tomando a iniciativa e deixando as amigas para se aproximar dos dois colegas. Tarde demais, descobriu que Cecilie a havia seguido. Karen e Miriam felizmente interpretaram tudo com tanta rapidez que foram tomando o caminho das portas, afastando-se da cena. O motivo por que elas ainda insistiam em manter a aparência de lésbicas era insondável. E às vezes incômodo.

Ela não fazia ideia do que ia dizer. Então se ateve ao que era.

– Esta é Cecilie.

A Terra ficou parada por três segundos completos antes de ela acrescentar:

– Dividimos um apartamento. Moramos juntas.

– Ah, sim – disse Erik Henriksen, estendendo a mão para Cecilie. – Eu sou Erik. Trabalhamos juntos.

Ele fez um movimento circular, incluindo a si mesmo, Hanne e Tone-Marit no gesto.

– Você é colega de trabalho também? – perguntou ele hesitante, examinando o rosto de Cecilie.

– Não, longe disso – ela riu. – Trabalho no Hospital Ullevål. Então é você o Erik. Já ouvi falar muito sobre você.

Hanne percebeu que Erik lutava com seu constante rubor e agradeceu aos céus por assim ela conseguir ocultar o próprio. Ela nem se atreveu a olhar para Tone-Marit.

– Conseguiu fazer quase todos os interrogatórios? – perguntou ela animadamente, dando imperceptivelmente um passo para o lado, para evitar a excessiva proximidade com a namorada.

– Faltam cinco – replicou Tone-Marit. – Provavelmente terminamos amanhã. A propósito, o garoto foi visto esta tarde.

Hanne se recompôs.

– Foi visto? Pelo nosso pessoal?

– Sim, no Storo Center, mas ele escapou – confirmou Erik. – É um ossinho duro. Duas semanas fugindo. Estão fazendo buscas por toda a área. E não é longe daquela mansão onde ele passou alguns dias. Os rapazes acham que ele encontrou um novo esconderijo, por isso estão investigando em casas de fazenda e esse tipo de coisa. Fazendas com demolição agendada.

– Bem – disse Hanne com ar despreocupado, tentando pôr fim ao indesejável encontro –, vou ver se arranjo um cartaz!

– Ela é incorrigível – comentou Cecilie com um sorriso, como a se desculpar. – Ela adora cartazes de filme!

– Esse último comentário foi completamente desnecessário – sibilou Hanne quando se afastaram e não podiam mais ser ouvidas.

– Achei que você fosse mais esperta, Hanne – declarou Cecilie calmamente, pegando as entradas para entregar ao conferente.

– Eu não sabia que Hanne dividia um apartamento com alguém – sussurrou Erik assim que ele e Tone-Marit acomodaram-se nos assentos. – Que garota dorável a Cecilie...

Tone-Marit manuseava um canudo que se recusava a entrar na caixa de suco.

– Não acho que elas apenas dividam um apartamento – disse ela com ar sereno, finalmente conseguindo enfiar o relutante canudo.

Mas a essa altura Erik já devorava um saco de chocolates, aguardando ansioso pelo filme.

# 10

**Às 10 horas da manhã de sexta-feira,** Maren Kalsvik ligou novamente para Billy T. para avisar que não poderia ir. Kenneth estava indisposto. Ele estava chorando e não queria que ela saísse. Normalmente ele teria aceitado, explicou ela, mas, como se sabe, houve muita coisa nos últimos dias. O garoto estava com medo, com o coração destroçado e febre de 39º. Ela compreendia que era pedir muito, mas, como os demais funcionários estavam em fila na delegacia à espera do interrogatório, ela achou que poderia tomar a liberdade de perguntar se ele poderia realizar o interrogatório dela ali mesmo. No orfanato.

Billy T. gostava de Kenneth. Além disso, ele sabia muito bem como eram as crianças quando estavam doentes.

Às 10h40 ele estacionou o carro na rua do Orfanato Spring Sunshine. Ele não conseguiu entrar em contato com Hanne, e isso o deixou um pouco desconfortável. Esteve a ponto de telefonar para a casa dela para ver se a encontrava lá, mas rejeitou a ideia.

Quando ele abriu o portão na subida até o casarão, uma mulher magrinha surgiu na porta principal. Avistando-o, ela estacou e aguardou até que ele a alcançasse.

– Você é da polícia? – perguntou ela ceticamente, olhando-o de cima a baixo.

Ao confirmar a suposição, os olhos dela assumiram um olhar de concentração, como se ela estivesse fazendo um esforço para recordar algo. Ela então balançou brevemente a cabeça, pondo o pensamento de lado. Sem nenhuma outra palavra, ela segurou a porta até que ele entrasse, antes de sair correndo pelo caminho de cascalho.

Raymond desceu as escadas tempestuosamente e quase trombou com Billy T., que estava prestes a aparecer com a cabeça na porta da sala de recreação.

– Meu Deus, você não está na escola? – perguntou ele.

– Eu esqueci minhas roupas de Educação Física! Maren está na sala de conferência – gritou o rapazinho de 17 anos, batendo a porta da frente com tanta violência que poderia ter acordado os mortos.

Felizmente não acordou Kenneth, que estava dormindo no primeiro andar.

– Finalmente dormiu. Ele mal pregou o olho a noite toda – disse Maren Kalsvik com ar triste, oferecendo-lhe uma cadeira.

– Parece que você também não...

Ela sorriu brevemente, apertando os olhos e encolhendo os ombros.

– Está tudo bem. Mas estou preocupada com ele. Isso tudo está afetando todos aqui. As crianças deveriam ser poupadas de qualquer ansiedade, essa é uma das razões para estarem aqui. Oh, que coisa! Um assassinato e um suicídio. Em um intervalo de dez dias.

Ela cobriu o rosto com as mãos e continuou sentada assim por alguns segundos até que, em um sobressalto, se endireitou, e com voz exageradamente alegre sugeriu que começassem.

– Já que vamos fazer o interrogatório aqui na casa de vocês – disse Billy T., colocando um gravador no centro da mesa –, eu vou usar isto aqui. Tudo bem?

Ela não respondeu, então ele presumiu que havia concordado. Depois de uma atrapalhação inicial, o aparelho, embora tivesse pelo menos quinze anos e fizesse um tique-taque de relógio antigo, funcionou. Era de propriedade da Delegacia de Polícia de Oslo, e alguém tinha feito questão de evidenciar isso colando etiquetas DPO em seis lugares diferentes.

Ao lado do gravador, o detetive colocou o celular, que possuía há apenas dois meses. Presente de Natal dos filhos, indicando que as respectivas mães haviam de algum modo colaborado com a aquisição do presente.

– Tenho que deixar o celular ligado – comunicou ele um tanto constrangido. – Me desculpe, mas estamos no meio de uma investigação, então é necessário que os outros possam me contatar.

Ela também não disse nada. Então provavelmente estava tudo bem também.

– Precisamos voltar à noite do assassinato – começou ele.

– Faço isso toda santa noite – falou ela com a expressão impassível. – Quando finalmente consigo me sentar e relaxar. Então me lembro. De tudo. Daquela visão terrível.

Billy T. a admirava. Tão jovem e com tanta responsabilidade, sempre proporcionando amor incondicional para um rebanho sedento de crianças.

– Agora você está morando aqui? – perguntou ele.

– Sim. Apenas por um tempo. Até as coisas se acalmarem.

O antiquado aparelho subitamente parou de fazer tique-taque, e ele mexeu um pouco nos botões, tentando não demonstrar aborrecimento. Finalmente o gravador voltou a funcionar.

– Consegue recordar exatamente quando Eirik Vassbunn ligou para você?

– Deve ter sido pouco antes da 1 hora.

Ela o olhou com a expressão cansada.

– Como ele se comportava?

– Estava totalmente histérico.

– Histérico? O que quer dizer com isso?

– Ele chorava e gaguejava e não conseguia explicar absolutamente nada. Estava completamente descontrolado.

O rosto dela assumira uma expressão dura. Ela puxou o elástico e soltou os cabelos, então juntou mais uma vez o rabo de cavalo, recolocando o elástico.

– Ele disse que você chegou antes de ele ter chamado a polícia.

Billy T. levantou-se e foi até a janela. Colocando as mãos nas costas, perguntou, sem olhar para ela:

– Por que não disse isso quando foi interrogada a primeira vez?

Então ele se virou abruptamente e olhou fixamente para ela. Tudo o que conseguiu interpretar ali foi genuíno assombro.

– Mas eu fui muito clara quanto a isso – disse ela. – Estou 100% certa disso.

Billy T. foi até a mesa para tirar uma cópia do interrogatório anterior. Era um relatório de cinco páginas assinado por Kalsvik e Tone-Marit Steen.

– Aqui – disse ele, lendo em voz alta: – "A testemunha diz que recebeu um telefonema de Eirik Vassbunn por volta da 1 hora. Pode ter sido dez minutos antes ou dez minutos depois. Ela acha que não levou mais que um quarto de hora para chegar à cena do crime. Vassbunn estava extremamente transtornado, e a polícia teve que levá-lo para atendimento de emergência." Ponto final. Nada sobre ser você quem havia telefonado. Nada sobre a polícia não estar aqui quando você chegou.

– Mas eu realmente disse isso – insistiu ela. – Por que não faria isso?

Billy T. passou as mãos na cabeça. Ele precisava raspar os cabelos que começavam a crescer. Estava pinicando. Ele sabia que Maren provavelmente dizia a verdade. O interrogatório anterior não mencionava que ela havia chegado antes da polícia, mas tampouco mencionava que ela *não* havia chegado. Tone-Marit era promissora, mas obviamente podia cometer erros.

O telefone tocou. Os dois se sobressaltaram um pouco.

– Billy T. – vociferou ele, zangado com a interrupção, e ficou com ainda mais raiva quando ouviu Tone-Marit do outro lado.

– Sinto muito, Billy – desculpou-se ela. – Mas eu...

– Billy T., Billy *T.*, eu já lhe disse. Uma centena de vezes.

Ele deu a volta na mesa, afastando-se. Maren Kalsvik ergueu as sobrancelhas e apontou para a porta. Ele fez que sim com a cabeça, um tanto desconcertado, mas ela pareceu grata por poder fazer uma pausa tão cedo. Ela fechou com cuidado a porta e ele foi deixado sozinho.

– O que foi?

– Descobrimos quem cometeu a fraude com aqueles cheques.

Ele não disse nada. Naquele momento, ouviu o som sibilante de água em um cano e imaginou que Maren Kalsvik estivesse na cozinha ao lado fazendo café. Mas poderia também haver algo errado com os ouvidos dele.

– Alô? Alô!

– Sim, estou aqui – disse ele. – Quem foi?

– O amante. Os vídeos mostram claramente, apesar de ele estar usando uma barba falsa.

A teoria de Hanne, sobre a qual tinham conversado no bar, desintegrou-se, embora isso não importasse nem um pouco.

– Mais uma coisa – disse ela, a voz esmorecendo e quase desaparecendo no ranger e crepitar do telefone. – Alô? Você está aí?

– Sim – gritou ele. – Alô?

– O amante desapareceu. Ele não vai ao trabalho há alguns dias, mas não ligou avisando que está doente ou coisa do tipo. O amigo com quem ele disse que estava em Drøbak na noite do crime também não foi encontrado.

O barulho sibilante ficou ainda mais alto. Ele não tinha certeza se vinha dos canos de água, do telefone ou da cabeça dele.

– Alô?

– Sim, estou aqui – gritou ele irritado. – Descubra onde o cara está agora. Não faça mais nada além disso. Entendeu? Nada! Apenas descubra onde ele está. Estarei na delegacia em vinte minutos.

Ele encerrou a ligação, vestiu apressadamente a jaqueta e mal teve tempo de se despedir de Maren Kalsvik, que ficou sem entender nada, postada com uma jarra de café em uma mão e duas xícaras na outra.

Billy T. esqueceu o gravador, claro.

\* \* \*

Hanne nem conseguia lembrar a última vez que dormira tão bem. Mesmo assim, ainda estava muito cansada. Demorou vários segundos para descobrir que dia da semana era e resistia a sair da cama para enfrentá-lo. Por segurança, achou por bem verificar se estava com dor de garganta. Ou de estômago. Ao se examinar minuciosamente, sentiu uma leve dor em algum ponto da região lombar. Mas isso indicava que ela logo menstruaria. Ela se levantou com imenso esforço e afastou as cobertas, praguejando energicamente ao ver que já passava das 10h30.

Cecilie já havia saído, mas não sem antes deixar posta a mesa da cozinha, com garfo e faca, guardanapo e um delicioso café da manhã. Sobre o prato havia um bilhete adorável desejando-lhe um bom dia. Isso melhorou um pouco as coisas.

A Faculdade de Serviço Social de Diakonhjemmet localizava-se no fim da rua chamada Diakonveioen, estendendo-se desde o trevo em Volvat até um enorme estacionamento. A faculdade propriamente dita situava-se em uma atraente estrutura ao ar livre, quase no topo de uma colina, mas era uma miscelânea de diferentes estilos arquitetônicos. A entrada ficava enfiada em um canto entre um prédio de tijolos de dois andares e um edifício amarelo de idade indeterminável.

– Entrada inóspita como a da Delegacia de Oslo – murmurou Hanne Wilhelmsen para si mesma enquanto percorria os trinta metros do estacionamento para entrar na faculdade, passando por portas duplas de vidro.

Um quadro de avisos à direita promovia um show de música popular no sábado à noite, causando-lhe um arrepio. Três alunas desciam uma pequena escadaria de concreto, ou talvez fossem professoras. No exato instante em que estava prestes a perguntar a direção para o escritório do reitor, ela localizou outro quadro de avisos indicando que deveria subir as escadas, pegar a esquerda e atravessar o átrio. No caminho, mais dois quadros de avisos convidavam-na a orações matinais e até ofereciam orações por ela, se assim desejasse.

"Não é uma má ideia", pensou ela. "Mas duvido que a oferta se aplique a tipos como eu."

Hanne foi recebida por uma mulher chamada Ellen Marie Sørensen, que lhe mostrou onde guardar o casaco. O rosto era agudo e eficiente; as palavras, amigáveis; mas a voz era estridente e autoritária. As roupas que vestia não eram particularmente caras nem de bom gosto, mas formais e adequadas ao restante dela. Uma saia plissada cinza e uma blusa franzida por baixo de um paletó de um tom de cinza mais escuro conferiam-lhe uma aparência mais velha do que a verdadeira idade. O estilo do corte de cabelo era simples, mas muito feminino, com madeixas desbotadas por uma tintura aplicada fazia muito tempo. Ellen Marie Sørensen era o tipo de mulher em cuja companhia Hanne Wilhelmsen sempre se sentia deselegante. Lamentou não estar vestida com algo mais oficial do que calças de veludo e um tradicional suéter norueguês. Sentiu que deveria ter vestido o uniforme.

A sra. Sørensen foi capaz de confirmar que havia falado com Agnes Vestavik recentemente. Não conseguiu fornecer uma data exata, mas em todo caso não poderia ter sido há mais de três semanas. Ela lembrava muito bem as circunstâncias porque ficara surpresa com o pedido de informação. A princípio havia se recusado a responder.

– Nunca se sabe – disse ela, franzindo a boca expressivamente. – Absolutamente qualquer pessoa pode ligar alegando ser qualquer um, entende?

Pouco depois o reitor entrou e pediu que ela desse a informação solicitada por Agnes Vestavik, que era uma velha amiga dele, de modo que ela telefonou de volta para atender ao pedido.

– E do que se tratava? – perguntou Hanne, cruzando os braços.

Talvez fosse o lugar. Uma faculdade cristã devia se basear na crença de que era um local onde Deus estava mais presente do que o normal. Ou talvez simplesmente porque ela se agarrava a qualquer coisa na esperança de influenciar a resposta do porquê de Agnes Vestavik ter telefonado para a Faculdade de Serviço Social da Universidade de Diakonhjemmet na semana em que foi morta.

— Meu Senhor – disse para si mesma, olhando para o nó dos dedos, brancos de expectativa. – Que seja o que eu acho que é.

Ele a escutou, e ela, ocupada demais, nem sequer agradeceu.

\*\*\*

Era plena luz do dia e ele se sentiu à beira da morte. Ao menos era como achava que seria a sensação de estar à beira da morte. Sentia braços e pernas totalmente dormentes. A cabeça pegava fogo. O restante parecia frio como gelo. Talvez fosse porque ele mal tivesse conseguido se mover. Dava para ouvir o constante ronco de veículos, e não raro vozes também. Ele precisava sair dali.

Ficou ainda mais frio quando empurrou de lado os sacos de lixo que o cobriam. Por outro lado, ficou um pouco mais fácil de se mover. Duas gaivotas se empoleiraram na borda da caçamba, olhando para ele. As aves inclinaram a cabeça e emitiram vários gritos agudos de reclamação. Talvez aquele fosse o lugar onde elas viviam. Talvez ele tivesse roubado a casa delas. Ele as enxotou, mas elas não voaram para além do estacionamento, de onde continuaram a olhar para ele, protestando.

Com muito custo, ele finalmente saiu da caçamba, mas teve que deitar com a barriga sobre a borda e quase rolar para fora. Ele se machucou na queda, mas isso já não importava tanto. Com movimentos lerdos, removia do corpo o pior da sujeira, quando um homem subitamente se inclinou do andar térreo do estacionamento para perguntar se ele precisava de ajuda. Ele balançou a cabeça e retirou-se cambaleando.

Ele não fazia ideia de quantas horas haviam se passado enquanto ficou lá deitado. Dormiu a maior parte do tempo. Cochilou, pelo menos. Passou os curtos períodos em que havia despertado tomando uma decisão.

Ele precisava de ajuda. Não dava para conseguir sozinho. Mas realmente não havia muitas pessoas que já o tivessem de fato, genuinamente, ajudado. O assistente, talvez, pelo menos um pouco, por outro lado ele tinha ido falar com o Serviço de Assistência ao Menor. Agiu pelas costas.

E a mãe, claro.

Ele sentiu uma pontada de dor quando pensou na mãe e percebeu com mais clareza como as coisas estavam difíceis para ele. A pele pinicava, e a cabeça doía mais forte do que nunca.

Pelo menos ele não estava com fome.

Ele desejava mais que tudo que a mãe pudesse ajudá-lo. Seria a coisa certa a fazer. Porque era verdade o que ela costumava dizer: eles pertenciam um ao outro.

Mas ela nunca conseguiu fazer nada. E aquilo era algo que ela certamente não poderia resolver. Parando para pensar, não era muito claro *o que* exatamente precisava ser resolvido, mas alguém realmente precisava fazer alguma coisa. E não era possível que a mãe fosse essa pessoa.

Restava apenas uma pessoa. Maren. Ela o havia ajudado. Ela havia dito com todas as letras: se algum dia ele tivesse algum problema, deveria ir falar com ela.

Confuso e esgotado, ele começou a pensar em como chegar até Maren.

\* \* \*

Eles quase se esbarraram diante da entrada de funcionários. Os dois haviam estacionado o carro ilegalmente, conseguindo chegar à porta apesar do trânsito que ia e vinha das bombas de gasolina para veículos da frota atrás da Delegacia de Polícia de Oslo.

– Onde, diabos, você esteve? – perguntou Billy T., mas Hanne Wilhelmsen achou o colega mais exultante do que furioso.

– Descobri quem estamos procurando – disse Hanne.

– Eu também – falou Billy T.

Eles pararam.

– Por que tenho a sensação de que não chegamos à mesma pessoa? – perguntou Hanne calmamente.

– Porque provavelmente não chegamos – respondeu Billy T. com a mesma calma.

Então os dois mantiveram a boca fechada até estarem sentados no escritório de Hanne.

– Você primeiro – falou Hanne, tomando um gole de Coca-Cola de uma garrafa que estava ali há dias.

Fazendo uma careta, ela pousou a garrafa.

– É o amante – disse Billy T. hesitantemente, pegando a Coca.

– Aconselho a não beber. Está velha – ela apontou para a garrafa meio vazia.

– O que o faz pensar que seja o amante?

Ao ouvir a explicação, ela ficou em silêncio, então acendeu um cigarro. Passou sete minutos contemplando o que ele havia dito. Billy T. deixou que ela pensasse em paz.

– Detenha-o o mais rápido possível – sentenciou ela por fim. – Imediatamente.

– Simmmm – exclamou ele triunfante, batendo o punho na mesa.

– Mas primeiro providencie um formulário azul. Por fraude, por passar cheques falsificados e por roubo.

– Por assassinato não?

Ela balançou a cabeça quase imperceptivelmente.

– Mas caramba, Hanne, por que não por assassinato?

– Porque não foi ele.

Ela se levantou e pegou um livro de estatutos. Ainda de pé, folheou até o código penal. Ela não recordava bem se roubo de talão de cheques era apropriação indébita ou furto.

– Quem foi então, porra?

Quase urrando, ele abriu os braços em desespero.

– Quem a Alteza Hanne Wilhelmsen acredita que seja o pecador? Ou é um segredo que ela prefere guardar para si?

– Maren Kalsvik – respondeu ela com apatia. – Foi Maren Kalsvik.

Antes que conseguisse apresentar as razões para sua declaração, ouviu-se uma batida discreta na porta. Billy T. foi atender e abriu-a com força.

– O que é agora? – balbuciou para Tone-Marit.

– Mais notícias. Aqui estão.

Ela abaixou a cabeça para passar por baixo do braço de Billy T. e foi até a inspetora chefe.

– Olhe aqui, Hanne – disse ela, entregando uma folha de papel.

Era uma cópia de um acordo nupcial. Assinado por Agnes e Odd Vestavik.

– Odd Vestavik não vem dizendo toda a verdade para Billy T. – continuou Tone-Marit. – Isso foi entregue ao gabinete do escrivão municipal dois dias antes do assassinato. Ainda não havia sido protocolado.

– O que implica? – perguntou Billy T. com impaciência, tentando pegar o papel de Hanne, que colocou o braço na frente por ainda não ter terminado de ler.

– Implica que ele não pode dividir o patrimônio. Na prática, significa que ele continua sentado sobre a fortuna toda e pode fazer o que bem quiser com ela. Tudo vai para ele.

– Céus – exclamou Hanne, virando-se para encarar Tone-Marit. – Como conseguiu tudo isso? Fraude de cheques, papéis, acordos nupciais, e Deus sabe o quê... Estamos revirando tudo há quinze dias em busca de motivação e oportunidade e então acabamos com esta fartura em um dia!

– Organizamos o nosso tempo – disse Tone-Marit, olhando fixamente para Hanne. – Porque infelizmente temos uma inspetora chefe que não se dá ao trabalho de comandar efetivamente sua tropa. Então fazemos o melhor que podemos. Erik e eu.

Estava longe de ser um olhar hostil. Nem mesmo desafiador. Mas era firme e não se moveu um centímetro.

Billy T. ficou estático no lugar. Ele não se atreveu a mover nada senão os olhos, e a impressão que teve foi que o ponteiro dos segundos no relógio de parede havia parado por puro e simples pânico.

– *Touché!* – exclamou Hanne, sorrindo irônica. – Na mosca, se assim posso dizer.

Billy T. suspirou aliviado e abriu um sorriso largo.

– Jovens de hoje em dia, Hanne. Eles não têm respeito.

– Você pode ficar caladinho.

Ela bateu de leve o indicador no peito dele.

– De agora em diante, eu estarei no comando. Tragam o Erik aqui. *Imediatamente*.

\* \* \*

Um mandado de prisão expedido para o amante não tardou muito. Um advogado inexperiente e um tanto estúpido havia sido designado para o caso, e o interesse que ele havia demonstrado pelo homicídio de Agnes Vestavik havia sido morno até o momento, para dizer o mínimo. Ele encolheu os ombros e forneceu a dois oficiais da divisão de treinamento as formalidades necessárias, antes que Hanne Wilhelmsen calmamente lhes desse as instruções de que precisavam e os mandasse a caminho. Eles já tinham na cabeça que o desaparecimento do sujeito não era mais grave do que ficar à toa em casa.

Ela voltou ao escritório, onde Billy T. havia comprado para os quatro algumas garrafas de Coca-Cola de lote mais recente. Ela se sentou na cadeira de sempre e bebeu metade da garrafa, então olhou de Tone-Marit para Erik e voltou os olhos para a jovem oficial.

– Você está absolutamente certa. Eu não estive à frente das coisas. Sinto muito por isso.

Constrangidos, Billy T. e Erik tentaram desconversar. Tone-Marit ficou sentada em silêncio, olhando para ela.

– Sinto muito mesmo.

Tone-Marit continuou olhando para ela, mas um sorriso já se insinuava nos olhos estreitos dela. Hanne sorriu de volta e continuou:

– Agora precisamos tentar sair desse emaranhado de assassinos em que ficamos enredados.

Ela havia dividido o conteúdo de uma pasta de capa verde em quatro maços. Estavam dispostos organizadamente em uma fileira diante dela, e ela colocou a mão delgada em cima de um deles. Seu anel de casamento luziu para os outros três do lado oposto da mesa, e um velho reflexo incitou-a a recolher a mão. Mas algo a reteve.

– Esta é Maren Kalsvik – disse ela, dando um beijinho no maço antes de passar para o próximo. – Este é o amante, que roubou a mulher sem dó nem piedade antes de ela morrer. Aqui...

Bateu com a mão no terceiro maço.

– Aqui temos o marido, que mentiu para a polícia sobre o que ele ganharia com a morte da esposa.

O quarto maço, ainda dentro da capa verde, foi colocado bem na ponta da mesa.

– Este é todo o resto. Olav Håkonsen, a mãe dele, Terje Welby e...

– Por que você eliminou Terje Welby? – interrompeu Tone-Marit. – Apesar de tudo, ele ainda é de grande interesse, não?

– É simples demais, Tone-Marit. É óbvio e simples demais. Eu não gosto do fato de não ter havido carta de suicídio. Os peritos da cena do crime não têm dúvida de que *foi* suicídio, se é que alguma vez estiveram em dúvida. Terje Welby foi morto pelo próprio estilete. Por arrependimento e depressão, muito provavelmente, porque ele havia sido um vilão, uma pessoa desonesta e roubou dinheiro da patroa. Mas não encontramos mais *nada* que confirme que ele matou Agnes. Tudo o que minha experiência sugere é que teria havido uma carta lá. Uma carta que declara sua inocência do assassinato e implora perdão por tudo o mais que ele deve ter feito ou confessa tudo isso. Esse é um suicídio cometido no mais profundo desespero. Tanto uma fuga quanto uma reparação. Não teria sido consumado sem deixar que todo mundo soubesse o que ele tinha feito e o que não tinha feito.

– Mas agora sabemos que ele não escreveu uma carta – disse Billy T. com um arroto longo e ruidoso.

– Sim, ah, sim, acho que ele escreveu – declarou Hanne calmamente. – Tenho certeza de que ele escreveu uma carta dessa natureza. Mas alguém a pegou.

Erik derramou Coca na camisa. Tone-Marit estava literalmente boquiaberta. Billy T. assobiou.

– Maren Kalsvik – disse ele, sobretudo para si mesmo.

– Mas pode ter sido qualquer pessoa – protestou Erik. – Por que exatamente ela?

– Porque ela queria que nos contentássemos com a morte do assassino. Porque o mundo dela cairia à sua volta se ela perdesse o emprego. Um emprego pelo qual ela vive e respira, e um emprego que ela obteve falsificando documentos e contando mentiras.

Naquele momento, foi Tone-Marit quem assobiou, fraca e prolongadamente.

– Maren Kalsvik foi para a Faculdade de Serviço Social de Diakonhjemmet – continuou Hanne, cruzando os braços atrás da cabeça. – Isso é certeza. Mas ela reprovou nos exames finais. Na primavera de 1990. Não era o fim do mundo, porque é possível refazer a prova no outono. O problema foi que ela reprovou novamente. E fez uma das escolhas mais estúpidas de sua vida. Em vez de repetir o último ano e então ter mais duas novas oportunidades para fazer o exame, ela escolheu refazer a prova. E reprovou novamente.

– Ela é burra ou o quê? – murmurou Billy T. – Ela parece tão inteligente!

– Uma coisa é ser inteligente em coisas práticas, mas teoria é algo bem diferente. Pode haver mil razões para tamanha mediocridade. O impressionante é que, depois de refazer a prova uma segunda vez, a pessoa é impedida de outra tentativa. Sempre. Não há Maren Kalsvik nos registros de exames da Faculdade de Serviço Social de Diakonhjemmet. Nem em 1990 nem em 1991. Ou em qualquer outro ano, aliás. Ela deve ter precisado mostrar um diploma quando conseguiu o emprego, mas é uma falsificação, não há dúvida sobre isso.

– Minha nossa, ferrou – disse Billy T.

– Ela provavelmente sentiu algo do tipo, sim. Quando reprovou, quero dizer.

– Mas sabemos que Agnes tinha contado a Maren que ela sabia de tudo? – perguntou Tone-Marit.

– Não, não sabemos – replicou Hanne, balançando a cabeça. – Mas, se ela tivesse contado, Maren sabia que sua vida estaria arruinada. E isso seria cem vezes pior do que ir para o xilindró pelo roubo de 30 mil coroas. Pior do que ficar sem teto e sem um tostão furado também. E, além disso, eu tenho mais...

Meia hora mais tarde, toda a Coca-Cola havia acabado e a temperatura no escritório da inspetora chefe se aproximava de um perigoso 30ºC. Erik estava suado e animado, Billy T. ria presunçosamente, enquanto Tone-Marit concluiu para si, mais uma vez, que Hanne Wilhelmsen era a melhor detetive que ela já havia encontrado.

Nenhum deles guardava a mais remota dúvida. O amante era um canalha que receberia sua merecida punição por roubo. O viúvo era uma pobre alma, um fraco que ficara com medo de contar a verdade quando esta estava longe de ameaçá-lo.

Maren Kalsvik era uma assassina.

Mas, por mais que retorcessem e revirassem, era impossível provar.

*** 

Catherine Ruge estava ao lado do estande de frutas tentando lembrar se tinha cenouras em casa ou se deveria comprar mais um pacote. Elas não eram muito bonitas naquela época do ano, em pleno inverno. Talvez, em vez de cenouras, devesse pegar couve-rábano. Ela estava pesando na mão uma raiz oval amarelo cinzentada quando uma gangue barulhenta de adolescentes, trajando casacos acolchoados vermelhos com gatos de feltro branco costurados nas costas, entrou gritando na loja.

"Céus, as celebrações estudantis têm começado cada vez mais cedo", pensou. Na época dela, todos estudavam vorazmente até, pelo menos, uma semana antes do Dia Nacional da Noruega, talvez com a exceção de um encontro para um café em um ou outro sábado.

Os adolescentes esvaziaram uma geladeira de refrigerantes, serviram-se de enormes pilhas de chocolate e embolsaram doces de um estande de sortidos. Um dos garotos, um magrinho cuja voz era mais aguda que a de todos juntos, estava tão louco para impressionar as duas garotas do grupo que acabou derrubando toda a prateleira. Chocolate, balas e gomas esparramaram-se pelo chão e subitamente tudo ficou em completo silêncio, até que eles caíram na gargalhada. A operadora de caixa pareceu arrasada; ela provavelmente era mais nova que eles e nunca estivera mais perto de um quepe estudantil do que naquele exato momento, por isso não teve a coragem de dar uma dura neles. Preferiu trancar a caixa registradora e ir buscar pá e vassoura. Antes que ela retornasse, os adolescentes haviam pegado toda a Coca-Cola e o chocolate que conseguiam carregar e desapareceram porta afora.

Catherine contemplou por um momento a possibilidade de impedi-los, mas estava quase com tanto medo da barulhenta e selvagem gangue quanto a jovem do caixa estivera. Saíram da loja como um troll de várias cabeças, deixando quatro adultos constrangidos e se esforçando para evitar cruzar os olhos, sem erguer um dedo para barrar o monstro.

Mas ela conseguiu ajudar a mocinha do caixa a limpar tudo. Hesitante, agachou-se e começou a recolher os doces que estavam misturados com lixo e lama de inverno e teriam de ser descartados.

Agradecida, a jovem estendeu um saco grande de lixo e sussurrou:

– Eles vêm sempre aqui. Fazem muito barulho, mas geralmente não roubam nada.

"Meu Deus, ela está tentando aliviá-los", pensou Catherine, levantando-se.

– Você deveria denunciá-los!

– O chefe vai cuidar disso. Logo ele chega.

A garota parecia estar com mais medo do chefe do que dos adolescentes que haviam demolido a loja, e Catherine se ofereceu para esperá-lo e ajudar a explicar o que havia acontecido ali.

– Não, não, absolutamente – recusou ela. – Seria pior.

Demoraram dez minutos para limpar tudo. O resultado foi um quarto de saco de lixo cheio de doces estragados.

– Se avisar a escola sobre isso, eles ficarão encrencados – sugeriu ela, em uma tentativa malsucedida de animar a operadora de caixa, que agora estava de volta ao seu posto na cabine. – Aquele gato nas costas indica que frequentam a Escola Catedral. Eu posso certamente...

– Não, não – replicou a jovem. – Esqueça.

Balançando a cabeça, Catherine pagou as compras e saiu pela porta. Ela comprou a couve-rábano, ainda que estivesse mole e fina. Ela tinha quase certeza de haver cenouras na geladeira.

Então subitamente lhe ocorreu. A coisa que parecia tão importante quando Christian falou sobre ter sido Maren quem possivelmente tinha matado Agnes. Gotas enormes e congelantes de chuva pingaram no rosto dela quando parou para pensar mais detidamente sobre se aquilo era algo que a polícia deveria saber. Ela depositou a sacola de compras na calçada e massageou o rosto frio e molhado.

Provavelmente não significava nada. Porque teria sido Terje, claro, quem assassinou Agnes, embora fosse desconcertante a polícia ter chamado todos eles para novos interrogatórios. Como era estúpida por não ter se lembrado disso no dia anterior, quando estava lá prestando novo depoimento. Então ela poderia ter mencionado isso casualmente, e a polícia poderia julgar se era significativo. Agora seria apunhalar Maren pelas costas se ela ligasse para contar à polícia. Seria um modo de expressar suspeita. E ela realmente não suspeitava da colega. De maneira nenhuma. Talvez fosse por isso que ela havia se esquecido desse fato.

Ela ergueu a sacola e começou a andar. A couve-rábano batia na perna dela a cada passo que dava.

Ela teria que pensar mais no caso.

* * *

Estranhamente, ele não estava mais congelando, embora a sensação da pele fosse a mesma de quando ele paralisava de medo e ficava arrepiado. Era ainda mais bizarro ele não estar com fome. Ele não comia nada desde o dia anterior e tinha vomitado o bolo há muito tempo. Em vez da usual sensação de fome, ele sentia uma leve náusea, mas não tão ruim quando a da última noite.

A cabeça era o que mais incomodava, martelando como se alguém tivesse enfiado uma chave de fenda bem atrás de uma das têmporas. De vez em quando, ele segurava a orelha, já que era tão doloroso que quase se poderia pensar que havia um enorme buraco ali.

Além disso, ele estava com sede, com muitíssima sede. Sempre que passava por um quiosque ou um posto de gasolina, comprava um refrigerante. Mas provavelmente o mundo todo estava à procura dele. Havia carros de polícia por toda parte; ele nunca tinha visto tantas patrulhas quanto naquele dia. Isso o atrasava consideravelmente, e ele ficava ainda mais exausto do esforço de ter que se esconder toda hora. As sirenes não estavam ligadas também, de modo que ele precisava estar vigilante a todo momento. Algumas passavam tão devagar que dava agonia. Era ele quem elas perseguiam. A certa altura, um carro de polícia parou subitamente a não mais do que cem metros dele. Um homem saiu do carro e levou as mãos aos olhos, olhando na direção de onde ele caminhava. Ele teve que fugir mais uma vez, por sorte um porão de uma oficina de carros ou algo do tipo estava com a porta aberta. Quando ele foi expulso de lá, um homem grisalho e mal-humorado o descobriu sentado em um fosso de inspeção, a polícia felizmente já havia desaparecido.

Mas estava demorando muito. Ele precisava chegar ao orfanato antes do cair da noite. Quando estivesse mais perto, talvez pudesse fazer o trecho final de ônibus. Talvez. Ele teria que ver. Ele ainda não havia se decidido.

* * *

– Há muitos carros atrás dele. Já o viram duas vezes. Aqui...

Erik Henriksen apontou com uma unha muito roída um ponto em um mapa razoavelmente grande de Oslo aberto sobre a mesa de Hanne Wilhelmsen.

– ... e aqui.

A inspetora chefe manuseava um maço de cigarros vazio, moldando uma cegonha com o papel prateado. Quando a acabou, ela se inclinou sobre o mapa e desenhou círculos vagos com o dedo mínimo antes de encontrar o que procurava. Depois tentou fazer a cegonha parar de pé ali.

– O orfanato – concluiu ela.

A cegonha caiu.

– Ele está indo para o orfanato.

Usando um lápis quebrado como indicador, ela esboçou a rota desde Storo até o Spring Sunshine. Os pontos que Erik havia indicado se localizavam em uma linha mais ou menos reta entre os dois lugares, ainda que mais próximos de Storo que do orfanato.

– Por que diabos ele está indo para lá? – perguntou Erik Henriksen, esforçando-se para colocar a cegonha de pé novamente. – Ele fugiu de lá!

– Tem que estar completamente plano debaixo dela – instruiu Hanne. – Aumente um pouquinho os pés.

– Por que você acha que ele vai para o Spring Sunshine? – Erik repetiu a pergunta, finalmente conseguindo deixar a ave de papel sobre as pernas.

Hanne não respondeu. Ela não sabia por que Olav Håkonsen estava voltando para o orfanato. Mas ela não gostava da ideia. Isso a perturbou. Um mal-estar havia se instalado em algum ponto entre o umbigo e o diafragma dela, e ia se tornando cada vez mais intenso. Sentiu novamente. Era a sensação que ela sempre tinha quando surgia algo que não compreendia, embora obviamente tivesse algum significado. Algo que ela era incapaz de antecipar, que não conseguia abranger em suas teorias. Ela não gostava nada disso.

– Sinceramente espero que o encontrem antes de ele chegar lá.

– Claro que vão – disse Erik em tom tranquilizador. – Estão com cinco carros patrulha à procura dele. Não pode ser *tão* difícil assim encontrar um garoto de 12 anos!

\*\*\*

Já passava das 14 horas, e o tempo deles estava se esgotando. Ao menos cumpririam a promessa otimista de encerramento do caso antes do fim de semana. Hanne Wilhelmsen já temia ter que ligar para Cecilie para dizer que provavelmente se atrasaria. Elas esperavam visitas, e ela havia jurado que estaria em casa a tempo.

– Ah, droga – exclamou ela subitamente quando lhe ocorreu que havia prometido comprar aspargos e berinjelas frescas no verdureiro em Vaterland.

O superintendente ergueu as sobrancelhas interrogativamente.

– Nada – disse Hanne rapidamente. – Não foi nada.

Ela se virou para o advogado de polícia, que estava meio sentado, meio esparramado na cadeira e, naquele exato momento, extremamente preocupado com algo que parecia estar localizado dentro da orelha. Primeiro ele tentou cutucar com o dedo, mas não adiantou, então pegou um clipe de papel e o abriu para formar uma pequena lança que inseriu inteira na cabeça.

Hanne sabia que devia adverti-lo, mas não conseguiu reunir energia para isso.

– Você tem certeza de que não há provas suficientes para dar suporte a uma prisão? – perguntou ela pela terceira vez.

– Sim – respondeu o advogado de polícia, retirando a lança.

Uma massa marrom amarelada havia se fixado na ponta, e ele olhou para aquilo deleitado. Hanne desviou o olhar.

Ele enfiou o clipe no bolso da camisa e se endireitou na cadeira.

– Tudo o que você tem é uma pilha de boas teorias. Nada tangível. Ela tem uma motivação, mas certamente motivação é o que não falta nesse caso. Pessoas com motivações, quero dizer. E mais: você não sabe se Agnes havia de fato *confrontado* Maren com provas do diploma fraudulento. Se você aparecer com alguma confirmação, farei nova análise. Então ao menos estaremos nos aproximando de algo parecido com motivos para uma prisão. Eu preciso de mais, Hanne. Substancialmente mais.

– Mas sabemos que ela falsificou um diploma. Não podemos detê-la por isso?

O advogado de polícia sorriu indulgentemente para ela e retirou novamente o cutucador de orelha. Agora ele estava decidido a perfurar a outra.

– Provavelmente há evidências suficientes para essa acusação – disse ele com a cabeça inclinada. – Mas isso será feito sem pressa e estardalhaço e sem nenhuma prisão. Nada de dramas. Ai!

Tirando a maltratado clipe da orelha, olhou para ele descontente. Depois esfregou a ponta entre o polegar e o indicador, antes de limpar a cera de ouvido na perna da calça e se levantar.

– Meu conselho é convidá-la para outro interrogatório, apresentar-lhe os fatos e cruzar os dedos para uma confissão. Ela deve estar bastante esgotada a esta altura.

Então ele sorriu e saiu da sala.

– Porco imundo – disse Hanne baixinho quando ele fechou a porta atrás de si, na esperança de que ele não tivesse escutado.

O superintendente não esboçou nenhum sorriso, mas os deixou também.

– Mas ele está certo, você sabe disso – disse Billy T. secamente quando a porta se fechou pela segunda vez.

– Odeio quando pessoas assim estão certas.

– Você odeia quando alguém que não seja você esteja certo, se quer saber.

– Psssh! – ela deu um tapa na cabeça dele.

– Mas o que faremos?

– Podemos convidá-la a vir aqui com a desculpa de que o interrogatório de ontem foi interrompido – sugeriu ele sem nenhum entusiasmo visível.

– E então ela pedirá novamente que o interrogatório seja lá, e então insistiremos para que ela venha aqui – entoou Hanne com voz afetada e monótona. – E então ela não entenderá por que não podemos esperar até segunda-feira, e então seremos ainda mais severos e ordenaremos que ela venha imediatamente, e correremos o risco de que ela compreenda a situação. E com todo o tempo do mundo para eliminar todas as provas existentes neste...

Ela explodiu.

– ... *caso maldito!*

O mapa de Oslo sobre a mesa, novinho em folha e extremamente útil, em questão de segundos foi transformado em uma bola de papel amassado. Hanne atirou-a na parede, depois a apanhou novamente, um pouco constrangida, e lentamente começou a investigar se o mapa poderia ser recuperado.

De repente, eles ouviram gritos, berros e aplausos estrondosos vindos lá do corredor. Eles se entreolharam e competiram para ver quem era menos curioso. Foram logo liberados da disputa, pois a porta foi aberta com violência, e a sargento Synnøve Lunde entrou pulando na sala.

– Pegamos o cara! Do duplo homicídio em Smestad! Foi preso em uma barca para a Dinamarca!

Então ela saiu pulando novamente.

Hanne Wilhelmsen e Billy T. trocaram olhares abatidos.

– Vamos pegar Maren Kalsvik – decidiu Hanne.

\* \* \*

No Orfanato Spring Sunshine, a situação estava longe de ser satisfatória. Todas as escalas de trabalho foram gradualmente se desfazendo conforme as pessoas morriam ou entravam em afastamento por doença, e Maren Kalsvik estava ocupadíssima organizando a vida doméstica. As crianças sabiam como se beneficiar dessa desordem e estavam mais barulhentas, brigando mais e esticando todos os limites com alguma margem de flexibilidade. Raymond estava na prática cuidando de si mesmo, menos preocupante que Glenn, que havia sido pega roubando uma loja na manhã daquele dia. Anita, com um beiço enorme, não estava falando com ninguém. Maren suspeitava que o namorado tivesse lhe dado um fora. Os gêmeos decidiram levar Jeanette ao desespero e quase conseguiram na noite anterior, fazendo xixi na cama dela sem que ela se desse conta até se deitar sobre o molhado. Kenneth estava mais ansioso do que nunca e havia se convencido de que um pirata morava no porão.

– Fiquem quietos, agora!

Ela gritava a plenos pulmões.

Uma explosão descontrolada de Maren Kalsvik era tão rara que ela alcançou o resultado que queria. Imediatamente. Após alguns segundos, porém, eles começaram tudo de novo.

Eram 15 horas, e fazia apenas uma hora que as primeiras crianças tinham começado a chegar da escola. A dor de cabeça dela havia dado sinais dois minutos depois de Kenneth aparecer e, desde então, piorava gradativamente.

Ela entrou na sala de TV e fechou a porta. Christian teria que cuidar deles por um tempo. Ele era muito bom com as crianças, embora fosse muito permissivo, às vezes.

Ar. Ela precisava de ar fresco. Foi até a janela e a escancarou. Foi benéfico, e ela respirou fundo. As narinas se moviam em compasso com a respiração, abrindo e fechando. Fechou os olhos.

E desejou não precisar abri-los novamente.

\* \* \*

– Lá! Lá está ele de novo!

O recruta colou o rosto na janela lateral do carro e tentava apontar na direção certa, mas estava mais para uma pancada incerta no vidro.

– Lá está ele, naquele jardim!

– Chame a patrulha mais próxima para interceptá-lo no outro lado deste bairro. E diga para desligarem aquelas malditas sirenes!

Segundos depois de o recruta retransmitir as ordens do superior, eles ouviram as sirenes desaparecerem ao longe.

– Se agora não conseguirmos pegar aquele garoto, eu entrego esta droga de distintivo – disse com obstinação o homem mais velho, executando uma derrapagem desnecessária, ilegal e extremamente eficaz para dar meia-volta com o veículo.

***

Ele conseguiu. Se não estivesse tão exausto, estaria orgulhoso de si mesmo. Maren ficaria orgulhosa dele. Por duas vezes, tinha tomado coragem para pedir informações. Em alguns lugares, havia visto construções que reconheceu e agora tinha chegado ao destino. Mas estava cheio de policiais por ali, e eles surgiam cada vez mais. Ele decidiu atravessar jardins e pular arbustos para ficar o mais invisível possível lá da rua.

Ele tinha conseguido, mas, e agora? Como faria contato com Maren sem que os outros o vissem?

Incerto, ele se abrigou debaixo de algumas árvores, sem folhas. Ainda havia claridade suficiente para que ele fosse visto a distância, então se posicionou o mais próximo que conseguiu do tronco. Havia apenas uma rua, um portão e uma aleia de jardim separando-o da porta de entrada do Spring Sunshine.

Cerca de cinquenta metros.

***

Finalmente Maren Kalsvik abriu os olhos. Lenta e hesitantemente. Ela cobriu o rosto com as mãos. Sua pele estava fria, mas ela não sentia frio. Inclinou-se para a moldura da janela e comprimiu a pelve, mas a dor era uma sensação bem-vinda, já que a fazia lembrar que ainda estava viva. A cabeça estava vazia e caoticamente cheia ao mesmo tempo. Ela sentiu uma vertigem e percebeu, perplexa, que há muito estava segurando a respiração. Arfante, conseguiu inspirar um pouco de ar fresco.

Começava a escurecer; as sombras não eram mais tão nítidas e aqui e ali pareciam se fundir à terra escura. Alguém havia deixado o portão aberto. Ele sempre devia ser mantido fechado.

Algo se movia debaixo das árvores do outro lado da rua. Os contornos de uma figura começavam a se tornar nítidos, mas um caminhão de entrega com o logotipo de uma empresa de carpintaria apareceu, bloqueando a visão dela por um momento. Assim que o veículo passou, ela teve que contrair os olhos para verificar se tinha visto corretamente.

Embora a figura, definitivamente era uma pessoa, tivesse se aproximado mais do tronco da árvore do que invadido a calçada, o contorno estava bastante claro. Não particularmente alto, mas mesmo assim parecia ser alguém grande e largo.

– Meu Deus, é Olav – disse ela em voz alta.

Correndo para a porta, ela quase escorregou nas peças de Lego espalhadas pelo chão enquanto se dirigia para as escadas, na pressa de chegar à porta da frente. Todavia, manteve o equilíbrio e, sem colocar sapatos, desceu tempestuosamente as escadas e saiu para o caminho de cascalho.

– Olav! – gritou ela, abrindo os braços. – Olav!

Ao vê-lo sair das sombras para ficar mais visível, ela reparou no carro. Ela não percebeu a princípio que era um veículo policial; constatou apenas que dirigia rápido demais.

O garoto atravessou a calçada e deu um primeiro passo sobre a rua. Ela só havia conseguido chegar à metade da aleia do jardim.

– Pare! – gritou ela e parou abruptamente na esperança de que isso tivesse efeito sobre o garoto.

Mas ele continuou correndo.

Agora ela podia ver o rosto dele a apenas quinze metros de distância. Ele sorria, um sorriso completamente diferente do que ela vira antes. Ele parecia feliz.

Ele cambaleou sem forças dois metros pela rua, começando a erguer o braço em um gesto, provavelmente na intenção de um cumprimento.

O carro vinha rápido demais. Rápido demais para o limite de velocidade de 30 km/h, e rápido demais para ter a chance de parar para não atingir um garoto de 12 anos saindo trôpego e repentinamente para a rua.

Os freios guincharam. Maren Kalsvik gritou. Uma senhora idosa, que morava quatro casas para baixo e havia saído para deixar o poodle fazer as necessidades dele sob o que restava de luz do dia, berrou como que possuída.

A frente do carro pegou o garoto na altura do joelho, e os dois ossos se quebraram instantaneamente. Ele foi arremessado sobre o capô, e seu corpo pesado esmagou o vidro dianteiro antes de continuar subindo até o teto. O policial ao volante perdeu o controle, o veículo guinou para o lado e continuou dez metros pelo asfalto antes de destruir uma cerca de metal e trepidar até parar em um toco de árvore. As duas portas do carro ficaram muito amassadas e os dois policiais puxavam nervosamente as maçanetas, tentando abri-las.

Olav ainda estava na rua.

Maren Kalsvik chegou até o garoto no exato momento em que ele abriu os olhos.

– Não se mexa. Olav, você não deve se mexer.

Ele sorriu mais uma vez, aquele sorriso desconhecido e genuíno. Ela sentou ao lado dele, desejando mais que tudo levantá-lo e segurá-lo. Mas ele poderia ter fraturado o pescoço, então ela inclinou o rosto até a cabeça do garoto e passou os dedos, leves como uma pena, pela face dele.

– Vai ficar tudo bem, Olav. Apenas não se mexa, e tudo ficará bem.

Maren desceu a manga da blusa para secar cuidadosamente a saliva que escorria pelo queixo dele.

– Eu vi você, Maren – sussurrou ele quase inaudível. – Você estava correndo. No jardim. Você ouviu...

Ele fez uma breve careta, e ela o aquietou.

– Você ouviu que eu... – gemeu ele finalmente. – Você...

Maren Kalsvik sentia-se muito fria. O frio apoderou-se dela e nada tinha a ver com o fato de estar sentada, só de meias e roupas leves, sobre uma rua lamacenta de Oslo em uma tarde de fevereiro. O golpe amargo vinha de dentro, de uma sala que ela havia trancado, lacrado, e cuja chave tinha jogado fora depois. Naquele momento, a porta estava escancarada. Ela batia os dentes enquanto tentava acalmar o garoto.

– Não se mexa, Olav. Você tem que ficar parado.

Desesperada, ela ergueu a parte superior do corpo e gritou:
– Ambulância, ninguém chamou uma ambulância?

A velha havia se sentado na calçada e chorava com tanta veemência que o poodle parecia louco em volta dela, ganindo e latindo. Os policiais ainda não haviam conseguido sair do carro destruído e outro carro chegou fazendo a curva e guinchando até parar. O motorista percebeu o que havia acontecido.

– Chame uma ambulância – gritou Maren novamente, desta vez dirigindo-se para Christian, parado como uma estátua de sal na escadaria e segurando fortemente a maçaneta enquanto cinco crianças tentavam puxá-la de dentro.

– Você estava chorando – sussurrou Olav tão fracamente que ela teve que aproximar a orelha do rosto dele. – Você... eu vi você correndo, Maren.

Então ele sorriu novamente e sussurrou algo indistinto no ouvido dela.

No momento em que Hanne Wilhelmsen e Billy T. chegaram, tendo corrido quinze metros desde o carro, que agora bloqueava a rua, Olav Håkonsen suspirou baixinho, um suspiro quase inaudível, e morreu.

*\*\**

Após uma hora e meia interrogando Maren Kalsvik, Hanne Wilhelmsen não havia conseguido nada além de deixar Cecilie extremamente zangada. Levou um tempo para resolver as coisas no orfanato. Olhando para a vidraça quase negra, Hanne pensou com tristeza que àquela altura os convidados teriam terminado de comer o primeiro prato. Se Cecilie tivesse conseguido planejar algo diferente dos aspargos, que infelizmente não chegaram em casa.

Se ao menos Billy T. aparecesse logo. Era a vez dele de ficar com os filhos no fim de semana, mas ele prometeu voltar assim que os garotos estivessem na cama. A irmã ficaria de babá. Hanne desgrenhou o cabelo e massageou o couro cabeludo.

Ela não estava fazendo nenhum progresso.

Maren Kalsvik havia abdicado de seu direito de assistência jurídica. Hanne Wilhelmsen havia declarado explicitamente que Maren era acusada de falsificar o diploma, mas provisoriamente apenas suspeita do assassinato de Agnes Vestavik.

– Então ela não tem absolutamente nenhum direito no que tange a isso, pelo menos não ainda – observara corretamente Billy T.

Maren tinha direito a um advogado, independentemente, mas ela agradeceu e recusou. No que dizia respeito ao diploma, ela reconheceu o delito com um tom de voz impassível e sem se mostrar nem um pouco surpresa. Ela ficou sentada como uma boneca de madeira durante todo o interrogatório, limitando-se a respostas monossilábicas o mais honestamente possível. Quando Hanne, mais por curiosidade pessoal do que por necessidade profissional, questionou Maren sobre a razão de tantas reprovações, as feições dela se tornaram, contrariando todas as possibilidades, ainda mais impassíveis. Ela não responderia àquela pergunta.

Houve duas coisas que ela negou reiteradamente todas as vezes que Hanne pensou tê-la encurralado: Agnes ter lhe dito que a havia desmascarado, e ela ter alguma coisa a ver com a morte da diretora.

– Eu não fazia ideia de que ela havia descoberto – disse ela. – Eu não tinha absolutamente nenhuma razão para matar Agnes.

Acendendo um cigarro, Hanne Wilhelmsen apoiou os pés na mesa, depois fitou o ar antes de fechar os olhos. O corpo morto e pesado de Olav estava no interior das pálpebras, por isso ela os reabriu rapidamente. E examinou a outra mulher.

– Você realmente gostava muito daquele garoto – disse ela brandamente.

Maren Kalsvik encolheu os ombros, não se permitindo ser incitada a mudar o semblante.

– Vi isso em você. Você gostava muito dele, não?

Ela não derramou uma única lágrima, segurando o garoto com força, mas, quando finalmente a fizeram entender que ele estava morto, ela se levantou e assumiu a expressão dura que mantinha desde então. Aquilo começava a dar nos nervos de Hanne.

– Bem – disse ela depois de dar dois minutos para Maren Kalsvik responder, sem obter nada dela –, não vamos chegar a lugar nenhum com isso e já está ficando tarde. Então vou lhe dizer no que eu acredito, e você pode se sentar em uma cela para passar a noite ponderando a respeito. Pondere se não é melhor confirmar o que já sabemos.

"Cela" não era bem verdade. Mas funcionou: um tremor ínfimo, quase imperceptível, surgiu no canto da boca da mulher e por ali ficou. Por um tempo considerável.

Hanne levantou-se e contornou a mesa. Sentando-se na ponta, cruzou as pernas. Maren Kalsvik estava sentada a um metro dela, olhando para um ponto no meio da barriga.

– Você tinha uma consulta no dentista aquele dia. A entrevista de Agnes com Terje demorou tanto que você ficou apenas alguns minutos e teve que ser dispensada. Precisava chegar ao consultório a tempo. Acontece que Agnes não teria ficado contente com isso, devia estar de mau humor naquele dia. Muito compreensível. Um funcionário desonesto atrás do outro.

Maren ainda olhava para um ponto ou alguma coisa no suéter, mas Hanne percebeu que o tremor no canto da boca não era mais visível.

– Talvez Agnes não quisesse fazer estardalhaço. Talvez você tivesse planos para o restante do dia também. Eu não sei. Mas acho provável que ela tenha lhe pedido que retornasse mais tarde aquela noite. Tarde da noite. Ela colocaria a filha na cama primeiro. E haveria paz e silêncio no orfanato também. Sabe o que eu acho? Que talvez você tivesse alguma suspeita que havia algo desagradável à sua espera. Provavelmente tinha, já que ela deve ter insistido em realizar a reunião. Em todo caso...

Ela saiu da mesa e voltou mais uma vez para a cadeira. Tirando uma folha de papel em branco de uma gaveta, começou a fazer um avião.

– Em todo caso, você voltou. Umas 22h30, talvez. Você foi silenciosa, pois sabia muito bem que algumas crianças estariam dormindo naquela hora. Talvez tenha colocado a cabeça para dentro da sala para cumprimentar Eirik Vassbunn, mas, ao ver que ele estava dormindo, nem se deu ao trabalho. Pode ter sido porque você quisesse mostrar consideração.

Ela dobrava e redobrava o papel.

– Pode ter sido também por outros motivos. De qualquer modo, ele não a viu chegando.

O avião estava quase completo. Tirando uma folha de papel nova, Hanne rasgou-a com cuidado até formar uma esplêndida cauda.

– Então você ficou sabendo do que se tratava. A prova que Agnes havia obtido ou que você estava sendo demitida. Algo totalmente perturbador.

Hanne moveu os olhos do avião de papel para o rosto da outra mulher. Ainda completamente impassível. Ainda como se fosse talhado em pedra. Aquilo não mais irritava Hanne, agora era um bom sinal. Um sinal muitíssimo bom.

– Você obviamente falou bem baixo. Havia crianças dormindo naquele andar. Ainda que vários quartos a separassem deles. Mas, para ser franca...

Hanne Wilhelmsen parou bruscamente e jogou o avião que subiu fazendo uma bela curva em direção ao teto, onde pairou, quase estático, ao chegar ao topo do arco, antes de fazer um loop rápido e pousar na borda da janela. Maren Kalsvik não permitiu que isso perturbasse sua compostura, não dirigindo sequer um olhar ao avião.

– Eu tentei me colocar no seu lugar – continuou Hanne em tom de voz amigável. – Tentei pensar em como seria ser descoberta. Imaginei meu chefe descobrindo que eu não havia frequentado a Academia de Polícia. Todo mundo sabendo disso. Eu sendo demitida e ficando desempregada.

Pingando algumas gotas de café no cinzeiro transbordante, ela despejou o conteúdo úmido no cesto de papéis antes de estender a mão para uma gaveta e retirar quatro lenços de papel para limpar o cinzeiro. Depois acendeu outro cigarro.

– Eu teria desmoronado. Depois de tantos anos, depois de ter demonstrado o quanto eu realmente sou competente no que faço, vem um pedaço de papel e vira minha vida de ponta-cabeça.

Ela balançou a cabeça e estalou os lábios.

– Eu não estou zombando de você, Maren – explicou delicadamente. – Falo sério. Eu teria desmoronado por completo. E, embora meu emprego signifique muito para mim, acho que o seu é ainda mais importante para você. É nítido pela forma como você lida com as crianças.

Uma série de anéis de fumaça se dissipou a caminho do teto. As duas mulheres permaneceram sentadas em silêncio por um tempo. Os únicos sons ouvidos eram passos indo e vindo pelo corredor lá fora. A delegacia estava prestes a esvaziar para o fim de semana.

– Diga-me se eu estiver enganada, então – Hanne subitamente encorajou-a, finalmente fazendo contato visual com a outra mulher, que mudou de posição na cadeira e balançou a cabeça, murmurando algo que Hanne não entendeu. Depois voltou ao papel de Esfinge.

– Você implorou por misericórdia, talvez. Eu teria feito isso – continuou Hanne incansável. – Mas Agnes... A propósito, por acaso você sabe o significado do nome "Agnes"? Pura e virgem. Santa Agnes era virginal, mas teimosa. Isso lhe custou a vida. Agnes foi igualmente teimosa?

Maren não respondeu, mas o rosto estava quase transparente e lívido.

– Provavelmente ela foi – disse Hanne por falta de uma confirmação verbal de Maren. – E então algo aconteceu, algo a respeito do que eu gostaria de alguns detalhes. Olhe para mim!

Ela bateu os dois punhos na mesa, fazendo Maren Kalsvik se encolher. Entreolharam-se rapidamente, antes de desviar o olhar. Hanne balançou a cabeça.

– Havia algumas facas lá. As facas recém-amoladas de Agnes. Sobre a mesa, possivelmente, ou talvez na estante. Não é tão importante onde estavam. De qualquer forma, você andou, contornou a mesa e estava atrás de Agnes quando subitamente a esfaqueou. Isso aconteceu num piscar de olhos. Antes que você tivesse tempo de pensar, aconteceu. Você pegou uma faca e enfiou nas costas dela. Você estava furiosa, desesperada e completamente fora de controle. Há muita coisa aqui para um advogado de defesa. Muita coisa. Talvez alguém ainda chegue à conclusão de que você estava com a capacidade mental limitada no momento do ataque. Um advogado pode ajudá-la com isso.

Ela empurrou a cadeira até a janela para abri-la, pois a sala estava cinzenta e enevoada da fumaça do cigarro. A atmosfera cedeu lugar ao frio.

– Devo ligar para um advogado?

– Não.

Ela estava sentada imóvel havia tanto tempo que as cordas vocais quase ficaram paralisadas, e a resposta estava mais para uma tosse do que uma palavra. Hanne amaldiçoou Billy T. Ainda nenhuma notícia dele.

– Tem certeza?

– Sim.

– Tudo bem. Então vou continuar. Você provavelmente não conseguiu compreender o que tinha feito. Um assassinato é quase sempre cometido no calor do momento. Você não tinha planejado nada do tipo. Mais sustentação para a defesa!

Hanne abriu as Páginas Amarelas de Oslo e folheou até a lista de advogados. Ela então jogou o catálogo aberto para Maren.

– Eu realmente recomendo que você consiga um.

A mulher não respondeu, apenas balançou de leve a cabeça.

– Não tenho energia para dizer de novo – disse ela com um suspiro, pegando a lista de volta. Fechou-a com um movimento brusco.

– Poderia muito bem ser que você decidisse nos relatar de uma vez. Mas você logo pensou em alternativas. Você sabia onde estava a chave da escrivaninha, então foi buscá-la e abriu as gavetas à procura dos papéis comprometedores. Não faço ideia se você encontrou alguma coisa a seu respeito. Mas é provável que tenha encontrado algo sobre Terje. Você os deixou lá na esperança de que a polícia os encontrasse.

Hanne riu, uma risada curta e oca.

– Não era estranho que você soubesse que Terje esteve lá depois de você! Eu deveria ter dado mais importância ao seu espanto quando viu que a chave não estava debaixo do vaso de planta quando conversávamos no dia seguinte ao do assassinato. Porque você a havia colocado de volta. Vendo que Terje não foi preso, você percebeu que não havíamos achado nada. Portanto...

Ela bateu expressivamente na têmpora com o indicador esquerdo.

Maren Kalsvik ainda estava sentada como um zumbi, imóvel e com o olhar dirigido a algo que Hanne Wilhelmsen não conseguiu decifrar. Algo além deste mundo. Os olhos estavam cinza-claros e brilhantes, quase desumanos, mais como os de um cão ou lobo. Hanne não conseguiu recordar nada senão que antes eles pareciam muito mais azuis. Por outro lado, o escritório todo parecia cinza. Os passos e vozes lá do corredor, que haviam quebrado a monotonia de seu monólogo, tinham desaparecido. A maior parte da Divisão de Homicídios havia saído para comemorar a resolução do duplo homicídio com uma ou quatro cervejas. Em casa, Cecilie provavelmente estava fazendo café, tendo esgotado todas as desculpas para o fato de Hanne não ter aparecido. O que havia acontecido com Billy T. era um mistério. Erik e Tone-Marit haviam sido autorizados a sair por volta das 19 horas, depois de o amante ter admitido, em meio a lágrimas, a fraude dos cheques. O amigo dele, finalmente localizado, havia confirmado que se encontraram para um café e conversaram até tarde da noite do assassinato, algo que os funcionários da cafeteria, hesitantes, mas mesmo assim convincentes, também confirmaram. Liberado, ele foi embora, provavelmente se sentindo péssimo.

Hanne Wilhelmsen não estava se sentindo tão entusiasmada também.

Mas Maren Kalsvik estava se sentindo muito, muito pior. Sentada completamente imóvel, sem dizer nenhuma palavra, sem olhar para nada, sem reagir a nada que fosse dito. Era o único meio que ela tinha de manter controle sobre a vida e a realidade.

Algo dentro dela estava prestes a desmoronar. As vísceras se agitavam em uma mistura caótica. O abdome pulsava violentamente, como se o coração tivesse descido até ali. Ela conseguia respirar apenas com o máximo esforço, como se os pulmões estivessem espremidos na garganta, onde não havia espaço suficiente. Na cabeça não havia um pensamento e suas emoções giravam no estômago, desesperadas para escapar. Braços e pernas haviam desaparecido; estavam apenas ali, mortos e paralisados, servindo a nenhum outro propósito senão aprisionar tudo o que doía e explodia em seu torso.

A única coisa a que ela conseguiu se agarrar foi a determinação de que deveria sobreviver, e a única maneira de sobreviver era ficar sentada totalmente imóvel e esperar que tudo passasse. Não havia ninguém em todo o mundo que pudesse ajudá-la. Exceto ela mesma. Mantendo a boca fechada. Ela não devia fraquejar. Não devia acreditar que Deus havia lhe virado as costas. Ela agarrou um ponto vermelho em algum lugar no estômago, segurou firme e recusou-se a soltar.

A carta de suicídio, que a tinha como destinatária, havia chegado pelo correio dois dias depois do suicídio. Abriu-a nervosamente e derramou café nela. "Eu não matei Agnes", dizia ele, implorando que ela acreditasse. Havia outra coisa também. "Tome cuidado, Maren. Agnes sabia do seu diploma forjado. Eu também sabia. Tome cuidado. Eu fiz muita coisa errada. Mas você também fez."

Ela queimou a carta. Não estava endereçada à polícia. Pertencia a ela.

"Meu Deus", pensou ela, quando um estrondo veio de algum lugar de seu estômago. "Perdoe-me. Ajude-me."

A inspetora chefe Wilhelmsen havia deixado sua suspeita em segredo por um longo período. Ela não sabia o que esperar. Ela se afundava em uma espécie de indiferença, uma defesa contra o fato insuportável de que estava sentada diante de uma assassina e não fazia a mínima ideia do que fazer para que a mulher recebesse a punição mais que merecida. Para provar que ela cometera o crime.

Hanne expulsou o sentimento, mas avaliou que ele voltaria se algo não acontecesse logo.

– Você não precisou temer que fossem encontradas digitais. A não ser na faca, claro, mas elas rapidamente foram eliminadas. Uma esfregada, e pronto. Todas as outras marcas pertenciam àquele lugar. Você esteve lá centenas de vezes. Foi assim que entendemos por que levou as outras facas com você.

Maren Kalsvik moveu-se pela primeira vez durante todo o interrogatório. Dolorida e desconfortável, ela se inclinou para a xícara de café, o conteúdo denso, frio, forte e amargo. Pestanejou vigorosamente algumas vezes, fechando os olhos com força como se tivesse um cisco neles. Viu-se a mais ínfima lágrima pender dos cílios do olho esquerdo, antes de cair e escorrer lentamente pela face. Era tão minúscula que se consumiu antes de chegar à boca. Então ela se sentou de volta, retomando a posição de boneca de madeira.

– Por ora – disse Hanne, levantando-se da cadeira –, vou lhe mostrar o que penso. Vou mostrar como logo percebemos que o assassino deveria ser alguém de dentro, que passava o dia no orfanato, por isso não precisava ter medo de que fossem encontradas suas digitais na sala.

Ela foi até a porta e abriu-a. Lá fora, o corredor estava deserto e sombrio.

– Faz de conta que eu sou você, está bem?

Ela apontou primeiro para si mesma e depois para a outra mulher.

– Acabei de matar alguém. Estou irada, desesperada, mas, principalmente, não quero ser pega. Consigo escapar sorrateiramente. Mas daí talvez me lembre do que aconteceu quando peguei a faca que usei para matar Agnes.

Maren Kalsvik não fez nenhum sinal de que a observava. Apenas ficou imóvel na cadeira, com o perfil para a porta. Hanne suspirou, aproximou-se dela e pegou-a pelo queixo. O rosto estava frio como gelo, mas a cabeça estava mole e a inspetora chefe não teve dificuldade de forçá-la a fazer contato visual.

– Quando uma pessoa pega uma faca que está em uma pilha de outras facas, é extremamente difícil não tocar nas outras. É quase impossível, se você não dedica algum tempo para escolher apenas uma. Observe!

Ela retirou quatro itens compridos de uma gaveta: um abridor de cartas, um estojo fino de couro, um lápis e uma caneta hidrográfica, e colocou-os sobre a mesa.

— Se eu ergo um deles sem saber exatamente qual eu quero pegar, isto é o que acontece!

Ao pegar rapidamente o abridor de cartas, seu argumento estava claro. Ela havia tocado os outros três itens também. Como demonstrara para Billy T. no bar em Grünerløkka.

— Você não tinha tempo a perder, estava agindo impulsivamente. Raiva e desespero de momento. As outras facas eram o único lugar em que suas digitais não deveriam estar, de preferência. Você poderia tê-las limpado, mas isso levaria algum tempo.

Hanne soltou o rosto dela e foi até a janela.

— É claro que todo mundo teria ficado com medo de serem descobertas digitais nas facas. Mas veja só...

Ele pousou a palma das mãos no vidro frio e fez uma pausa antes de se virar para continuar.

— Se fosse alguém de fora que tivesse feito isso, teria tido receio das digitais em *outros* lugares também. Quanto a um estranho à casa, temos duas teorias. Se ele estivesse planejando fazer algo ilegal, teria com certeza usado luvas. Sem necessidade de trazer nenhuma faca. Ou então cometeu um assassinato não planejado. No calor do momento. Nesse caso, as facas teriam sido o menor dos problemas dele. Ele teria tido que limpar o lugar todo. A maçaneta, a mesa, talvez os descansos de braço na cadeira e sabe-se lá mais onde ele tenha tocado. Sempre se toca um lugar ou outro quando se entra em algum lugar. E foi assim que eu soube.

Maren Kalsvik ainda não movia nenhum músculo. Era como se não estivesse respirando.

— Nenhuma das superfícies em toda a sala havia sido limpa. Havia marcas, poeira e resíduos de sujeira por toda parte. Nenhum sinal de que alguém tivesse dedicado um tempo para limpar. A pessoa que matou Agnes e levou as facas não precisava se preocupar com nada a não ser com elas. A pessoa em questão pertence ao Orfanato Spring Sunshine. As digitais pertencem ao escritório de Agnes. Exceto pelas facas, pois ninguém poderia ter alegado que tocou nelas.

A inspetora chefe foi até a porta novamente, representando o papel da suspeita de assassinato.

— Talvez eu ouça alguém vindo. Talvez eu esteja apenas com muito medo. Em todo caso, a fuga é difícil. O mais simples é levar as facas comigo. Foi o que você fez. E então você escolhe desaparecer descendo pela escada de incêndio. A sorte foi...

Hanne riu em voz alta.

— Bastante engenhoso de sua parte recolhê-la novamente quando voltou. Antes da chegada da polícia. Isso causou bastante dificuldade para nós, e como. Ora.

Ela voltou lentamente para a cadeira atrás da mesa e, ao passar pela suspeita, deixou a mão deslizar um pouco nas costas de Maren.

— Assim — disse ela enfaticamente e com um sorriso satisfeito enquanto voltava novamente para a cadeira. — Foi mais ou menos assim que aconteceu. Não foi?

Um pouco do azul havia retornado aos olhos de Maren Kalsvik. Ela ergueu a mão e olhou para ela como se não acreditasse que ainda pudesse ser erguida. Então passou os dedos pelos cabelos e olhou Hanne Wilhelmsen diretamente nos olhos.

— Como você pensa em provar tudo isso?

Onde, diabos, estava Billy T.?

\* \* \*

Os garotinhos de Billy T. tinham adormecido há muito tempo, depois de muito fuzuê e três capítulos de *Mio, my son*. A irmã dele o enxotou com um sorriso antes de se sentar no sofá com uma pizza, uma cerveja e o controle remoto.

Em vez de ir direto para a Grønlandsleiret 44, ele fez uma visita ao Orfanato Spring Sunshine. A recepcionista da delegacia havia entregado uma mensagem de Catherine Ruge pouco antes de ele ter saído para buscar os filhos, informando que ela poderia ser encontrada no orfanato a tarde toda. Como a casa não ficava muito fora do caminho, ele achou que poderia dar uma passada por lá.

Estava silencioso e tranquilo na sala de recreação. Raymond, Anita e Glenn estavam fora, e Jeanette estava passando a noite com um colega de classe. Os gêmeos estavam sentados vendo TV, enquanto Kenneth e Catherine montavam um quebra-cabeça na enorme mesa de trabalho. Kenneth estava agitado e impaciente, por isso Catherine tinha dificuldades para convencê-lo a ficar sentado.

Billy T. juntou-se a eles por alguns minutos para unir as peças do quebra-cabeça e então teve que esperar três quartos de hora até Kenneth adormecer. Catherine lamentou por isso enquanto descia novamente as escadas.

— Esse garoto está passando um momento terrível – justificou ela. – Deus sabe como Christian conseguiu manter todos do lado de dentro até Olav ser... até que Olav tivesse sido levado.

Ela era inacreditavelmente magra. A cabeça era um crânio espectral revestido de nada senão pele. Os olhos se tornavam enormes no rosto minúsculo e estreito, e Billy T. poderia ver uma espécie de beleza se não fosse pelo fato de a mulher não ter nenhuma gordura.

— Não sei se isso tem alguma importância – disse ela meio que se desculpando enquanto tirava duas folhas de papel de uma pasta trazida do primeiro andar. – Mas, no dia em que Agnes foi morta...

Billy T. pegou as duas folhas.

— Eu estava lá em cima com ela. Logo depois de ela ter conversado com Terje. Maren tinha estado lá também, mas só por alguns minutos. Falamos de muita coisa envolvendo o trabalho. Talvez tenha levado cerca de meia hora mais ou menos. Conversamos um pouco sobre Olav, um pouco sobre Kenneth. Sim, estamos nos esforçando com Kenneth, veja você. Ele foi colocado com três famílias, coitado. A mãe dele...

— Está bem, está bem – interrompeu Billy T.. – Vá direto ao ponto!

— Eu realmente não queria ser intrometida, sabe... Mas havia um diploma na mesa dela. De Diakonhjemmet. Eu o reconheci porque foi lá que obtive minhas qualificações... Em dado momento, Agnes ergueu o papel e o enfiou rapidamente na gaveta. Como se de repente tivesse lhe ocorrido que estava ali à vista, e ela não queria que eu visse. Mas deu para ver que era de Maren. Foi realmente estranho que aquilo estivesse lá e que Agnes tivesse tanta pressa em guardá-lo. O que tem nele não é exatamente nenhum segredo. Não há notas ou algo assim, apenas diz "aprovado". Mas eu não pensei muito nisso. Na realidade eu tinha esquecido completamente. Mas houve algo que... algo que me ocorreu e que eu não tinha recordado, até hoje...

Catherine levantou-se e ficou atrás de Billy T. Inclinou-se sobre ele e apontou para os certificados.

– Vê que eles são diferentes?

Realmente eram. Na parte superior de um deles, estava escrito FACULDADE DE SERVIÇO SOCIAL DE DIAKONHJEMMET em largas letras maiúsculas. Embaixo estava impresso "Diploma de Exame Final em Serviço Social". Enquanto o outro tinha um símbolo na parte superior, um círculo com uma linha grossa formando a metade superior e, na inferior, a palavra "Diakonhjemmet". No centro do círculo, via-se uma espécie de cruz que parecia uma Cruz de Ferro Nazista.

– Horrível essa cruz nazista – antecipou Catherine. – E, como vê, eles mudaram o título para "Diploma de Educação em Serviço Social", e não "Exame Final". O primeiro data de 1990; pertence a um amigo meu. O outro, de 1991, é meu.

Um indicador ossudo dirigiu a atenção dele para a data próxima do rodapé de cada página.

– E o mais estranho – continuou Catherine assim que voltou para a cadeira – é que o diploma de Maren tinha essa cruz de ferro na parte de cima! Mas ela sempre afirmou que fez o exame em 1990... hoje cedo, eu perguntei ao Eirik sobre isso, para ter certeza. Ele se graduou em 1989, ou seja, no ano anterior ao dela. Eu simplesmente não consigo entender, sério...

E ficou olhando para as próprias mãos, unidas sobre o tampo da mesa.

– Não é minha intenção dificultar a vida de ninguém, mas é muito estranho, não?

Billy T. não proferiu uma palavra, mas concordou de leve com a cabeça. Sem tirar os olhos dos dois diplomas, perguntou:

– Você viu Maren quando ela saiu da sala da Agnes? Ou depois naquele dia?

O crânio espectral ficou imerso em pensamentos.

– Sim, encontrei-a quando descia as escadas, ela passou por mim e disse que era minha vez.

– Como ela estava?

– Bastante irritada e me lembro de achar que ela tinha tido uma nova discussão com Agnes. Elas eram bem amigas, de fato, eu não queria dizer isso assim, mas elas discordavam com bastante frequência. Sobre coisas envolvendo as crianças. Agnes era mais rígida, mais antiquada, de certo modo. Ano passado, Maren quis levar as crianças ao exterior, fazer uma viagem de férias, mas...

– Catherine!

Uma voz desesperada e impotente chamava lá do topo da escadaria. Billy T. não chegou a ouvir o que aconteceu com os planos de Maren para tirar férias em um país estrangeiro, pois Catherine Ruge se levantou e subiu correndo as escadas. Passaram-se vinte minutos até que ela reaparecesse.

Então Agnes havia confrontado Maren com a fraude. Não poderia ter sido por acaso o diploma estar fora da gaveta. Se esse esqueleto magricela tivesse contado a eles o que sabia no primeiro interrogatório... Foi exatamente no dia seguinte ao assassinato! No dia seguinte! Quem sabe, a vida de Terje Welby fosse poupada. Talvez de Olav também. Billy T. lutava contra sua raiva crescente. Então o esqueleto seco reapareceu.

– Ele está passando um momento terrível, sabe. O Kenneth. Agora ele colocou na cabeça que tem um pirata morando no porão. Toda noite, o tal pirata imaginário sobe as escadas para comer todas as crianças. Meu Deus...

A voz dela era estridente, e Billy T. só não a interrompeu porque estava tão furioso que precisava manter a boca fechada.

Catherine continuou.

– Esta noite ele chegou em casa com quatro faconas, para acrescentar à bagunça. Anita o havia levado ao parquinho para brincar porque as coisas por aqui ficaram insuportáveis. Ele achou as facas no meio de algumas pedras e insistiu que foi o pirata que tinha escondido lá para fazer picadinho das crianças. Deus Todo-Poderoso. Ele está passando um momento terrível.

Billy T. balançou a cabeça por um momento, e a raiva desapareceu.

– Facas? Ele encontrou facas?

– Sim, quatro faconas horríveis. Joguei fora.

– Onde?

– Onde?

– Onde você jogou as facas?

– No lixo, claro!

Ele se levantou tão rápido que a cadeira caiu.

– Em qual lata de lixo? A lata daqui de dentro ou você as levou para fora?

Catherine Ruge pareceu exasperada.

– Não, eu as enrolei bem para que os lixeiros não se cortassem, as joguei lá – ela apontou por cima do ombro com o polegar.

Billy T. precipitou-se para a cozinha e abriu a porta do armário debaixo da pia. Quase no topo, entre cascas de batata e duas pontas de salsicha descartadas, via-se um embrulho alongado envolvido em jornal. Ele agarrou com cuidado e mostrou para Catherine, que estava parada na soleira com as mãos de lado e uma expressão insatisfeita no rosto.

– É isto aqui? – perguntou, e ela concordou com a cabeça.

Dezoito minutos depois, ele estava na Delegacia de Polícia de Oslo, onde uma colega exausta e desconsolada ansiava pelo fim de semana.

\*\*\*

Já se passavam das 22 horas, e ela logo teria que desistir. Billy T. iria se ver com ela. Foi horrível passar uma noite de sexta-feira daquele jeito. O pior era que Cecilie ficaria de mau humor no dia seguinte, o dia todo. E o pior de tudo era ter que deixar Maren Kalsvik ir embora.

– É engraçado, sabe – disse ela calmamente para a mulher em silêncio, suspirando quase inaudivelmente. – É estranho como sempre constatamos quão turbulenta é a vida das pessoas. Acontece na maioria dos casos.

Ela estendeu os braços acima da cabeça e bocejou, antes de pegar uma tesoura da gaveta da escrivaninha e começar a recortar a capa de papelão de um bloco de anotações usado.

– Eu não consigo... – disse ela, quase para si mesma. – Meus dedos precisam ficar ocupados o tempo todo. É por isso que parar de fumar é tão difícil para mim.

Ela olhou constrangida para o segundo maço de cigarros do dia.

– Tome um ser humano completamente normal. Uma pessoa comum.

Ela havia moldado com a tesoura a silhueta de uma senhora de saia armada. Com a cabeça inclinada de lado e uma expressão satisfeita, ela começou a desenhar um rosto. Depois disso, coloriu o vestido com marcador de texto rosa e, ao terminar, escorou-a na xícara de café. Ficou torta, imóvel e ereta com um sorriso largo e triste.

– A Agnes Vestavik, por exemplo – disse ela imparcialmente, apontando para a boneca de papelão. – Começamos a bisbilhotar uma vida aparentemente tediosa, normal e descomplicada. Então se revela que a realidade é bem diferente. Há sempre algo mais. Nada é o que parece à primeira vista. Todos temos o nosso lado negro. Se eu fosse assassinada, por exemplo...

Ela parou. Estava tarde. Ela estava muito cansada. A pessoa diante dela era uma estranha. Mas continuou.

– Se alguém me assassinasse, os detetives daqui ficariam extremamente surpresos.

Ela deu uma risadinha.

– O mundo é uma ilusão gigantesca. Uma imagem distorcida. Olhe para si mesma, por exemplo.

A boneca de papelão caiu de lado, sem que Maren Kalsvik prestasse atenção nisso.

– Eu gosto de você, Maren. Acho que você é uma boa pessoa. Você faz algo importante. Algo significativo. Então acontece uma série de coisas que fogem ao seu controle e, de repente, você está sentada aqui, com a culpa de um assassinato. Misteriosos são os caminhos do Senhor.

Hanne Wilhelmsen não fazia mais ideia se Maren Kalsvik a estava escutando. Ouviu-se uma batida na porta.

Era Billy T.

Ela estava prestes a dirigir-lhe um olhar sanguinário, mas, quando viu o rosto dele, mudou de ideia. Ele havia conseguido alguma coisa. E era de enorme importância.

– Podemos conversar um minuto ali no corredor, Hanne? – perguntou ele calmamente com um tom de voz amistoso.

– É claro, Billy T. – replicou Hanne Wilhelmsen. – Claro.

\* \* \*

Ficaram fora pelo que pareceu uma eternidade. Maren via pontos vermelho esbranquiçados movimentarem-se atrás de suas pálpebras e ouvia um leve e insistente som sussurrante. Estava muito silencioso. Ao erguer-se com cautela e minimamente da cadeira, percebeu que as pernas haviam adormecido. Os músculos formigavam aflitivamente, e ela se sentiu dolorida quando se levantou.

Ela havia se esquecido completamente da história do diploma falsificado nas últimas quatro semanas. Tudo tinha sido uma catástrofe. Era verdade, ela sempre teve dificuldade com exames, desde que estava na escola secundária. Conseguir o diploma do secundário tinha sido um inferno. Estudos contínuos excelentes, resultados pavorosos em exames. E piorava cada vez mais.

Seu dever de casa semanal corria bem. O problema era o exame final.

Algo acontecia com ela assim que entrava em uma sala de prova. As carteiras a uma distância regular, as velhas completamente surdas que deveriam garantir que não houvesse cola, todas as lancheiras, garrafas térmicas, estojos; o silêncio sussurrante; a atmosfera antes de as provas serem distribuídas; a ansiedade experimentada pela maioria, combinada com expectativa, em uma mistura de agitação infantil. Só para ela que não. Maren Kalsvik ficava assustada e paralisada. Sua última chance se foi quando ela teve de refazer o exame na primavera em vez de ter se graduado na faculdade. Ela não tinha a menor condição de arcar com as despesas de repetir um ano escolar inteiro. Era o que deveria ter feito. Quando esteve lá, em um dia de verão, em 1991, ficou sabendo que todas as suas esperanças de ser uma assistente social qualificada foram frustradas. A princípio, ela não sentiu nada a não ser um vazio grande e cinza. Quase o mesmo que sentia naquele instante. 140 mil coroas em empréstimos estudantis e nada para mostrar. Todas as portas fechadas. Nenhuma nova oportunidade.

Tinha sido tão simples. Um diploma emprestado, um pouquinho de corretivo líquido e uma máquina fotocopiadora. Ela não se atreveu a criar um original, mas foi assustadoramente fácil sobrepor um selo de "Cópia genuína confirmada" e rabiscar umas iniciais ilegíveis.

Era um crime. Mas era a única coisa que ela poderia ter feito.

Desde então, se esquecera disso. De vez em quando – certas noites de insônia, ou pouco antes da menstruação, ou quando ambas acorriam simultaneamente – lembrar que ela vivia e trabalhava com base em uma mentira atormentava sua consciência sem dó nem piedade. Daí ela tinha que cerrar os dentes, ocupar-se, demonstrar como era inteligente e provar para Deus e para si mesma que realmente merecia aquele diploma. Depois esquecia de novo. Geralmente por meses a fio.

Até aquele dia fatídico.

Os dois policiais retornaram bruscamente à sala; ela os ouviu, mas não se virou. O homem gigantesco pediu a ela que sentasse. Uma marca indistinta cercada de condensação ficou visível na vidraça fria onde a testa dela havia descansado. Ela retornou obedientemente ao assento e continuou imóvel.

O homem, cuja única designação que ela sabia era o primeiro nome, estava sentado na cadeira da inspetora chefe Wilhelmsen. A policial foi até a janela e tocou a marca onde a cabeça de Maren havia descansado. Os dois estavam assustadoramente em silêncio.

Então ela percebeu o embrulho. Um embrulho alongado envolto em jornal, bem sujo, com cheiro forte de... seria lixo? O policial o deixou fechado diante dele na mesa e ficou olhando para ela. Era impossível fazê-lo desviar o olhar. Aqueles olhos, mais intensos do que quaisquer outros que ela já tinha visto, assustadores, fascinantes, olhando-a de forma totalmente diferente de como tinham feito no encontro anterior, chamaram sua atenção. Era quase como ela imaginava que seriam os olhos de Deus, quando ela era criança e acreditava que Ele poderia literalmente vê-la em qualquer lugar.

– Você mentiu, Maren Kalsvik – disse ele com voz grave e calma, fazendo-a lembrar-se ainda mais de Deus. – Agnes havia confrontado-a, desmascarado sua fraude. Temos provas.

"Mantenha o silêncio, fique de boca fechada", as palavras ecoaram em sua cabeça, e ela foi ficando cada vez mais devastada à medida que sentia o rosto esquentar.

Segurou os braços da cadeira com ainda mais força e sentia a mandíbula prestes a se quebrar. Mas ela não disse nenhuma palavra.

– Sabemos que o diploma estava no escritório de Agnes no dia em que ela foi morta. Ninguém colocou os olhos nele desde então. Um ponto para nós. Um ponto a menos para você.

Subitamente, ele mudou de expressão. Estava sorrindo, e os olhos eram amistosos. Normais.

– Não que eu queira incomodar você com detalhes. Teremos muito tempo para isso depois. Por enquanto, só quero chamar sua atenção. Sabemos que está mentindo. É como sobrevivemos. Pessoas contam mentiras. Quando mentem sobre uma coisa, sabemos que podem mentir sobre tudo o mais. Assim é a vida. Temos uma surpresinha para você.

Ele tocou cuidadosamente o jornal com as mãos enormes.

– Ainda não tivemos tempo de colocá-las em um saco de provas. Então você pode ter um pequeno vislumbre. Por ora.

O som sussurrante nos ouvidos dela aumentou. Ela balançou sem forças a cabeça, mas não ajudou em nada. O rubor também continuava. Ela fez um esforço para respirar normalmente.

Seus pulmões recusaram-se a cooperar mais. Expandiam-se com vigor e depois se contraíam. Arfou, quase sufocada, e sentiu uma dor ardente no peito.

– Quatro facas. Encontradas em um parquinho infantil. Por uma criança!

Billy T. soltou uma gargalhada. A inspetora chefe à janela havia se virado para eles, e Maren olhou para ele. Hanne obviamente não estava achando a situação divertida.

– Você é esperta para saber que ainda não sabemos de quem são as digitais nestas facas. Mas elas estavam enfiadas profundamente entre algumas pedras, então você deve ter pegado bastante nelas. Talvez estivesse usando luvas e por isso não haja nenhuma digital. Mas agora progredimos bastante em relação a onde estávamos algumas horas atrás. Acima de tudo porque sabemos que você mentiu. Agora que chegamos a este ponto da investigação, podemos ir para casa passar tranquilamente o fim de semana.

– Chegamos tão longe que podemos acusá-la, Maren. Sabe o que isso implica?

Hanne Wilhelmsen não tinha o mais ínfimo traço do tom triunfante de Billy. Apenas parecia triste. É claro que Maren Kalsvik sabia o que aquilo implicava.

– Levaremos você ao tribunal para ser mantida em custódia na segunda-feira. Nesse meio-tempo, você ficará aqui.

Ela embrulhou as facas novamente.

– Eu poderia colocá-la atrás das grades, Maren. Não passe o fim de semana esperando outra coisa.

Estava acabado.

O barulho sussurrante em seus ouvidos desapareceu e a fita de aço em volta de seus pulmões afrouxou-se lentamente. Ela sentiu um calor espalhar-se por todo o seu corpo, agradável e quase inebriante. Sentiu o corpo ao mesmo tempo leve e ainda assim pesado como chumbo. Os ombros caíram, e ela subitamente percebeu como a mandíbula estava doendo. Deliberadamente, abriu a boca ao máximo várias vezes. Ouviu-se um estalo.

Estava tudo acabado.

Ela era culpada. Chegara a uma vida significativa por meio de fraude. Olav estava morto. Um garoto de apenas 12 anos. 12 terríveis e miseráveis anos. Ele foi até ela e morreu. Era culpa dela.

Realmente não importava o que aquelas pessoas diziam. Não importava mais o que aconteceu com ela. Só havia um caminho a seguir. Ela teria que pagar. Ela poderia pagar com a própria vida.

– Quero dormir agora – disse ela baixinho. – Podemos falar sobre isso novamente amanhã?

Os dois policiais se entreolharam antes de a inspetora chefe verificar as horas no relógio.

– Claro que podemos – respondeu ela. – Além disso, você tem que conversar com um advogado. Agora devo insistir.

Maren Kalsvik sorriu pálida e exausta.

– Providenciaremos isso amanhã bem cedo – continuou Hanne Wilhelmsen. – Agora você poderá dormir um pouco.

*  *  *

Levou algum tempo para providenciar as formalidades com o oficial de plantão. Hanne não queria ir embora até ter certeza de que Maren Kalsvik receberia atenção médica. Por amarga experiência, ela sabia que nem sempre se poderia confiar nos funcionários em plantão de cela, especialmente os de sexta-feira à noite.

Na verdade, já eram as primeiras horas de sábado.

– Poderia me levar para casa, Billy T.? – perguntou Hanne assim que Maren estava instalada com segurança no prédio de trás. – Poderia ir comigo para casa?

Ele realmente não poderia, mas, depois de uma rápida ligação para a irmã, passou o braço ao redor de Hanne e escoltou-a até o carro, estacionado em uma vaga de deficientes sem que ninguém na divisão criminal ousasse reclamar. Ela cambaleou sem forças, afundando-se pesadamente no assento, e eles não trocaram uma única palavra até Billy T. espremer o carro na menor vaga de estacionamento do mundo, a vinte metros do edifício onde Hanne morava. Ela não fez o menor sinal de descer.

– Há duas coisas que eu realmente queria saber – começou ela com ar cansado.

– O quê?

– Primeiro de tudo, você acha que ela vai confessar?

– Definitivamente. Nós a manteremos em custódia por pelo menos quatro semanas. Deu para ver o alívio no rosto dela. Ela não tinha cor nas faces. Mais alguns interrogatórios, e tudo virá abaixo. Maren Kalsvik não é má. Pelo contrário. E ela acredita em Deus. Sua alma inteira está ardendo para confessar. Então temos que facilitar ao máximo para ela. Ela vai confessar, não tenho a menor dúvida.

– Vamos conseguir uma condenação se ela não confessar?

– Isso é questionável. Você sabe muito bem. Mas ela vai confessar. Essa é a melhor evidência do mundo. Uma confissão.

Os dedos dele tamborilavam no volante. Então olhou para Hanne.

– Qual era a outra coisa que você queria saber?

– Eu queria muito saber... – começou Hanne calmamente, limpando a garganta.

Então colocou mais ênfase na voz.

– Eu queria muito, muitíssimo, saber o que significa o T de Billy T.

Ele inclinou a cabeça para trás e gargalhou.

– Não há uma única pessoa exceto minha mãe e eu que saiba isso!

– Por favor, Billy T. Prometo não contar a ninguém. Absolutamente ninguém.

– De jeito nenhum.

– *Por favor!*

Ele continuou hesitante, mas depois colocou a boca bem ao lado do ouvido dela. Ela se inclinou de lado, a barba dele fazendo-lhe cócegas no lóbulo da orelha.

Então ela sorriu. Se não fosse pelo fato de o dia ter sido tão longo e doloroso, ela teria rido. Se não fosse pelo fato de um garoto ter morrido bem diante dela, e que deveria ter feito uma visita à mãe que acabara de perder o filho, ela teria caído na gargalhada. Se não fosse pelo fato de uma jovem e competente funcionária com habilidade e vocação para cuidar de crianças, por causa de uma série de circunstâncias infelizes, estar sentada em uma cela de prisão provisória e prestes a ficar por lá, ela teria honestamente rachado de rir. Mas ela apenas sorriu.

O T significava Torvald.

Ele se chamava Billy Torvald![2]

*Mandaram um pastor. Eu nunca tive nada a ver com pastores, mesmo assim consegui reconhecer imediatamente que ele era um pastor, ainda que não estivesse vestindo aquele colarinho bizarro que eles usam. Ele usava jeans e camisa de colarinho aberto, com uma floresta de pelos escuros à mostra. Fiquei olhando para aqueles pelos.*

*Ele não era particularmente velho, talvez tivesse uns 30 anos. Era evidente que não estava acostumado com tarefas do tipo. Ele gaguejava muito e olhava em volta em busca de ajuda. No fim, tive que dizer que sabia por que ele estava lá. Não poderia haver nenhuma outra razão para que mandassem um pastor falar com uma coitada como eu a não ser porque Olav estava morto.*

---

2 Do nórdico antigo, "Régua de Thor". (N.T.)

Ele não queria ir embora. Eu precisei praticamente expulsá-lo. Ele olhou para mim com uma expressão estranha, como se estivesse desapontado, ou mesmo chocado, por eu não ter chorado. Ele me perguntou se eu tinha alguém com quem conversar ou se eu poderia chamar alguém que pudesse vir ficar comigo. Desisti de responder suas perguntas; ele não estava me ouvindo mesmo. Ninguém jamais ouviu. Finalmente consegui trancar a porta atrás dele.

De muitos modos eu soube disso o tempo todo. Talvez eu estivesse esperando isso desde o primeiro dia na sala de parto, quando seu corpo enorme e anormal rolou sobre a minha barriga. De certa forma, ele não era para ser. Talvez fosse por isso que eu não senti nada por ele durante os primeiros meses. Eu sabia que não me ia ser permitido ficar com ele.

Mesmo quando fiquei de vigia ontem à tarde, eu sabia. Eu saí na janela, na esperança de que ele me visse e retornasse. Eu não podia gritar. Os vizinhos escutariam. Quando a figura grande dele desapareceu virando a esquina no número 16, pude sentir dentro de mim. Ele tinha ido.

Comecei a arrumar seus pertences. Os jogos, a maioria quebrada. As roupas, grandes e desajustadas. Eu nunca consegui encontrar nada que caísse bem nele. Alguns de seus livros escolares ainda estavam espalhados, os livros de exercícios com a letra de mão grande e torta, os livros de aritmética com todas as respostas erradas. Agora estavam todos guardados no porão.

Ele carregava o Flipper na mochila. Um cãozinho de orelhas compridas que minha mãe lhe deu no primeiro aniversário. É a única coisa que ela deu a ele exatamente no dia certo. Ele amava aquele cão e, ao mesmo tempo, tinha vergonha dele. Mas ele o trouxe do orfanato.

Havia quatro facas lá também. Na mochila. Eu não fazia ideia do que estavam fazendo lá, mas ele deve ter levado do orfanato. Ele sempre teve uma inclinação por facas. Não eram as primeiras que ele tirava da mochila. Ele queria levar algo para se defender? Em todo caso, deveriam ser devolvidas. Não eram dele.

Fui lá ontem à noite. Não sei bem por quê. Claro que eu queria devolver as facas. Para se honesta, talvez com as facas houvesse a desculpa de olhar novamente o lugar. Aquele lugar pavoroso. Agora, 24 horas depois, com tudo que aconteceu, ocorre-me que de algum modo eu havia percebido que aquele era o lugar para onde ele iria. Algum tipo de atração.

Enquanto me aproximava do orfanato, havia alguma coisa me segurando. Parei ao lado de um parquinho e consegui distinguir o contorno do prédio escuro contra o céu.

A diretora de lá foi morta com uma faca. Uma faca de cozinha. Eu tinha quatro facas na mochila. Que eu havia encontrado na mochila do Olav. Meu garoto. Eu não poderia devolvê-las.

Eu tinha que me livrar delas. A polícia descobre tudo.

O parquinho estava em completa escuridão e, entre ele e um jardim vizinho, havia um muro de pedras na altura do joelho. Eu consegui empurrar as facas entre algumas pedras. Bem lá dentro. Primeiro as limpei por completo. Provavelmente nunca seriam descobertas. Mas eu tinha que protegê-lo. Como sempre o protegi.

Ele foi tirado de mim muitas vezes. Pouco a pouco. Na creche, na escola, pelo Serviço de Assistência ao Menor. Eu nunca consegui manter a guarda dele.

Mas, por Deus, eu tentei. Eu o amei mais do que minha própria vida.

E quando eu me sento aqui, na cama dele, sentindo o cheiro doce e bem forte de seu pijama, e percebo que ele se foi para sempre, que a noite e a escuridão caíram, e que tudo é completamente silêncio, nada mais me restou. Nada.

Nem eu mesma.

# 11

**Maren Kalsvik estava sentada em um banco de testemunhas do novo** tribunal de Oslo, tremendo um pouco. O juiz estava prestes a assinar um ou outro formulário que o advogado mal-encarado havia colocado diante dele. Hanne Wilhelmsen parecia exausta e esforçava-se em vão para ocultar um bocejo atrás da mão delgada. Ela estava mais formalmente vestida do que Maren Kalsvik já a vira antes: saia preta e blusa com um paletó cinza-escuro por cima e um lenço de seda em tons marrons suaves.

A inspetora chefe a havia tratado com respeito. Demonstrara compaixão. Ela nunca ficara impaciente, embora tivesse repetido suas teorias vezes sem conta durante o fim de semana, sem Maren estar disposta a oferecer muito mais que o movimento de um músculo facial para confirmar ou negar o que havia se passado no escritório de Agnes Vestavik naquela noite fatal há mais de quinze dias. Maren Kalsvik escolheu permanecer em silêncio. Ela se recusou a falar com um advogado.

Era fato que estivera lá. Eirik dormia, algo que havia confirmado a suspeita crescente de que ele tomava uma ou outra coisa que não deveria, pelo menos não quando lhe davam a tarefa de cuidar de oito crianças adormecidas.

O encontro com Agnes porém, foi mais curto que Hanne Wilhelmsen tinha imaginado. Havia durado apenas dez minutos. Primeiro ela havia considerado implorar. Todo o orgulho desapareceu quando ela se deu conta de que estava prestes a perder o emprego, a perder toda a sua existência.

Agnes havia lhe falado sobre Terje. Sobre saber que Maren sabia. A voz dela era pouco familiar e levemente distorcida, tomada pela raiva que havia de ser contida por causa das oito crianças que dormiam. Agnes podia compreender o objetivo do diploma, dissera ela. Ela compreendia isso. Em um instante, demonstrou algo parecido com compaixão, e a voz reassumiu o tom mais próximo do normal. Não durou muito. Ela não poderia perdoar a real traição. Maren agira pelas costas dela para encobrir o desfalque. Agnes agitou furiosamente os papéis, o diploma fraudulento em uma mão, o extrato detalhando o desvio de Terje na outra.

Maren Kalsvik quis implorar. Então ela viu os olhos de Agnes e percebeu que era inútil.

A diretora lhe dera uma semana para escrever sua carta de demissão. Não havia mais nada a ser feito. Ela tinha virado as costas e saído calmamente do escritório.

No patamar ficou parada por um momento, sem conseguir conter as lágrimas. Ela tentou abafar o choro e, quando pensou ter escutado movimentos vindos de um dos quartos das crianças, desceu de mansinho as escadas. Eirik ainda dormia profundamente. Ao sair, começou a correr. Ela tinha que fugir. Contornou a casa o mais rápido que pôde, atravessou o jardim dos fundos escorregando, tropeçou na cerca e, de algum modo, conseguiu chegar em casa.

Quando Eirik telefonou algumas horas depois, lutou contra um sentimento de alívio que a devastou com uma onda de culpa. Alguns minutos depois, sozinha no escritório de Agnes, ele estava lá. O diploma. Sobre a mesa, junto com outros papéis. Eirik não o tinha visto. Ela o dobrou e colocou-o no bolso, num ato absolutamente irrefletido.

Ela pensara que tinha sido Terje. Até a chegada da carta de suicídio. Então ela temeu o pior, depois teve a confirmação. Olav a viu correndo. Ele a viu chorando. Dissera-lhe a verdade antes de morrer.

Era tudo culpa dela.

– Deseja fazer uma declaração?

O juiz olhava para ela por cima dos óculos de leitura, que estavam quase caindo da pontinha do nariz curvo.

– Não – respondeu ela em voz alta.

Ele suspirou antes de sussurrar uma mensagem à secretária e então tossiu raspando horrivelmente a garganta.

– Você se reconhece culpada ou inocente da acusação?

Maren Kalsvik ainda olhou mais uma vez para Hanne Wilhelmsen. A inspetora chefe inclinou-se por cima da mesa, tocando o lenço de seda enquanto devolvia um olhar de tensão. Quando Maren Kalsvik mudou o peso do pé esquerdo para o direito antes de responder, ela não olhou para o juiz. Escolheu sorrir ligeiramente enquanto olhava a inspetora chefe nos olhos.

– Sou culpada – sussurrou.

Endireitando as costas e baixando os olhos para não ter de encontrar os de Hanne Wilhelmsen, ela limpou a garganta antes de repetir, mais alto desta vez:

– Sou culpada.

# CONHEÇA TAMBÉM:

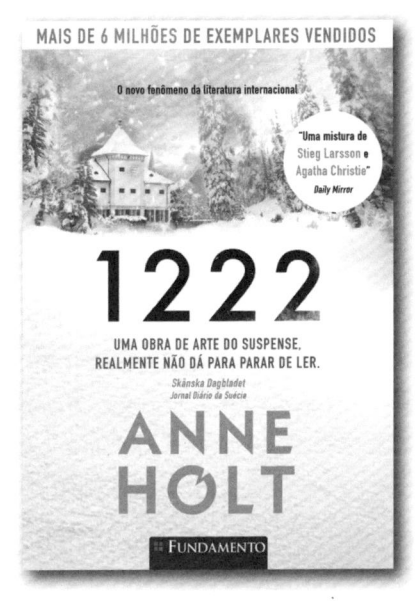

A 1222 metros de altitude, um acidente de trem. Uma impiedosa nevasca. Um hotel centenário. E um assassinato! Uma ex-policial, tão astuta e brilhante quanto sarcástica e antissocial, é a única pessoa capaz de solucionar o mistério da morte de um dos 269 passageiros de um trem descarrilado. Isolados do resto do mundo por causa da neve, uma atmosfera de medo, hostilidade e desconfiança instala-se no hotel onde eles se refugiaram. Mas Hanne não quer se envolver. Ela sabe que a verdade cobra um preço muito alto. Ao longo dos anos, sua busca por justiça lhe custou o amor de sua vida, sua carreira na polícia de Oslo e a própria mobilidade. No entanto, encurralada por um assassino, encurralada pela pior nevasca da história, Hanne – e os outros passageiros – não tem saída. Em uma situação extrema, as máscaras logo caem... E, nesse grupo, muitas pessoas não são o que parecem. Aliando sua capacidade de dedução a seu instinto, Hanne mergulha em um enigma difícil e surpreendente. Acompanhe todos os momentos dessa história envolvente e arrepiante. Você não vai conseguir parar de ler!

"Uma fascinante história de detetive."
Der Spiegel (Alemanha)

"Uma obra de arte do gênero, realmente não dá para parar de ler."
Skanska Dagbladet (Suécia)

"Um prazer do início ao fim... uma história de suspense clássica, deslumbrante e brilhante."
Bokavisen (Noruega)

# CONHEÇA TAMBÉM:

O corpo desfigurado de um traficante de drogas. Um homem coberto de sangue vagando pelas ruas da capital da Noruega. E um advogado criminal de fama obscura assassinado com um tiro.

Três eventos aparentemente isolados instigam o faro apurado de uma investigadora sagaz e irônica, que junto com seu colega mergulha em um caso com poucas pistas e muitas perguntas sem respostas.

Em meio a boatos envolvendo advogados e o tráfico de drogas, mensagens codificadas e uma enorme rede de corrupção que pode chegar aos altos escalões do governo, a autora Anne Holt descreve uma teia de crimes e batalhas políticas na qual somente a deusa da Justiça pode se dar ao luxo de ter os olhos vendados.

"Anne Holt é a mestre dos livros de suspense noruegueses."
Jo Nesbo

"Prepare-se para uma história de mistério bem escrita e com uma trama muito bem elaborada."
Durango Herald (Colorado)

"A autora é uma expert em elaborar tramas. O fim deixa o leitor querendo mais."
Cleveland Plain Dealer

"Anne Holt cria um enredo que envolve traições, mentiras e mistérios. Vale a pena ler."
Good Reads

"Sem se tornar uma caricatura, a personagem deste livro mistura humor com o jeito durão dos detetives."
Politiken (Dinamarca)

**Editora Fundamento**